Originalausgabe
Gallo rosso
Roman Rausch

www.schruf-stipetic.de

Covergestaltung: Kathrin Mock
Verwendetes Foto: Luis MGB, pixabay
Satz und Layout: Hilga Pauli
Druck: CPI - Clausen & Bosse, Leck

ISBN: 978-3-944359-51-9

GALLO ROSSO

Kilian und Heinlein sind zurück

Kriminalroman von

ROMAN RAUSCH

schruf & stipetic

Cu è surdu, orbu e taci, campa cent'anni 'mpaci.
Wer taub, blind und stumm ist, lebt hundert Jahre in Frieden.

Donatello | 1

Fare la stesa – ein paar Leute abknallen, egal wen.
Für Angst und Schrecken sorgen, einschüchtern. Das Revier markieren, die Vorherrschaft verteidigen oder an sich reißen. Es geht um viel Geld, Respekt und Macht. Für die schießwütigen Straßenpinscher von Neapel geht es um nichts weniger als um ihre Daseinsberechtigung.

Unweit des Hafens und der geschäftigen Quartieri Spagnoli las Jo Kilian im dämmrigen Straßenlicht der Piazza Trieste e Trento die Chat-Nachrichten eines gewissen Donatello. Der wollte an diesem Abend mit seiner Bande zuschlagen, irgendwo hier in der Nähe.
Das Profilbild zeigte einen Bengel von vielleicht sechzehn Jahren in geschmacklos kombinierten Markenklamotten, vermutlich alles geklaut, mit wuchtiger Gucci-Sonnenbrille und kurzen, weiß gebleichten Haaren. Auf dem Wangenknochen prangte ein amateurhaft gestochenes Kreuz mit einer Reihe von Punkten, was man als Rosenkranz interpretieren konnte.
Zugang zur Chatgruppe hatte Kilian über den Account eines jungen Einbrechers erhalten, den er in der Villa seines Auftraggebers auf frischer Tat ertappt hatte. Der Knirps war nicht älter als zwölf gewesen, hatte aber bereits eine russische Makarow dabeigehabt, die nun in Kilians Gürtel steckte.
Auf dem Handy des Nachwuchsganoven hatte er etwas Unerwartetes gefunden, etwas, wonach er seit Jahren suchte – den Namen *Gallo*, nur einmal erwähnt in einer Nachricht von diesem Donatello.
Die Tür hinter Kilian ging auf, Stimmen wurden laut. Jemand stimmte ein Lied aus den guten, alten Zeiten an, die niemals gut, sondern immer nur eine unstillbare Sehnsucht gewesen waren, ein Nachtigallenkonzert für eine Fata Morgana. Für die geplagten Neapolitaner mussten die Worte heute klingen wie blanker Hohn.
Serenata quasi a mezzanotte … wo Räuber und Gendarm sich bekämpfen und ein einsamer Junge noch romantisch ist …

„Kiliano, komm rein. Du holst dir noch den Tod in der Kälte." Francesco zündete sich eine Zigarette an, nahm einen tiefen Zug und wandte sich mit eingezogenem Kopf von der Hafenseite ab. Eine kühle Brise wehte von dort herauf und vertrieb für einen Augenblick den allseits schwelenden Gestank der Müllberge in den Straßen und Gassen.
„Sagt dir dieser Kerl was?", Kilian hielt ihm das Handy hin. „Soll einer dieser Baby-Gangster aus der Sanità sein", ein berüchtigter Stadtteil im Norden, wo jeder jeden kannte und Kilian bei der ersten Frage nach Donatello zur Zielscheibe geworden wäre.
„Was interessiert's dich?", erwiderte Francesco nach einem kurzen, angewiderten Blick, schniefte und schob die Hornbrille hoch. „Bastarde sind sie, Rattengesindel. Ausräuchern und ins Meer treiben. Basta."
Derart martialisch sprach Francesco erst seit ein paar Jahren. Zuvor war er ein lebenslustiger und spitzbübisch dreinschauender Kellner von *Il vero bar del professore* gewesen, einer kleinen, auf urig gemachten Bar, deren Besitzer sich gerne mit berühmten Gästen schmückte – Lucio Dalla, Andrea Bocelli, Stefano Gabbana und dergleichen mehr. Hin und wieder schaute auch ein in die Jahre gekommener Camorrista vorbei, sofern er nicht Revierkämpfen und Streitereien zum Opfer gefallen war oder in einem Hochsicherheitsgefängnis verfaulte.
Verglichen mit den Baby-Gangstern von heute, schwadronierte Francesco, seien die Camorra-Capos von früher die wahren guten, alten Zeiten gewesen. Damals wusste man, woran man war.
„Das Kreuz mit den Punkten auf seiner Wange", insistierte Kilian, „ist das ein Zeichen seines Clans?"
„Vielleicht, vielleicht auch nicht. Es gibt so viele Zeichen und Clans. Über hundert allein in Neapel. Sie breiten sich aus wie ein Virus. Niemand wird ihrer Herr."
„Er droht mit einem Angriff auf die Piazza, heute Abend."
„Dummes Geschwätz. Er hat keine Chance hier im Süden. Die Calabroni pusten ihn weg, bevor er auf die Piazza del Plebiscito kommt."

Die Calabroni waren die *Hornissen*, eine Baby-Gang aus dem Hafenviertel, die Bewohner und Geschäftsleute terrorisierte und regelmäßig Angriffe rivalisierender Gangs aus anderen Stadtteilen abzuwehren hatte. Sie führte aber auch selbst welche durch, um ihr Territorium zu erweitern.

Heute wie damals wildes Gockelgehabe.

„Kann schon sein", lenkte Kilian ein.

Sein Blick ging über die vielen Köpfe der Touristen hinweg, die aus den Quartieri Spagnoli auf die Piazza strömten und sich auf die Bars und Restaurants verteilten. Dazu gesellten sich Geschäftsleute, Angestellte und Arbeiter auf ihrem Weg nach Hause. Autos und Mopeds bogen in den Kreisel um die Fontana del Carciofo ein. Unmöglich, in diesem Gewusel den Überblick zu behalten.

„Bist du wieder auf der Jagd nach dem Gespenst", fragte Francesco besorgt, „deinem geheimnisvollen Gallo?"

„Er ist kein Gespenst. Er ist so real wie du und ich."

Francesco warf die Zigarette in den Rinnstein und seufzte, wie immer, wenn das Thema zur Sprache kam.

„Mach endlich deinen Frieden mit der Vergangenheit."

„Frieden gibt es erst, wenn ich ihm das Licht ausgeblasen habe."

Kilian schnippte mit einem Ping das Zippo auf, entzündete die Flamme und inhalierte tief, um den aufsteigenden Schmerz zu lindern.

Gallo. Pia.

„Wie geht's Raffi?", fragte Francesco.

Kilian blies den Rauch in den wolkenverhangenen Abendhimmel und lächelte bemüht, dilettantisch.

„Gut. Bestens."

„Wann hast du ihn das letzte Mal gesehen?"

Das reichte. „Kümmer dich um deinen Scheiß, okay?"

Vielleicht beim nächsten Mal würde er sich bequatschen lassen, nach einem Abendessen und reichlich Wein auf der Terrasse, wenn sie übers Meer schauten, den Mond anhimmelten und sich bis in die Morgenstunden in Erinnerungen verloren.

Gemeinsame Urlaube. Grillen am Strand. Tanzen im Mondlicht …

Als Pia eine Muschel im Sand entdeckte, so schön und wohlgeformt wie von Botticelli gemalt. Die Muschel aufs Herz gedrückt und mit dem Geschmack von Salzwasser auf den Lippen wollte sie an diesem Strand, in dieser Bucht, ein Haus bauen.

„Pass auf dich auf", gab sich Francesco zufrieden und ging zurück in die Bar. Da drehte er sich noch mal um. „'ne finstere Gestalt war mal da, sprach kaum Italienisch, irgendwas vom Balkan."

„Und?"

„Hatte so ein Kreuz mit Punkten auf dem Handrücken …"

Schon war Kilian bei der Sache. „Was wollte er?"

„Was im Viertel los ist, wer Geschäfte macht, das Sagen hat …"

„Ja, weiter."

„Hab ihn zu den Calabroni geschickt. Sollen die ihm beibringen, dass er hier nichts verloren hat."

„Wo kann ich deren Anführer finden?"

„Vergiss es. Mit den Straßenkötern kannst du nicht reden."

„Warum nicht?"

„Weil sie nichts anderes können als schießen. Und jetzt hör endlich auf und geh nach Hause zu deinem Sohn. Er braucht dich." Francesco öffnete die Tür und verschwand im Gedränge der fröhlichen Bargesellschaft.

Nach Hause … Es gab kein Zuhause mehr, das war in abertausend Stücke zerrissen worden. Ein Ring und eine Muschel, mehr war ihm nicht geblieben.

Kilians Handy vibrierte. Dr. Kohlschreiber, zum x-ten Mal. Kilian setzte an, ihm endlich zu antworten, da röhrte ein Motorrad von der Piazza del Plebiscito her, beschleunigte und eine grün-weiß lackierte Straßenmaschine schoss an ihm vorbei in die Via Toledo. Fußgänger kreuzten, Touristen flanierten gedankenverloren.

Drei Motorroller folgten der Maschine, Schützen auf der Rückbank, die ihre Waffen in Anschlag brachten.

Kilian zog die Makarow aus dem Gürtel, aufflammendes Schnellfeuer zwang ihn zu Boden. Projektile prasselten auf Mauern, Türen, Fenster und Autos, Splitter und Querschläger sirrten durch die Luft.

Getroffen wurde auch eine asiatische Reisegruppe beim Selfieknipsen mit lustigen *I-love-Napoli*-Mützen auf den Köpfen und allerlei Tand in den bunten Einkaufstüten. Sie sackten in sich zusammen oder wurden umgerissen, Händler und Geschäftsleute retteten sich geistesgegenwärtig in Hauseingänge und um die nächsten Ecken.
Ein Auto krachte in ein anderes, Pistolenschüsse knallten, dazu das Wüten der Motoren, das sich in der engen Via Toledo brach, bis es sich nach und nach verlor.
Für einen Augenblick kehrte Stille ein.
Unwirklich und grotesk kam sie Kilian vor, der noch immer mit der Makarow auf die geflüchteten Angreifer zielte, doch sie zu keiner Zeit von der Menschenmenge hatte separieren können.
Dann gellten die ersten Schreie über den Platz, erstickte Hilferufe erhoben sich, in Kilians unmittelbarer Nähe weinte ein Kind. Eine Frau stolperte vorbei, Blut tropfte ihm auf Kopf und Hände, sie stürzte und gab das plärrende Bündel frei.
Mitten auf der Straße. Zwischen den Fronten.
Blendende Lichter tauchten am Nadelöhr zur Piazza del Plebiscito aus dem Dunkel auf, ein Schwarm fuchsteufelswilder Hornissen, heiser, laut und auf Vergeltung aus.
Kilian schnellte hoch. Ein paar beherzte Schritte weiter bekam er das Kind zu fassen, blickte auf. Für den Rückweg reichte die Zeit nicht mehr … dann eben anders: Muße für ein Rendezvous der anderen Art.
Mit dem Kind im Arm legte er auf die vorderste Hornisse an.
„Schschschhhh“, besänftigte er die Kleine, „ruhig.“
Er spannte den Hahn und krümmte den Finger bis zum Widerstand, doch die Hornissen hatten andere Pläne, ein lohnenswerteres Ziel vor Augen, als einen Irren mit Kleinkind von der Straße zu fegen. Sie ließen ihn links liegen.
Spielverderber.
„Kiliano!“, hörte er Francesco rufen, der wie erstarrt am geborstenen Fenster der Bar stand. Verletzte stolperten heraus, andere rannten panisch davon.

„Kümmer dich um das Kind.“ Kilian reichte ihm das Bündel. „Die Mutter …“, lag tot auf der Straße, der Inhalt ihrer Handtasche im Rinnstein. Babyrassel, Papiertaschentücher, Lippenstift, Telefon …
„Du bist voller Blut“, sorgte sich Francesco.
„Nicht meins.“
Kilian steckte die Makarow zurück in den Gürtel und schwang sich auf die alte Harley, die mindestens genauso heruntergekommen aussah wie er mit seinen ungepflegten, langen Haaren, der verschlissenen Jeans und ausgebeulten Lederjacke. Aber sie waren beide zäh und wussten die Treue des anderen zu schätzen.
„Was hast du vor?“, fragte Francesco.
Kilian startete den Bock, der mürrisch grollte, als sei er aus dem Schlaf gerissen worden.
„Bleib erreichbar. Vielleicht brauch ich dich.“
Dann lenkte er das Streitross in die Straße der Toten.

Habibi | 2

Fastnacht aus Franken – die Prunksitzung war das Highlight des Jahres, ein Pflichttermin für jeden hohen Amtsträger im Land, das Fernsehen sendete live.
Erwartet wurde ein ähnliches Spitzenergebnis wie die Jahre zuvor, knapp vier Millionen Zuschauer und damit mehr als bei so manchem DFB-Pokalfinale aus dem Olympiastadion in Berlin.
Nahezu das gesamte Kabinett der Landesregierung war angetreten, die Kostüme wurden vor laufenden Kameras auf dem roten Teppich besprochen und gelobt, der Landesvater trug zum schwarzen Anzug allerdings nur eine bunt gepunktete Fliege.
Wie jedes Jahr schlüpfte Polizeipräsident Georg Heinlein in sein Kostüm als Gevatter Hein – der Tod, mit aufgedrucktem Skelett, schwarzem Kapuzenmantel und weiß geschminktem Gesicht, in der knöchernen Hand die obligatorische Sense.
Heute Abend durfte nichts schiefgehen, Heinlein hatte Minister und ein Millionenpublikum an den Fernsehern zu Besuch, zwei Reihen entfernt seine Kinder Tom und Vera, Enkel und Schwiegersohn, und da war auch noch Claudia … seine Ex.
Ein junger Kollege, Polizeiobermeister Schäfer, bahnte sich den Weg vorbei an einem Beethoven, einer drallen Biene Maja, sich mannstoll gebärdenden Ordensschwestern und dem heißen Tipp der diesjährigen Faschingssaison: die x-te Kopie des Jokers.
„Was ist?“, stöhnte Heinlein, hoffentlich hatte sich niemand mit einem der hohen Tiere angelegt.
„Eine Geiselnahme.“
Heinlein atmete erleichtert auf. „Gut erkannt, da vorne sitzen die Minister und Ministerinnen in Geiselhaft. Alles in Ordnung.“
„Ein Mann im ICE aus Hannover hat zehn Leute in seiner Gewalt.“
Schluss mit lustig. „Kein Scheiß?“
„Nein, Herr Polizeipräsident. Die Situation droht außer Kontrolle zu geraten.“
Heinlein trank aus und erhob sich. „Bundespolizei vor Ort?“

„Ja, hat um Unterstützung gebeten."
Heinlein und Schäfer eilten zum Ausgang.
„Hat schon jemand mit dem Geiselnehmer gesprochen?"
„Spricht kein Deutsch, nur ein paar Brocken Englisch."
„Übersetzer angefordert?"
„Niemand weiß, für welche Sprache."
Auch das noch.
„Ein SEK?"
„Ist auf dem Weg."
Aus Nürnberg. Wenn sie gut durchkamen, waren sie in einer Stunde hier.
Sie erreichten die Glastüren, danach die Treppen, der Lärm verebbte. Heinlein atmete kalte, unlustige Februarluft, er fröstelte in dem dünnen Kostüm.
Die Personenschützer und Fahrer der Minister rauchten abseits, glotzten blöde herüber. Polizeioberkommissar Hoffmann war unter ihnen. Was machte der hier?
Hoffmann grüßte, Heinlein zurück und rein in den Streifenwagen.
„Wohin geht's?"
„Zwischen Tunnelende und Hauptbahnhof." Schäfer startete den Wagen. „Der Geiselnehmer hat ein Ultimatum von einer Stunde gesetzt."
„Ich denke, er spricht kein Deutsch?"
„Er stammelte was von *one hour … bumm!*"
„Und wann hat er das zum ersten Mal gesagt?"
Schäfer schaute auf seine Armbanduhr. „Vor genau 50 Minuten."
„Und die Bundespolizei hat nicht gestürmt?!"
„Die Lage ist kompliziert …"
Da war sie wieder, die Erinnerung an die Katastrophe vor vier Jahren, an den heißen Juli 2016.
Ein minderjähriger Flüchtling hatte in einer Regionalbahn bei Würzburg ein Blutbad angerichtet. Mit einem Beil und einem Messer war er er auf die Reisenden losgegangen und hatte sie schwer verletzt.

Vier Tage zuvor hatte es den Anschlag in Nizza gegeben. 85 Tote, 434 Verletzte.
Vier Tage später der Anschlag in München. Neun Tote.
Zwei Tage darauf der Anschlag im nahen Ansbach. 15 Verletzte.

Das Gelände war weiträumig gesperrt, Autos stauten sich auf den Straßen rings um den Verkehrsknotenpunkt am Stadtrand, Hupen und Kehrtwenden im Schein der tanzenden Lichter der Einsatzfahrzeuge.
Der ICE stand im orangefarbenen Licht auf einem der vielen Gleise, der Bahnhof ein paar hundert Meter entfernt. Ein Hubschrauber suchte mit Scheinwerfer die Umgebung ab.
Heinlein zählte gut zwei Dutzend Einsatzkräfte, die sich auf einen Wagen konzentrierten, der als einziger im Inneren unbeleuchtet war, von außen aber angestrahlt wurde. Die Jalousien heruntergezogen, niemand konnte hinein- oder herausschauen.
Auf einem kleinen Parkplatz in der Nähe hatten sich Sanitätsfahrzeuge und die Einsatzleitung postiert.
Als Heinlein ausstieg, kam Deckert ihm bereits entgegen, mit dem Anflug eines Lächelns.
„Gevatter Hein …, natürlich."
„Was dagegen?", verbat sich Heinlein jeden weiteren Kommentar. „Also, was wissen wir?"
Deckert, ein kantiger Typ Ende vierzig, sportlich, in Sakko und Stiefeln, kam sofort auf den Punkt.
„Nichts Konkretes, außer dass der Kerl völlig durch den Wind ist. Er rennt im Wagen umher, schreit unverständliches Zeug und droht alles hochgehen zu lassen. Wir schätzen, dass er zehn Geiseln oder mehr in seiner Gewalt hat."
„Wer hat mit ihm gesprochen?"
„Der Kollege von der Bundespolizei." Deckert deutete mit dem Kopf nach hinten, wo jemand im Mannschaftswagen lautstark telefonierte und offenbar der Verzweiflung nah war. „Das SEK und die Bombenentschärfer stecken noch auf der Autobahn fest. Die werden frühes-

tens in einer halben Stunde da sein. So viel Zeit haben wir nicht, wenn der Kerl ernst macht."

„Forderungen?"

„Keine Ahnung. Wir verstehen ihn nicht."

„Scharfschützen?"

Deckert zeigte in die Nacht. „Einer diesseits des ICE, ein zweiter jenseits auf einem Güterwaggon. Keiner hat freie Sicht in den Wagen, die Lage ist völlig ungeklärt."

Heinlein schaute sich um, es gab nur eine Entscheidung. „Die Bundespolizei muss stürmen", es war ihr Verantwortungsbereich.

„Der Kollege bringt's nicht. Wir beide wissen, was das bedeutet."

Dass die Sache in die Hose ging.

„Was schlägst du dann vor?"

Deckert atmete durch. „Ich geh rein."

„Ein Himmelfahrtskommando. Nein, auf keinen Fall."

„Wäre nicht das erste Mal." Deckert reichte ihm seine Waffe.

Heinlein verweigerte sie. „Aber vielleicht das letzte."

„Wir hatten schon schlimmere Situationen", damals beim SEK.

„Ina würde mir das nie verzeihen", hielt Heinlein dagegen.

„Sie weiß, dass so etwas jederzeit passieren kann."

„Früher, heute bist du ein stinknormaler Beamter, der seine Schicht runterreißt."

„Das verlernt man nicht. Jetzt nimm schon." Er drängte Heinlein die Waffe auf.

„Und Lukas und Carlotta?"

Deckert grinste schief, zog die Jacke aus. „Papa ist ein harter Hund."

„Papa ist ein Idiot, wenn er glaubt, dass ich das genehmige."

„Die Zeit drängt, Herr Polizeipräsident", sagte Deckert förmlich. „Der Kollege von der Bundespolizei wird ohne das SEK nichts unternehmen, die Scharfschützen können kein Ziel ausmachen, und wenn der Geiselnehmer keinen Ausweg sieht, kann jederzeit alles passieren. Die Geiseln müssen schnellstens da raus."

Richtig, aber Deckert hatte Frau und Kinder, ein neu gebautes Haus und einen Kredit am Hals, er wurde noch gebraucht.

„Ich mach's", bestimmte Heinlein.
„Quatsch nicht. Dein letzter Einsatz ist über fünf Jahre her."
„Na und."
„Du bist längst ein Schreibtischhengst, untauglich für aktive Polizeiarbeit."
Kein anderer als Deckert durfte so mit ihm sprechen, und das auch nur, wenn sie unter sich waren oder sich heillos betrunken um die Getränkerechnung stritten.
„Gevatter Hein ist noch lange nicht in Rente." Heinlein streifte den Umhang ab.
„Hein ist Geschichte, ein Gespenst aus alten Tagen."
„Das ist ein Befehl, und jetzt ab."
Widerstrebend lenkte Deckert ein und informierte den Einsatzleiter.
„Hast du ein Taschentuch?", fragte Heinlein seinen Chauffeur, der alles mitangehört hatte.
„Sicher", antwortete Schäfer und reichte ihm eines.
Doch die Schminke war hartnäckiger als gedacht.
„So geht das nicht", belehrte ihn jemand – Vanja Berger, eine junge Kommissarin aus dem Dezernat für Organisierte Kriminalität, trat aus dem Schatten und nahm ihm das Taschentuch aus der Hand.
„Was machen Sie hier?"
„Hab den Hubschrauber gesehen. Ich wohne gleich da vorne im Bahnhofsviertel." Sie spuckte ins Taschentuch, rubbelte und rieb, dass es schmerzte.
„Nicht Ihr Zuständigkeitsbereich."
„Vielleicht kann ich helfen." Sie hatte ihr schwarzes Haar zu einem Pferdeschwanz gebunden, war in Jogginghose und Sweatshirt unterwegs. Normalerweise trat sie auffallend modisch in Erscheinung. „Ich spreche Serbokroatisch, Bosnisch und …"
„Gibt es Hinweise, dass es sich um einen Täter vom Balkan handelt?", unterbrach er sie mürrisch.
Vorlaut und übereifrig war sie, mischte sich stets in Dinge ein, die sie nichts angingen, wusste zu allem etwas zu sagen und bot auch noch ungefragt Hilfe an.

„Der Einsatzleiter meinte, dass es sich durchaus um eine Person aus meinem Sprachbereich handeln könnte."
Dem war sie also auch schon auf den Geist gegangen. Heinlein entzog sich ihrer Behandlung.
„Auf eine Frau reagieren Geiselnehmer weniger aggressiv als auf einen Mann", schickte Berger hinterher. „Sie glauben sich überlegen, das ist durch zahlreiche Berichte belegt."
Da war es wieder, dieses überhebliche Gerede, das Heinlein von Anfang an auf die Nerven gegangen war.
„Vielen Dank, Frau Kollegin, ich kenne die Veröffentlichungen zum Thema."
„Ich könnte an seinen Beschützerinstinkt appellieren, den Familienvorstand, Verantwortung, Leben und Ehre …"
Es reichte. „Gehen Sie nach Hause."
Berger reagierte auf die harsche Zurückweisung, wie sie es immer tat, lächelnd. „Okay … dann viel Erfolg, Herr Polizeipräsident."
Der Einsatzleiter eilte mit Deckert herbei. „Wollen wir das SEK nicht abwarten?"
„Gute Idee", bekräftigte Deckert. „In einer halben Stunde …"
„In einer halben Stunde kann uns alles schon um die Ohren geflogen sein", widersprach Heinlein. „Wer wird dem Ministerpräsidenten Rede und Antwort stehen? Die Medien sind auch schon da, berichten live und landesweit. Wer von Ihnen möchte als Erster vor die Kamera treten?"
Das Angebot ließ sie verstummen.
„Wenn's schief läuft, stürmen Sie. Haben Sie mich verstanden?" Ein Nicken.
„Ich lass dich nicht aus den Augen", versprach Deckert mit einem Scharfschützengewehr in der Hand. „Auf unser altes Zeichen."
Die Arme ausbreiten, Handflächen nach oben wenden, sich aus der Schusslinie bringen.
„Ich drücke Ihnen die Daumen", wünschte der Einsatzleiter. Dann gab er die Nachricht über Funk an die Beamten weiter. „Achtung, an alle: Der Verhandler kommt."

Heinlein ging los.
Vorbei am Dornengebüsch, wo die Kollegen mit der Waffe in Anschlag lagen. Mit einem kurzen Nicken zollten sie ihm Respekt, dann trat er auf die Gleise.
Noch konnte er es sich anders überlegen, den Schwanz einziehen, fliehen …
Gevatter Hein, der Ruf der alten Zeiten.
Nicht denken. Die Situation akzeptieren, wie sie war. Eine persönliche Beziehung aufbauen, Vertrauen gewinnen. Den richtigen Moment erkennen, mit aller Entschlossenheit handeln.
Auf Nostalgie und Selbstvergewisserung folgte Unruhe, je näher er dem ICE kam. Die Hände begannen zu zittern, seine Knie wurden weich.
Nicht denken. Die Situation akzeptieren, wie sie war …
„Stop!"
Unmittelbar vor dem Wagen.
Die Tür offen, Füße ragten ins Licht, abgetragene Sportschuhe, wie man sie in die Altkleidersammlung gibt.
Vorsichtig drehte sich Heinlein im Kreis, hob die Arme.
„No guns. See?"
Im Dunkel der Tür glaubte er die Umrisse einer Gestalt zu erkennen, und sie antwortete anders als erwartet, fast schon flehentlich.
„*Habibi?*"
Heinlein verstand nicht. „Chief of police …"
„No … no police", aufgeregt, vermutlich unschlüssig angesichts einer Person mit einem aufgedruckten Skelett am Leib.
„No problem", beruhigte Heinlein. „My name is …"
„Gallo … you Gallo?"
Hatte er ihn richtig verstanden?
„Say again. Who?"
Schweigen.
Unruhe.
Etwas stimmte nicht, Heinlein setzte erneut an.
„My name …"

Ein Handy schrillte mit einer fremden, beunruhigenden Melodie.
Aus dem Dunkel vor ihm.
Ein Handy hatte nichts in der Nähe einer Zündvorrichtung verloren.
Der Reflex, Heinlein warf sich zur Seite.
Die Wucht der Explosion donnerte über ihn hinweg wie ein ICE in voller Fahrt.

In den Gassen der Quartieri Spagnoli heulten die Motorroller der verfeindeten Baby-Gangster um die Wette, Pistolenschüsse überschlugen sich und Salven automatischer Waffen verfingen sich in den eng stehenden Häuserreihen.
Die Rufe der Menschen, die sich zur frühen Abendstunde noch im Touristenviertel befanden, gingen darin nahezu unter.
Diejenigen, die das Schicksal getroffen hatte, lagen reglos in ihrem Blut, andere krochen verletzt auf die ausgestreckte Hand zu, die ihnen aus einem Souvenirgeschäft, Gemüseladen oder einem Restaurant gereicht wurde.
Es roch nach frittierten und gegrillten Scampi, nach Muscheln in Knoblauchsoße, nach frischer Pizza aus dem Holzofen und nach Käse, Schinken und Fisch aus den beliebten Feinschmeckerlokalen, die es an jeder Ecke gab und wo noch eine Minute zuvor fröhlich gegessen und mit einem Glas Rotwein auf das wunderbare Leben angestoßen worden war.
Nun legte sich der beißende Gestank von Abgasen und Pulverrauch darüber, von Schrecken und Todesangst. Türen fielen ins Schloss, hoch über den Köpfen klapperten Fensterläden, Terrakottatöpfe rauschten in die Tiefe und zerbarsten auf dem Kopfsteinpflaster neben umgeworfenen Kartenständern und Verkaufsregalen. Die Alarmanlage eines Autos schlug an. Zu spät. Die Angreifer hatten erreicht, was sie wollten, und waren ihren Verfolgern stets einen Block voraus.
Kilian hielt Abstand zum Geschehen. Er fuhr in gemäßigtem Tempo die Via Toledo entlang und blickte zu beiden Seiten in die Gassen und auf die verwaisten Piazze. Wo war die grün-weiße Straßenmaschine, auf der er Donatello, den Anführer, vermutete?
Er konnte sie im Geflecht der verwinkelten Gassen nicht sehen, nur ihr Röhren aufschnappen, wenn sie abrupt beschleunigte oder bremste – ein typisches Muster, das sie von den PS-schwachen Motorrollern unterschied.

Hinter Schaufenstern und Straßenecken verrenkten sich die Neugierigen und Lebensmüden die Hälse nach den Angreifern und Verfolgern, andere telefonierten aufgeregt oder schüttelten fassungslos die Köpfe. Polizeisirenen hallten wider, Blaulichter zuckten vor ihm auf. Gleich wäre der Spuk vorüber und damit auch die Möglichkeit, Donatello vor den Carabinieri zu fassen.
Es mochte kurz nach der Basilica dello Spirito Santo gewesen sein, als in einem Affentempo das grün-weiße Motorrad kreuzte und in die gegenläufige Richtung einer Einbahnstraße fuhr.
Kilian gab Gas und nahm die Verfolgung auf. Viele Autos kamen ihm nicht entgegen, die Gefahr ging von Fußgängern aus, die plötzlich im Gegenlicht auftauchten. Was er aber ohne große Anstrengung erkannte, war das grellrote Bremslicht des Motorrads.
Der Höllenritt verlor auf Höhe des Castel Nuovo, in unmittelbarer Nähe zum Hafen, an Geschwindigkeit. Für welche Richtung würde sich Donatello entscheiden?
Wenn er die Hafenstraße wählte, würde er mit der schnellen Maschine davonziehen und Kilian hätte das Nachsehen.
Zum Glück nahm er den Tunnel.
Die Maschine beschleunigte nicht mehr so schnell, vor allem schlingerte sie, als ob sie ein Problem hätte.
Oder Donatello.

Weit draußen im Südwesten der Stadt, am Baia Trentaremi, einem beliebten Aussichtspunkt mit Blick auf Meer, Klippen und das nahe gelegene Teatro Greco, trudelte die Maschine aus. Mit ihrem Fahrer fiel sie zur Seite um, der Motor stotterte, erstarb.
Kilian stoppte, ließ den Scheinwerfer an.
Eine frostige Brise fegte über Meer und Klippen, Wellen brachen sich in der Bucht und wirbelten feine Gischt auf, die sich auf Haut und Kleidung legte.
Mit vorgehaltener Pistole ging Kilian auf Donatello zu. Der lag auf dem Rücken und schaute in den finsteren Himmel, seine Hand ging zum Gürtel.

„Lass es!", drohte Kilian.
Der Kerl stöhnte. „Wer bist du?"
Dort, wo Kilian eine Waffe vermutete, offenbarte das Scheinwerferlicht einen dunklen Fleck, der sich über Lederjacke und Hose ausgebreitet hatte. Vermutlich ein Bauchschuss, es kam einem Wunder gleich, dass es der Kerl bis hierher geschafft hatte.
Kilian holte das Handy hervor, das er dem Nachwuchseinbrecher abgenommen hatte, und rief Donatellos Bild auf. Gebleichte, kurze Haare, kantige Wangenknochen und das tätowierte Kreuz mit Punkten.
Kein Zweifel, er war es.
„Hast du was gegessen?", fragte Kilian.
Falls ja, dann war er ohne eine sofortige OP kaum noch zu retten. Alle Sanitätsfahrzeuge waren in den Quartieri Spagnoli im Einsatz, um die Opfer seiner Attacke zu versorgen. Bevor auch nur ein Rettungswagen den Weg hierher fand, war Donatello kalt wie ein Fisch. Es würde ein qualvoller Tod werden, und Kilian kam gar nicht erst auf die Idee, Mitleid für den Massenmörder zu empfinden.
„Burger und Chips", presste Donatello gegen den Schmerz an.
Und das in Italien.
Kilian öffnete ihm die Jacke. Alles durchnässt, keine Waffe. In den Taschen weder Geldbörse noch Ausweis, dafür ein Bündel Fünfziger, ein paar Tütchen mit Pillen und Koks.
Und ein Handy.
„Entsperr es", forderte Kilian.
Donatello hustete. „Fick dich."
„Werden wir gleich sehen, wer hier wen fickt." Kilian schaltete sein Handy an und startete die Aufnahme.
„Was soll das?"
„Wird ein Hammer-Video. Die letzten erbärmlichen Minuten von Donatello, wie er Rotz und Wasser heult, sich vor Angst in die Hose macht, bettelt und winselt: Einen Arzt! Oder doch die Mami?"
„Hurensohn!"
„Ist heute Abend auf Youtube. Die Calabroni werden sich totlachen. Du und dein Clan – ein Witz. Keine Ehre, Mann."

„Mach aus!“ Donatello forderte sein Handy zurück.
Kilian achtete darauf, wie er es entsperrte. Keine PIN, sondern eine Form, die einer Sanduhr glich. Ein verwegenes Selbstporträt als Hintergrundbild. Kilian nahm ihm das Handy ab.
48 Nachrichten. Von Mattia, Gabriele, Andrea und so weiter. Der Gesuchte war nicht darunter.
„Wer ist Gallo?“, fragte Kilian.
Donatello stöhnte. „Kenn ich nicht.“
„Wer ist Gallo?“
„Ich sag doch …“
„Lüg mich nicht an.“
„Ich kenn keinen Gallo.“
„Dann zurück auf Start und … Showtime!“ Ein weiterer Versuch, ihn zum Reden zu bringen. „Die Bitches werden den Scheiß lieben.“ Er zündete sich ein Zigarillo an und rief, während die Aufnahme lief, die Nachrichten auf Donatellos Handy auf.
Wo bist du, Mann?
Achille und Brazzo hat es erwischt.
Haben die Wichser gekillt!
„Gallo ist ein Gespenst“, lenkte Donatello endlich ein, „ein Märchen. Nur Kinder und Idioten glauben daran.“
„Yo, Mann, Legende.“
„Glaub mir doch!“
Die nächste Nachricht ein Video, das vor zehn Minuten gepostet worden war. Vor der Kulisse einer Diskothek mit dumpf hämmernden Technobeats posierten drei seiner Gangsterbrüder mit Kippen im Mund und Waffen in der Hand.
„Calabroni vernichtet!“, brüllte einer, ein anderer etwas, das wie „Sanità“ klang, man verstand kaum ein Wort.
Aber das war nicht der Punkt, es ging um etwas ganz anderes – die Message, und die ging so:
Nach einem Überfall fuhren sie in einen angesagten Klub und feierten die Bilder des Coups in den Abendnachrichten und sozialen Netzwerken mit Champagner, Koks und Nutten.

Vor laufenden Handykameras warfen sie sich in Pose, prahlten mit ihren Waffen, Tätowierungen, Goldketten, Geldscheinen und gekauften Frauen. Die ganze Welt sollte von ihnen erfahren, wer sie waren, was sie getan hatten und was sie jederzeit an jedem beliebigen Ort wieder tun konnten.

In Neapel. Ihrer Stadt!

Hört gut zu, das ist unsere Nachricht.

Die Polizei, dein Freund und Helfer?

Ein Haufen lächerlicher Witzfiguren, die nichts auf die Reihe bringen. Ihr wisst, wo ihr uns findet. Wir erwarten euch.

Der Clan in deinem Viertel, der Capo, dein Schutzherr?

Hat er er dich beschützen können? Dein Geschäft, Kunden und Angestellte? Wer zahlt für die Einrichtung, den entgangenen Umsatz, Arzt und Krankenhaus, den Pfarrer für deine Beerdigung, den Leichenschmaus?

Wofür zahlst du eigentlich den Pizzo, du Idiot?

Wir sind die neue Macht! Dein neuer Herr! Ab sofort zahlst du den Pizzo an uns! Letzte Warnung.

Die Sprüche waren Teil der Einschüchterung, Phase eins vor einem Angriff. Die Chancen, dass tatsächlich etwas passierte, variierten … je nach Grad der Bewaffnung.

Donatello atmete flach, lange würde er es nicht mehr machen.

„Wer ist Gallo?“, fragte Kilian.

Keine Antwort.

Die nächste Nachricht. Sie stammte von einem Amer und war in einer fremden Sprache verfasst.

„Was steht hier?“ Kilian hielt ihm das Handy hin.

Donatello antwortete nicht.

„Hey?!“

Regte sich nicht.

Am Zwerchfell war kaum noch Bewegung zu spüren.

Eigentlich hatte es der Schweinehund überhaupt nicht verdient …

4 | Helmbrecht

Als hätte die Welt ihre Höhen und Tiefen verloren.
Was an Heinleins Ohr drang, klang dumpf und hohl. Dazu ein verstörender, spitzer Ton und gelegentlich auftretender Schwindel, es war ihm auch etwas übel. Die Schürfwunden an Händen, Knien und Ellbogen waren nicht der Rede wert und von einem Sanitäter versorgt worden.
Wir bringen Sie jetzt ins Krankenhaus.
Nicht nötig, es geht mir gut.
Sie stehen unter Schock.
Definitiv, der Schock einer missglückten Deeskalation.
Ein toter Attentäter unbekannter Identität und mit ungewissem Motiv, mehrere verletzte Geiseln, Sachschaden in Millionenhöhe, Zugausfälle, verängstigte Reisende und Bürger.
Wenigstens hatten die Minister und Staatssekretäre, Medien und Zuschauer an den Fernsehgeräten nichts mitbekommen, die Meldung hatte sich erst zum Ende der Veranstaltung verbreitet, als Alkohol und Ausgelassenheit am Höhepunkt angelangt waren und Handys kaum Gehör fanden.
Das würde sich in den Morgenstunden ändern.
Der ICE-Wagen wie ein geborstener Silvesterböller, Trümmer auf den Gleisen, Bilder der Verletzten aus dem Krankenhaus, der Pressesprecher hatte einiges zu erklären.
Die Oberstaatsanwaltsschaft würde die Leitung der Ermittlungen, der Staatsschutz des LKA die Durchführung übernehmen, Deckert den Polizeipräsidenten Heinlein auf dem Laufenden halten.
Es geht ihm gut, nur kleinere Verletzungen.
Wir können stolz auf ihn sein!

Kurz nach Mitternacht, alleine im Büro. Alle Telefone aus, Heinlein wollte ungestört sein, er musste nachdenken.
Mit zittriger Hand goss er ein, leerte das Glas in einem Zug.
Gallo.

Was zum Teufel hatte das Gespenst wieder zum Leben erweckt? Nach so vielen Jahren?
Mit Kriminalhauptkommissar Helmbrecht hatte alles begonnen, auf dem Weihnachtsmarkt vor fünf Jahren …
Helmbrecht hatte zum Glühweintrinken geladen, Treffpunkt ein Ausschank am Oberen Markt. Die meisten Kollegen schlugen die Einladung aus, denn Helmbrecht hatte seine Eigenarten, die sich mit steigendem Alkoholkonsum potenzierten und für wenig Freude sorgten. So auch an diesem fortgeschrittenen Abend, als die Besucher des Weihnachtsmarktes sich bereits in die Gaststätten zurückgezogen und die Händler ihre Verkaufsstände geschlossen hatten. Nur dieser eine Ausschank durfte die Läden nicht schließen, da Helmbrecht mittels Polizeimarke und einer unverhohlenen Drohung darauf bestand, noch einen für *seine Freunde* zu spendieren.
Explizit davon ausgeschlossen war Kollege Alexander Deckert, den Heinlein vom SEK in Nürnberg mit in seine Heimstadt gebracht hatte, als er zum neuen Polizeipräsidenten berufen worden war. Niemand wusste, warum sich Helmbrecht auf Deckert eingeschossen hatte. Sie kannten sich nicht und hatten auch niemals miteinander zu tun gehabt. Heinleins Versuche, den betrunkenen und aggressiven Helmbrecht zu besänftigen, schlugen fehl, sodass man beschloss, auf die letzte Runde zu verzichten und nach Hause zu gehen.
Claudia, damals noch Heinleins Frau, lud jedoch hinter vorgehaltener Hand Kilian, Pia und auch Deckert zu Tee und Christstollen in die warme Wohnung ein. Der kleine Raphael, den Kilian auf den Schultern getragen, dann in den Armen gewiegt hatte, war müde und gehörte ins Bett. Er rief immer wieder nach Pia, seiner Mutter, die mit Helmbrecht und Deckert zurückgeblieben war.
Im Nachhinein wusste niemand mehr so genau, wieso es bei der Verabschiedung zur offenen Auseinandersetzung zwischen den beiden gekommen war. Nur so viel: Heinlein ging mit Kilian, Raphael und Claudia vor, während Pia versuchte, die beiden Streithähne

auseinanderzubringen, Deckert schloss zu ihnen auf …, als es einen ohrenbetäubenden Knall tat, Flammen und Rauch in den Nachthimmel stiegen und es Trümmer regnete.
Kilian fuhr der Schrecken in die Knochen, er eilte zurück und sah, was er niemals hätte sehen dürfen …
Die Kriminaltechniker machten ein defektes Ventil an einer Gasflasche als Ursache für die Katastrophe aus. Schwieriger war es für die Rechtsmediziner, Pias Kollegen, die Leichenteile den drei Getöteten zuzuordnen.
Der Wirt, Helmbrecht … und Pia.
Seit diesem Abend auf dem Weihnachtsmarkt war mit Kilian nicht mehr zu reden gewesen. Er riss die Ermittlungen an sich, obwohl sie überhaupt nicht in seinen Verantwortungsbereich fielen. Er traktierte Deckert mit Fragen und später mit Vorwürfen, wieso, weshalb, warum … Doch Deckert konnte nichts anderes sagen, als dass er Helmbrechts Angriffe auf die sich anbahnende Konkurrenzsituation im Dezernat zurückführte. Deckert war der aufstrebende Mann und er würde eher früher als später Helmbrecht als Dezernatsleiter ablösen. Die Rückendeckung seines Mentors, des Polizeipräsidenten Heinlein, hatte er obendrein, denn Helmbrecht war zu einem undurchsichtigen und vor allem unkontrollierbaren Faktor geworden.
Das reichte Kilian nicht, er begann im Umfeld Helmbrechts zu ermitteln, dessen letzte Fälle aufzurollen und dessen Kontaktpersonen anzusprechen. Irgendwo musste es einen Hinweis auf den *Mord* an Helmbrecht geben, dazu hatte sich Kilian mittlerweile verstiegen. Die beschwichtigenden Worte seines früheren Partners und Freunds Heinlein liefen ins Leere, auf den ersten Verweis folgte der nächste, dann Dienstaufsichtsbeschwerden von genervten Kollegen und schließlich hatte Heinlein Kilian zu dessen eigenem Schutz aus dem Verkehr gezogen. Sie stritten, sie gingen sich fast an die Kehle, dann knallten die Türen und Kilian verschwand im Nirgendwo.
Grußlos.

Bis er eines Tages wieder vor ihm stand – in löchrigen Jeans und abgewetzter Bikerjacke, mit Bart und langen Haaren, als käme er gerade von einem verregneten Rockkonzert zurück.
Gallo.
Der Name sei bei seinen Ermittlungen aufgetaucht. Es handele sich um eine unbekannte Person, die im Hintergrund die Fäden ziehe.
Welche Fäden?
Eine Litanei wilder Geschichten, Gerüchte und Verschwörungstheorien über eine neue Mafiaorganisation, die Anfang der Neunzigerjahre erstmals in Leipzig in Erscheinung getreten sei. Er komme jetzt nicht mehr weiter und brauche Heinleins Hilfe. Die Datenbanken von LKA und BKA müsse der für ihn anzapfen …
Was für ein Wahnsinn.
Aber okay, Heinlein tat ihm den Gefallen.
Ergebnis: Nichts, absolute Fehlanzeige. In keiner Ermittlung, keiner Befragung oder Zeugenaussage war der Name, das Wort oder die Bezeichnung Gallo aufgetaucht. Nirgends.
Bis heute Nacht.
Gallo … *you Gallo?*
Als hätte der Attentäter Gallo nicht gekannt und geglaubt, ihn auf den Gleisen zu treffen.
Gallo …
Und noch ein Wort war dem seltsam verstörten Mann über die Lippen gekommen.
Ha … *Habibi?*
War das das Wort gewesen?
Heinleins Schädel brummte und bockte vor Schmerz, er rieb sich die Schläfen. Bildete er sich das nur ein oder hatte er das Wort tatsächlich gehört?
Habibi … Was bedeutete das?
Eine Hand schob sich in sein Blickfeld, winkte.
Vanja Berger. Schlimmer als ein Sack voller Läuse.
„Was ist?!“, schnauzte er sie an und hörte sich selbst wie unter einer Glasglocke sprechen.

„Ich hatte angeklopft … Wie geht es Ihnen?“
„Gut. Was wollen Sie?“
„Mich nach Ihnen erkundigen.“ Sie machte wirklich den Eindruck, dass sie sich sorgte.
Aber warum? Sie kannten sich so gut wie gar nicht.
„Es geht mir gut“, wiederholte Heinlein um Freundlichkeit bemüht, „danke der Nachfrage. Und nun gehen Sie bitte nach Hause. Morgen früh erwarte ich Sie ausgeschlafen und einsatzbereit.“
„Das werde ich sein. Sie können sich auf mich verlassen.“
Doch sie ging nicht, glotzte ihn an, als wolle sie seine Gedanken lesen, ihn mit ihrem bohrenden Blick durchdringen.
„Was ist noch?“
Sie zögerte, überlegte, doch dann: „Ich habe mich gefragt, was zwischen Ihnen und dem Attentäter vorgefallen ist.“
„Nichts. Warum interessiert Sie das?“
„Sie haben keine sechzig Sekunden mit ihm gesprochen, und schon knallte es.“
„Wollen Sie etwa meine Vorgehensweise kritisieren?!“, fuhr er sie an, und schon bretterte der ICE noch einmal durch seinen Schädel, dass es pochte, hämmerte, pfiff und quietschte.
Sie beantwortete die Frage nicht, stattdessen: „In welcher Sprache hat er gesprochen?“
„Englisch … gebrochen.“
„Was hat er gesagt?“
Schluss damit, er war nicht im Zeugenstand. „Gehen Sie jetzt.“
Sie setzte erneut an, doch überlegte es sich anders.
„Gute Nacht, Herr Polizeipräsident.“ Mit einem Lächeln machte sie kehrt.
Dem Herrn im Himmel sei Dank!
Er sah ihr nach, wie sie in ihrem Joggingoutfit davonfederte, die ehemals gepflegten Sportschuhe ziemlich lädiert, als hätte sie sich am Tatort durchs Gebüsch geschlagen.
Abgetragene Turnschuhe.
„Habibi“, rief er ihr nach, „wissen Sie, was das bedeutet?“

„Das ist Arabisch“, vernahm er, obwohl seine Hörweite kaum noch bis zur Tür reichte, „bedeutet so viel wie Geliebter oder Freund.“
„Sicher?“
„Ja, klar. Warum fragen Sie?“
„Nichts, nur ein Gedanke. Schließen Sie die Tür, bitte.“
Endlich wieder allein.
Habibi … Geliebter, Freund.
Warum in aller Welt würde ihn ein unbekannter Attentäter als Freund bezeichnen wollen?
Und noch etwas: Hatte der Kerl tatsächlich einen Auslöser in der Hand gehalten, wie es Deckert berichtet hatte?
Heinlein hatte keinen gesehen. Oder konnte er sich nur nicht daran erinnern?
Weil er unter Schock stand.
Aber an das Bimmeln eines Handys, hundertprozentig.
Eine seltsame Melodie, irgendwie orientalisch.
Ein Anruf hatte die Detonation ausgelöst. Wer hatte ihn getätigt?
Seine Hand schnellte zum Hörer, um eine Anfrage an die Telefongesellschaften zu stellen. Mitten in der Bewegung hielt er ein, es war weit nach Mitternacht.
Er seufzte, hielt sich den Brummschädel.
Höchste Zeit ins Bett zu gehen. Mehr konnte er nicht …
Doch, natürlich.
Sie hatten sich seit Jahren nicht gesprochen, die Nummer existierte vermutlich auch nicht mehr.
Und dennoch war es einen Versuch wert.
Was würde er sagen?
Was würde Kilian sagen?

5 | Kotor Trans

Das Blut zweier Menschen floss unter der Dusche an ihm herab. Die Mutter hatte er nicht retten können, ihren Mörder schon. Kilian hätte kotzen können vor Scham.
Er drehte die vergoldeten Wasserhähne zu, griff nach dem Handtuch und setzte den Fuß auf wohlig warme Marmorfliesen. Die gesamte Villa mit ihren acht Zimmern war damit gepflastert. Eine Fußbodenheizung sorgte für kuschelige Winterabende am Meer, und wenn es mal ganz stimmungsvoll sein sollte, warf man den Kamin an.
Dann würde der gestresste Dr. Kohlschreiber einen Brunello dekantieren, sich aufs Ledersofa fallen lassen und seiner Gattin von den Träumen erzählen, die er als Student noch hatte. Von seinen Reisen nach Goa und Angkor Wat, von den erlebten Abenteuern, den Menschen, die er getroffen und der Erleuchtung, die er im Sonnenaufgang am Strand von Bali erfahren hatte.
Heute spritzte er seinen wohlhabenden Kunden Botox ins Gesicht. Von etwas musste man schließlich leben.
Mit einem Wisch sorgte Kilian für freie Sicht im Spiegel. Vor ihm stand ein bärtiger und langhaariger Mitfünfziger, wie sie in Werbespots großer Baumärkte gezeigt wurden, bei guter Pflege und einem Haarschnitt hätte er auch als Hipster durchgehen können. Oberkörper und Arme waren definiert, die Arbeit am Haus hatte überschüssige Pfunde schmelzen und Muskeln sprießen lassen. Körperlich war er in Topform, Vergleiche mit Jüngeren musste er nicht scheuen.
Das Handy klingelte.
„Herr Dr. Kohlschreiber …"
„Endlich, Kilian. Warum rufen Sie nicht zurück?" Im Hintergrund wurde gefeiert. Man trank und sang zum Hüttenzauber, eine schrille Trillerpfeife kündigte die nächste Runde an. „Einen Moment." Kohlschreiber bahnte sich einen Weg durch feiernde Skigäste aus aller Welt.

Kilian verließ seinerseits das Badezimmer, rubbelte sich die Haare trocken und versuchte, keins der vielen Kunstwerke umzustoßen, die sich im Gang aneinanderreihten. Irgendwas Etruskisches oder sonst was, das sich nur eine gelangweilte Gattin ausdenken konnte. Er schob den Vorhang am Panaromafenster einen Spalt weit auf. In der Nachbarvilla, die sich über drei Ebenen erstreckte und zum Meer hin entfaltete, ging es hoch her. Die Nutten tanzten und ein Gast ballerte sich den Verstand mit Koks weg.
Wusste der Idiot nicht, dass er sich in einem Gästehaus der Camorra befand, in dem jede Sünde in HD-Qualität aufgezeichnet wurde?
„So, jetzt", atmete Kohlschreiber auf. „Hier in Ischgl geht der Punk ab. Echt der Wahnsinn."
„Ich hätte mich später noch gemeldet", entschuldigte sich Kilian. „Musste den Ganoven erst bei den Carabinieri abliefern."
„Wie groß ist der Schaden? Ich habe seit gestern keinen Zugriff auf die Kameras mehr."
Kein Wunder. Der Bengel hatte die Kabel durchgeschnitten.
„Der Schreibtisch ist aufgebrochen, Regale sind umgeworfen …"
„Und der Safe?", unterbrach Kohlschreiber. „Der im Keller, hinter dem Wein?"
Natürlich. Da lagerten die Geheimnisse des Giftspritzers.
„War mein erster Weg. Alles in Ordnung."
Ein langes Seufzen. „Gott sei es gedankt. Und Ihnen, Kilian. Was würde ich nur ohne Sie tun?"
„Kein Problem, dafür bin ich ja da. Sie haben meine Kontonummer? "
„Sicher, sicher. Bitte checken Sie die Kameras im Garten und im Haus. Hab nur noch Schwarz auf meinem Handy."
„Ich beauftrage einen vertrauenswürdigen Handwerker mit der Reparatur."
„Ich vertraue Ihnen voll und ganz."
So sollte es sein.
„Grüße an die Gattin", sagte Kilian, „und wenn Sie mich wieder brauchen: Eine kurze Nachricht genügt, und ich mache mich auf den Weg."

„*Grazie mille.* Und ich empfehle Sie weiter an meine Freunde und Kollegen, da können Sie sicher sein."

Einen verlässlichen Helfer in der Not konnte jeder seiner *Freunde* und *Kollegen* brauchen, die ihr Schwarzgeld in Häuser, Wohnungen und Nobelkarren in Italien investiert hatten. Die Zahl der Diebstähle und Einbrüche war in den letzten Jahren in die Höhe geschnellt, außerdem musste niemand wissen, was da in Safes und doppelten Böden gebunkert wurde.

Solche Probleme hatte der Besitzer der Nachbarvilla nicht, er war Gauner, Polizist und Richter in einer Person. Ein derart kostspieliges Anwesen unterhielt er nicht aus Lust und Tollerei, es gehörte zum Anlagevermögen seiner Gesellschaft, eine Betriebsstätte.

Hin und wieder auch Richtstätte für Plappermäuler.

Ein Wagen fuhr vor, das schmiedeeiserne Tor öffnete sich wie von Geisterhand. Der Hausherr begrüßte seinen Gast mit offenen Armen.

„Mein Minister. Geht es dir gut?"

„Giulio, mein Lieblingsitaliener", antwortete der mit schwäbischem Einschlag, „*tutto bene.*"

Amigos unter sich.

Kilian schenkte sich einen Cardinal Mendoza ein, fläzte sich in die Kissen der Ledercouch und entsperrte Donatellos Handy. Die Flammen des Kaminfeuers züngelten, Schatten huschten über die Ölbilder der neuen Meister an den Wänden, die laut Kohlschreiber eine sichere Anlage in den heraufziehenden stürmischen Zeiten waren.

Oder den Finanzbehörden zum Opfer fallen würden.

Die Chats flogen unter Kilians unruhigen Daumen vorbei, das Meiste in Form von Satzfragmenten, Kraftausdrücken und Emojis. Ein wirres Sammelsurium von Derbheit und geistiger Armut. Dazwischen Nachrichten eines oder einer *Amer*, ohne Profilbild und in einer anderen Sprache, inhaltlich wahrscheinlich das Gleiche wie von Gabriele, Achille und Mauro – Kohle, Sex und Prahlerei.

Kilian startete eine Suchanfrage nach Gallo … zwei Treffer!

Die eine Nachricht stammte von Donatello, die zweite, als Antwort, von … Amer. Er kopierte die Texte in die Suchmaschine.

Bei der Sprache handelte sich um Bosnisch … oder Montenegrinisch, da wollte sich die Software nicht festlegen oder war, ähnlich wie Kilian, paralysiert von dem wirren Geschreibsel.
Donatello fragte nach Gallo, er habe von ihm gehört.
Es gibt keinen Gallo, antwortete Amer, nimm seinen Namen nie wieder in den Mund, sonst … der Ausdruck konnte nicht übersetzt werden.
Für die tatsächliche Existenz Gallos hätte es kaum eine überzeugendere Bestätigung geben können.
Kilian nahm sich alle Nachrichten von Amer vor, und das waren einige, kopierte sie in die Suchmaschine und versuchte darin einen Hinweis zu ihm zu finden, wer er war, was er tat und in welcher Beziehung er zu Donatello stand, dem Baby-Gangster aus der Sanità.
Es brauchte Zeit und zahlreiche Versuche, bis er endlich etwas fand: Donatello habe sich im Büro von Kotor Trans in Bari einzufinden, Amer erwarte ihn. Es gebe Probleme mit einem Fahrer …
Bari, die Stadt in Apulien, knapp 300 Kilometer von Neapel entfernt. Fahrzeit bei Nacht mindestens drei Stunden, eher mehr, bei Tag weniger.
Dann besser im Morgengrauen los, beim ersten Hahnenschrei.
Zuvor die blutverschmierten Klamotten in die Waschmaschine, packen, eine Mütze Schlaf …
Das Handy klingelte erneut. Was wollte Kohlschreiber denn noch?
Aber der war es nicht, sondern ein anderes Gespenst aus längst vergangenen Tagen.
Heinlein.
Sie hatten sich seit Jahren nicht gesprochen, weder zu Geburtstagen noch zu Weihnachten oder Neujahr. Nicht einmal eine SMS. Wie vergessen und gelöscht.
Und jetzt auf einmal?
Später, irgendwann, wenn er einen Kopf dafür hatte.
Und wischte ihn weg.

DIE LEGENDE VOM GALLO NERO

Im 13. Jahrhundert stritten sich die Republiken Siena und Florenz um ihre Grenzen. Man beschloss, beim ersten Hahnenschrei je einen Reiter loszuschicken. Dort, wo sie sich trafen, sollte zukünftig die Landesgrenze verlaufen.

Die Sieneser hatten einen gefräßigen weißen Hahn, die Florentiner einen schwarzen hungrigen. Und natürlich krähte der hungrige, schwarze Hahn früher als der weiße. So kam es, dass sich die Reiter nicht in der Mitte, sondern nahe bei Siena trafen, da der Florentiner Reiter viel früher aufgebrochen war.

Die Florentiner konnten damit ihre Grenzen deutlich erweitern, und machten den Gallo Nero zu ihrem Wappentier.

„Ist Opa tot?“, fragte Jinjin.
„Nein“, flüsterte Vera, „er schläft.“
„Aber er atmet nicht“, bemerkte Yingtao.
„Opa macht das mit den Ohren.“
„Das geht doch nicht“, amüsierte sich Jinjin, und die freche Yingtao hielt Heinlein gleich die Nase zu.
Er wachte auf und schnappte nach Luft.
Die Zwillinge kicherten, und selbst dabei glichen sie sich wie ein Ei dem anderen: rehbraune Mandelaugen, Stupsnasen und pechschwarzes Haar, das zu schulterlangen Zöpfen geflochten war. Nur die Farbe der Haarbänder half, die beiden auseinanderzuhalten: Jinjin, die Goldene, trug ein rotes Bändchen. Yingtao, die Kirsche, ein blaues.
„Opa ist aufgewacht“, feierten sie Heinleins Wiederkehr von einer viel zu kurzen Reise durch die Nacht, die erst bei Tagesanbruch begonnen hatte.
Bis dahin Bimmeln ohne Unterlass.
Der Innenminister und sogar der Landesvater hatten sich nach seinem Befinden erkundigt. Mutig sei er gewesen, selbstlos … eine größere Katastrophe verhindert … nicht auszudenken, wenn … eine Belobigung, eine Einladung in die Staatskanzlei … jetzt gelte es gesund zu werden … ausruhen.
Dann meldete sich Uschi, seine Sekretärin. Alles klar bei dir?
Sie hatte Vera und Tom informiert. Tom hatte betont nüchtern die Fakten abgeklopft, Vera ihre Besorgnis hinter fadenscheiniger Fröhlichkeit verborgen. Sie war es gewesen, die ein Familientreffen angeordnet hatte, sobald er aufgewacht war.
Tom, der kühle Stratege.
Vera, die letzte, verbliebene Familienklammer.
Jinjin und Yingtao sprangen aufs Bett, hüpften und tollten den zerknautschten Brummbär endgültig wach.
„Nicht so stürmisch“, rief Vera sie zur Ordnung.

Doch Heinlein hätte sich keine bessere Reanimierung wünschen können. Er packte die beiden Pingpongbälle, balgte sich und rauf-te mit ihnen, schickte Kopfschmerzen und schlechte Laune in die Ferien.
„Das reicht“, bestimmte Vera nach einer Weile. Sie schnappte sich Jinjin und Yingtao. „Ab nach unten, Frühstück ist fertig!“
Die beiden polterten die Treppe hinunter. Vera nutzte den Moment der Stille, der seltenen Zweisamkeit zwischen Vater und Tochter. Schweigen. Ein langer Blick und ein Seufzen von Vera, als müsse sie die gesamte Last der Familie tragen und nicht mehr er oder Claudia, seine Ex.
„Geht es dir gut?“
„Ja, es ist nichts. Bin noch an Ort und Stelle verarztet worden.“
„Tian wird dich sicherheitshalber noch mal untersuchen.“ Veras Ehemann, ein chinesischer Arzt, der beste Schwiegersohn, den sich Heinlein für seine Tochter hatte wünschen können. Er begleitete die inzwischen berühmt gewordene Violinistin auf ihrer Tour um den Globus, erzog und unterrichtete die Kinder, praktizierte sowohl die westliche als auch die traditionelle chinesische Medizin und war ein bescheidener, wenngleich etwas introvertierter Mann aus gutem Haus.
Schon morgen Abend reisten sie wieder ab. Hamburg, Kopenhagen, Oslo … Vera war das Goldstück der Familie, schön, talentiert und gescheit. Heinlein hätte rund um die Uhr vor Stolz platzen können.
„Komm, lass uns frühstücken.“ Er setzte an, sich aus dem Bett zu schwingen, als ihm die Überheblichkeit in Rücken und Beine fuhr. Mit Mühe unterdrückte er den Aufschrei.
„Hast du Schmerzen? Soll ich Tian rufen?“, erschrak Vera.
„Quatsch. Alles gut.“
„Du kannst mir nichts vormachen. Du hast doch was“, zweifelte sie.
„Nur ein bisschen eingerostet. Geht gleich vorbei.“
Irgendwo im Lendenwirbelbereich saß die Hexe und ritt ihren verdammten Besen.

„Tian!“, rief Vera.
„Lass, bitte, es ist nichts.“ Unter Schmerzen richtete er sich auf.
Im Wohnzimmer lief der Fernseher, davor lümmelte Tom auf dem Sofa. Mit einem Nicken grüßte er Heinlein, seine Aufmerksamkeit gehörte den Nachrichten.
„… ist die Identität des Attentäters weiterhin unbekannt, auch sein Motiv. Nach ersten, unbestätigten Informationen soll es sich um einen Mann aus dem vorderasiatischen Raum handeln …“
Woher kam das so plötzlich?
Der Körper des Attentäters war von der Explosion völlig zerfetzt worden, er hatte nach ersten Erkenntnissen weder Tasche noch Ausweis bei sich gehabt. Die Rechtsmediziner würden Tage benötigen, um etwas zu rekonstruieren, das erkennungsdienstlich zu gebrauchen war.
Im Esszimmer duftete es verführerisch nach frisch gebrühtem Kaffee und Jasmintee, Hörnchen, Spiegelei und Schinken. Die Zwillinge saßen bereits auf ihren Plätzen, Vera füllte Gläser mit Orangensaft.
„Tom, Tian … Frühstück.“
„Fangt ohne mich an“, rief Tom herüber, eine weitere Nachricht verdunkelte den ohnehin schon trüben Samstagvormittag.
„In Frankreich ist ein am Coronavirus erkrankter Mensch gestorben. Es ist der erste Tote in Europa. Der chinesische Tourist stammte aus der Provinz Hubei …“
Die Zwillinge erstarrten und sahen fragend zu ihrer Mutter.
„Onkel Li geht es gut“, beruhigte Vera, „er wohnt ganz weit weg von Wuhan … Tom, mach endlich die Glotze aus!“ Sie ging zum Fenster, klopfte. „Tian!“
Heinlein ließ sich vorsichtig auf einen Stuhl nieder. Durchs Fenster sah er Tian im Garten telefonieren. Für einen Chinesen war er erstaunlich groß, ein schlanker und modebewusster Mann Mitte vierzig, der in Deutschland und Italien Medizin studiert hatte.
„Macht euch keine Sorgen, Kinder“, sagte Heinlein, „dieses Virus ist nicht gefährlicher als eine normale Erkältung.“

„Wer behauptet das?“, fragte Tom und setzte sich ihm gegenüber. Der Fernseher im Wohnzimmer lief weiter.
„Die Ärzte aus diesem Institut in Berlin“, antwortete Vera. „Nur wenige Menschen würden sich infizieren, und wir hier in Deutschland schon gar nicht.“
„Was ist mit den Fällen in Bayern und Hessen?“, hakte Tom nach, „die sind in Quarantäne.“
„Wenn selbst unser Gesundheitsminister von Einschränkungen des Reiseverkehrs von und nach China nichts wissen will“, sagte Vera, „und noch nicht einmal Fiebermessen an den Flughäfen für angebracht hält, dann brauchen wir uns hier erst recht keine Sorgen zu machen. Oder?“
„Genau so ist es“, bestätigte Heinlein mit Blick auf die verschreckten Zwillinge.
Doch Tom ließ nicht locker. „Meiner Kenntnis nach hat es unser Gesundheitsminister gerade mal bis zum Cheflobbyisten eines Verlags gebracht. Ein richtiger Gesundheitsexperte hat eine bessere Qualifikation für den Job, an dem Menschenleben hängen.“
„Hör auf zu stänkern“, maßregelte ihn Heinlein.
„Solche Politiker, ohne Kompetenz und Talent, die externe Berater mit Millionen füttern, haben uns kaputt gespart und lächerlich gemacht. Die Truppe hat inzwischen so nen Hals.“
Tian kam herein, bemühte sich um ein Lächeln.
„Guten Morgen, Herr Schwiegervater.“ Die alte Schule, es ging Heinlein jedes Mal hinunter wie Öl.
„Er heißt …“, sagte Vera.
„Schorsch. Entschuldigen Sie.“ Tian seufzte leise.
„Alles gut?“ Sie fasste seine Hand.
„Ja, sicher. Später …“
„Dann lasst uns endlich frühstücken. Schön, dass wir endlich wieder mal alle zusammen sind.“
Nicht ganz.
„Wo ist Oma?“, fragte Jinjin.
„Ist sie wieder im Fernsehen?“, legte Yingtao nach.

Gott bewahre. Heinlein stupste Tom unter dem Tisch an. Der zuckte die Schultern. Das ließ hoffen, dass sie von den politischen Absurditäten von Heinleins Ex verschont blieben.
„Oma hat noch was zu erledigen“, erklärte Vera. „Wer will Kaffee, wer Tee?“
Der Frühstückstisch war reich gedeckt. Es trafen sich westliche Speisen in Form von Hörnchen, Brötchen, Butter, Marmelade, Eier, und östliche: Hirsebrei mit Sesampaste, Nudelgerichte, frittierte Teigstäbchen und Jianbing – ein Crêpe aus Getreidemehl mit Ei, gehackten Frühlingszwiebeln, Koriander, süßer Sojabohnenpaste und Chilisoße.
„Tian, kannst du dir Schorschs Rücken mal ansehen?“
„Es ist nichts“, versicherte Heinlein.
„Wie lange hast du die Probleme schon?“, fragte Tian.
„Nur ein leichtes Ziehen. Kaum der Rede wert.“
„Das sah vorhin ganz anders aus“, widersprach Vera.
Und Tom fügte süffisant hinzu: „Man ist halt keine dreißig mehr.“
„Mit dir nehme ich es allemal auf.“
Tom war nicht mehr der Halbstarke, den man im Auge behalten, dem man ständig hinterherrennen musste, um ihn vor sich selbst zu schützen, er war seinen wilden, widerspenstigen Jahren entwachsen – nachdem er eine Weile ziellos durch die Welt gestolpert war. Feiern, abhängen, einen durchziehen, später mehr. Viel mehr.
In einem türkischen Knast war er aufgewacht. Heinlein musste Beziehungen spielen lassen, das Auswärtige Amt einschalten, die ganze Litanei. Nach vier Wochen holten Claudia und Heinlein Tom ab. Es brauchte nicht viele Worte, er hatte seine Lektion endgültig gelernt, bewarb sich auf die Ausschreibung des IT-Kommandos der Bundeswehr und bekam den Job.
Jetzt saß er mit akkurat geschnittener Frisur am Tisch, im Schrank eine gebügelte Uniform und blank geputzte Stiefel. Für Heinleins Geschmack fast schon ein bisschen zu viel des Guten.
„Die Spezialeinsatzkommandos kamen in den frühen Morgenstunden“, tönte es aus dem Wohnzimmer herüber. „Die groß angelegte

Razzia galt den Mitgliedern und Unterstützern einer mutmaßlich rechten Terrorzelle …"
Heinlein horchte auf, und auch Tom war nicht länger beim Tischgespräch.
„Einer der festgenommenen Männer soll als Verwaltungsmitarbeiter bei der Polizei in Nordrheinwestfalen arbeiten …"
Heinlein zwang sich auf die Beine, Tom folgte ihm hinüber ins Wohnzimmer. Die Nachricht war gestern schon in den Medien gewesen, Heinlein hatte sich wegen des Empfangs der Minister nicht weiter damit beschäftigen können.
„Ziel von Werner S. und zwölf weiteren deutschen Männern soll es gewesen sein, die Staats- und Gesellschaftsordnung der Bundesrepublik zu erschüttern. Die Generalbundesanwaltschaft geht davon aus, dass die mutmaßlichen Rechtsextremisten Anschläge auf Politiker, Muslime und Asylbewerber geplant hatten, um bürgerkriegsähnliche Zustände auszulösen. Unterstützer der Terrorzelle sollen finanzielle und tätliche Mithilfe bei den Anschlägen zugesichert haben, auch die Beschaffung von Waffen. Bei einem Beschuldigten wurde eine ähnliche Schusswaffe gefunden, wie sie der antisemitische Attentäter von Halle …"
Der Bildschirm wurde schwarz, der Ton verstummte.
„Könnt ihr nicht ein Mal die Politik sein lassen?", beschwerte sich Vera mit der Fernbedienung in der Hand. „Es ist Wochenende, Familie ist angesagt."
Tom murrte und auch Heinlein war diesmal nicht bereit, klein beizugeben. „Das ist wichtig", sagte er, „schalt wieder an."
„Entscheide dich", drohte Vera. „Wir oder deine blöde …"
Die Entscheidung traf Tian. Er nahm ihr die Fernbedienung aus der Hand und schaltete den Fernseher an.
„Es dauert nicht lange."
Erbost stapfte Vera ins Esszimmer zurück. Das war die Kehrseite ihrer Talente – das aufbrausende Temperament ihrer Mutter.
Als sich Bild und Ton wieder einstellten, äußerte sich gerade eben jene Mutter, die Landtagsabgeordnete Claudia Knorr, zum Atten-

tat von letzter Nacht. Sie gab das Interview vor dem Gebäude des Hauptbahnhofs, im Hintergrund die große Bahnhofsuhr. Zufall oder nicht, die Zeiger standen auf fünf vor zwölf.

„Wer die Augen noch länger vor der islamistischen Gefahr verschließt, wird morgen sein blaues Wunder erleben. Dieser Einwanderungsterrorismus muss ein Ende finden. Jetzt, sofort, bevor der nächste Shisha-Raucher eine Bombe zündet und uns alle ins Unglück reißt …"

„Mach das Weibsbild weg", grollte Heinlein, doch Tian fand die entsprechende Taste nicht auf Anhieb.

Da eilten die Zwillinge herein. „Oma ist im Fernsehen!"

Heinlein lachte bitter auf. Diese doppelzüngige Schlange von einer Oma würde ihre Enkel und den Schwiegersohn nur so lange dulden, wie sie ihr in der Außendarstellung dienlich waren.

Rassismus? Schaut auf meine Familie.

Zum Leidwesen der Zwillinge ging der Fernseher aus und Tian schickte sie zurück in die Küche.

„Soll ich mir deinen Rücken jetzt mal ansehen?", fragte er.

„Nicht nötig", tat Heinlein ab, „es ist wirklich nichts."

Tom widersprach. „Herrgott, Vater. Lass Tian endlich seinen Job machen."

Er gab nach. „Von mir aus. Wenn ihr unbedingt wollt. Vertane Liebesmüh."

Während Heinlein etliche Verrenkungen machen und Tian Antworten bezüglich seines Lebenswandels und seiner Essgewohnheiten geben musste, bat er Tom um einen Gefallen.

„Kannst du den Hintergrund dieser Terrorzelle, speziell diesen Werner S. für mich checken?"

Reichten die Unterstützer von Werner S. in Heinleins Verantwortungsbereich hinein?

Es gab da einige Kandidaten unter seinen Leuten, die in Chats und auf Demos rechter Gruppierungen auffällig geworden waren oder sich bei privaten Schießübungen und Feiern ungeniert als Befürworter einer *neuen Ordnung* outeten.

„Was genau meinst du mit *Hintergrund*?“, fragte Tom.
„Alles, was die offiziellen Berichte nicht hergeben.“
„Du weißt, dass das der Geheimhaltung unterliegt. Auf solche Nachforschungen hat der militärische Abschirmdienst ein Auge.“
Manchmal wünschte sich Heinlein seinen alten Tom zurück, der sich um derlei Hindernisse nicht scherte, sie als Herausforderung betrachtete, um ein kniffliges Rätsel zu lösen.
„Komm schon, ihr als Cyber-Unit habt doch ganz andere Möglichkeiten als ich.“
„Das kann uns beide den Job kosten.“
„Du machst das schon …“
Heinlein jaulte auf, Tian hatte das Versteck der Hexe in seinem Rücken aufgespürt.
„Vera“, rief Tian in die Küche. „Kannst du bitte die Nadeln aus dem Auto holen?“
Heinlein schluckte. „Was für Nadeln?“

Die Luft war frisch und klar.
Anders als Neapel, hatte sich Bari in den letzten Jahren zu einer Vorzeigestadt herausgeputzt und war bestens organisiert, sodass man kaum glauben konnte, in einer süditalienischen Stadt zu sein. Nur lag das nicht allein an der Geschäftstüchtigkeit der Einwohner Baris, sondern auch an der apulischen Mafia, der Sacra Corona Unità und ihren Familienclans.
Alle profitierten vom Tourismus, man biss nicht die Hand, die einen fütterte. Blutfehden rivalisierender Clans hatten im Sommer Pause.
Das Büro von Kotor Trans befand sich vis-à-vis des Parks Piazza Umberto I, gerade mal fünf Gehminuten von der Altstadt und dem ebenso weitläufigen wie geschäftigen Hafen entfernt. In der gepflegten Grünanlage ragten Palmen in den bewölkten Himmel, gestutzte Rosen- und Oleandersträucher erwarteten den Frühling, ein Brunnen gurgelte Wasser.
Zwei kleine Espressobars entlang der gekehrten Wege luden Geschäftsleute und Passanten zu einem Plausch ein. Kilian wählte einen Platz im Schatten, in den Gesprächen an den Nachbartischen ging es um wegbrechende Buchungen aus Asien und Stornierungen von Hotelzimmern, Kreuzfahrten und Ausflügen in die Umgebung, nach Alberobello, Matera und Polignano a Mare, in die Grotte di Castellana und natürlich zum berühmten Schloss Castel del Monte des Stauferkaisers Friedrich II.
Da bahne sich eine Katastrophe an, prophezeite einer. Ein anderer beruhigte, das Problem sei mit der Festnahme zweier chinesischer Touristen in Rom, die das Coronavirus ins Land gebracht hatten, doch schon längst erledigt. Man solle nicht länger auf Fake News und Panikmache hereinfallen, ab Montag gehe alles wieder seinen gewohnten Gang. Und wenn wirklich alles schief ginge mit den Chinesen, dann gebe es ja noch die Deutschen. Die ließen sich nicht so schnell von ihrer Reise abbringen. Für die Deutschen sei der Urlaub heilig, auf die Deutschen sei Verlass.

Bevor Kilian bei Kotor Trans nach Amer fragte, wollte er sich ein Bild machen, mit wem er es gleich zu tun bekam. Auf der Website offenbarte sich eine Spedition, die zu Wasser, Luft und auf der Straße Waren quer durch Europa karrte.
Das Büro in Bari leitete Amer Damjanović, schwarzer Kurzhaarschnitt, markante Ohren und Wangenknochen, eine leicht schiefe Nase, die vermutlich mal gebrochen worden war.
Daneben gab es Kotor Ferries & Cruises, die Kreuzfahrten durchführten und Fährverbindungen im Mittelmeerraum unterhielten. Als Reiseveranstalter und Hotelbetreiber trat Kotor Holidays auf. Die Firmengruppe, die Niederlassungen in ganz Europa unterhielt, hatte ihren Hauptsitz im montenegrinischen Küstenort Kotor. Chef der inhabergeführten Firma war Luka Škaljar, ein Mann, der offensichtlich Wert auf Äußeres und Wirkung legte.
Das Colgate-Lächeln eines graumelierten, dezent gebräunten Selfmade-Milliardärs in einem zehntausend Euro teuren Anzug eines italienischen Schneiders.
Kurz darauf betrat Kilian das Firmengebäude.
Disponenten mit Headsets auf den Köpfen redeten in verschiedenen Sprachen, tippten, klickten und starrten auf Computerterminals. Eine Frau, die das Team zu beaufsichtigen schien, kam auf Kilian zu. Ihr Blazer wurde ihrer zierlichen Figur nicht gerecht und glänzte vom vielen Gebrauch schon am Revers. Aber ihr dreister Blick sagte mehr über sie aus als die bemüht adrett gehaltene Firmenkleidung. Laut Namensschild hieß sie Roana.
„Sie wünschen?“
Ihr Lächeln war einem ungebetenen Gast geschuldet und so geizig wie Kilians Antwort.
„Zu Amer.“
Sie stutzte. „Wer sind Sie?“ In ihrer Stimme lag ein Ton, der nicht hierher gehörte.
„Donatello schickt mich“, sagte Kilian in gebrochenem Italienisch und garnierte es mit einer Prise Deutsch, das sie einem Lkw-Fahrer zuschreiben sollte.

Ein kurzer, zweifelnder Blick. „Wer?"
„Donatello. Zu Amer."
Endlich schluckte sie den Köder. „Hier warten. Nicht weggehen. Hast du verstanden?"
Kilian nickte.
Sie ging auf Abstand, telefonierte. Im Gebrabbel der Disponenten ringsherum war nichts zu verstehen, aber nach wenigen Worten gab es eine Entscheidung.
„Amer kommt heute Nacht zurück …"
„Keine Zeit", unterbrach Kilian, „Lieferung nicht warten."
Vorbei war es mit dem Lächeln und der Hilfsbereitschaft, jetzt befahl sie. „Nein, heute Nacht, wenn Amer …"
Die Tür hinter Kilian ging auf und dieses Mal bemühte sich der Vorzimmerdrachen erst gar nicht um falsche Freundlichkeit, die Besucherin schien ihr wohlbekannt, aber ebenso wenig willkommen wie der sture Lkw-Fahrer.
„Shefkije", fauchte sie eine junge Frau an, deren Profession offenkundig war – hochhackige, schwarze Lackstiefel bis übers Knie, Netzstrümpfe, knapper Lederrock und eine kurze Schaffelljacke, die blonden Haare glänzten unnatürlich. Echt waren hingegen die aufgesprungene Lippe und ein geschwollenes Auge, Wimperntusche klebte tränenverschmiert an den Wangen.
Die Straßenschwalbe machte in irgendeiner Sprache ihrem Unmut Luft, schimpfte, protestierte und drohte. Die Disponenten verloren das Interesse an ihrer Arbeit, hörten aufmerksam hin. Nicht alle waren bestürzt, da gab es schadenfrohes Grinsen und Zustimmung, dass die Prügel die Richtige getroffen hatten.
Im Schwall von Klage und Leid schnappte Kilian zwei Worte auf: Hotel und Amer.
„Geh jetzt", wies die Bürofrau Kilian die Tür. Ein Wink von ihr, und zwei Disponenten erhoben sich, um der Aufforderung Nachdruck zu verleihen.
Für den Moment gab Kilian nach, verließ das Büro, setzte sich auf die Parkbank gegenüber, beobachtete und wartete.

Er stellte eine Suchanfrage für ein Hotel von Kotor Holidays in Bari, wo er nach Amer Ausschau halten konnte, sofern er hier nicht weiterkam.
Ein Dutzend Treffer mit Bewertungen von Absteige bis Edeltempel, von Stundenhotel bis Amigotreff. Typisch Mafia, was ein Gastkommentar bestätigte, in Apulien regiere die Sacra Corona Unità, die jüngste Mafiafamilie neben den weitaus bekannteren Camorra, 'Ndrangetha und Cosa Nostra.
Ihr Herrschaftsgebiet erstrecke sich vom Gargano, der Gegend am Sporn des Stiefels mit der Provinzhauptstadt Foggia, bis hinunter zum Absatz nach Brindisi und Lecce. Über Mafia und organisierte Kriminalität verlor man hier besser kein Wort. Zum Einen, weil man um sein Leben bangen musste, zum anderen, weil man nicht dort sein Geschäft verrichtete, wo man aß.
Apulien, der aufgehübschte Wilde Westen Italiens, lautete ein anderer Bericht. Rund 80 Prozent der Ladenbesitzer, Hoteliers und sonstigen Unternehmer zahlten Schutzgeld an die Mafia, weitere Einnahmen erzielte sie aus Drogenhandel, durch Raubüberfälle auf Geldtransporter, Falschgeld, Glücksspiel und die illegale Entsorgung von Giftmüll.
Zwei lukrative Geschäftsbereiche waren seit 2015 hinzugekommen: Menschenhandel und Zwangsprostitution – in bester Kooperation mit der albanischen Mafia.
Von einer Zusammenarbeit verschiedener Mafiaorganisationen hatte Kilian schon mal gehört, aber das war die Ausnahme. Die einzelnen italienischen Familienclans waren sich untereinander schon nicht grün, wie sollte das mit einem ausländischen funktionieren, noch dazu aus einem anderen Kulturkreis, der sich womöglich auch noch konfessionell unterschied?
Die Tür von Kotor Trans öffnete sich, heraus kam die junge Frau mit den hochhackigen Stiefeln und der Schaffelljacke. Sie stöckelte hastig die Straße entlang, ohne nach links oder rechts zu schauen. Das Hupen eines abbiegenden Autos konterte sie mit wüsten Beleidigungen.

Sie war bedeutend kommunikativer als die Beißzange im Büro, Kilian schwang sich auf seine Maschine und folgte ihr.
Sie wählte die Via Argiro Richtung Altstadt, querte den Giardino Corso Vittorio Emanuele, schlug die Einladung eines Kellners zu einem Espresso mit Kusshand aus, bog in die Via Benedetto Petrone ein, dann in die Largo Chiurlia, die geradeaus in eine schmale und verwinkelte Gasse überging, sodass Kilian sie um ein Haar aus den Augen verloren hätte, wenn da nicht plötzlich ein Kerl auf einer Vespa aufgekreuzt wäre, der ihr den Weg abschnitt.
Es kam zu einer lautstarken Auseinandersetzung, und erneut verstand Kilian kein Wort. Doch als ein Messer aufklappte und ihr an die Kehle gehalten wurde, zögerte er nicht länger.
Der Bursche ging mit einem Ächzen in die Knie, ein zweiter Schlag beförderte ihn in die Bewusstlosigkeit. Noch bevor Kilian die Frau am Arm fassen konnte, schnappte sie sich das Messer und bedrohte ihn.
„*Kush je ti?!*"
„Lass das", erwiderte er.
„Wer bist du?!"
„Ich will dir nichts tun. Komm."
„Mann von Amer?" Wie schon zuvor beim Bürodrachen ein Akzent, der nicht hierher gehörte. Sie trat dem bewusstlosen Angreifer in die Seite. „Wie der?! Scheiß auf Omertà! Niemand macht Shefkije schweigen!"
Vom Balkon gegenüber blickte eine Frau in Schürze herunter. Als sie erkannte, dass da jemand am Boden lag und vermeintlich ein Messer zwischen Freier und Prostituierter im Spiel war, belegte sie sie mit Flüchen, drohte mit der Polizei.
Die Frau an Kilians Seite bellte mit dem Messer fuchtelnd zurück. „Du machst Omertà! Du!"
Kilian nahm es ihr ab, zog sie um die Ecke, stellte sie an die Wand. „Beruhige dich, ich will nichts von dir. Ich suche Amer. Wo kann ich ihn finden?"
„Woher soll ich wissen?"
„Lüg nicht, ich habe seinen Namen aus deinem Mund gehört."

„Du im Büro, ja?“
„Ja.“
Sie verzog den Mund und sah ihn schief von unten an. „Was willst du von Amer?“
„Etwas fragen. Also, wo?“
Eine neue Verhandlungsbasis tat sich auf. „Was zahlst du?“
Sie feilschte, nachdem er ihr das Leben gerettet hatte?
„Ich kann dir sagen. Was zahlst du?“
„Vergiss es.“ Kilian wandte sich ab, er würde noch mal mit dem Bürodrachen sprechen müssen.
Doch Shefkije war schlauer als gedacht. „Roana nicht weiß, wo Amer. Nur ich.“
Kilian winkte ab.
„Amer in Versteck, nicht in Bari.“
„In einem Hotel, ich weiß, und ich werde es finden.“
„Dummkopf. Amer mit Leuten von Gallo.“

Die Altbauwohnung im dritten Stock lag nur wenige Schritte entfernt in einer abgelegenen Ecke des Gassenwirrwarrs. Sie verfügte über fünf Zimmer, Küche, Bad und eine Terrasse, von der man über die Dächer Baris aufs nahe Meer blicken konnte. Das Objekt wäre ein Traum für jeden Italiener und Möchtegern-Italiener gewesen, sofern es nicht durch seine Bewohner zweckentfremdet worden wäre.
Kilian schätzte, dass in der Wohnung etwa zehn Prostituierte in drei Zimmern ihre Kunden bedienten, in den zwei übrigen Räumen standen Stockbetten und ein großer Schminktisch mit beleuchtetem Spiegel. Auf einem Ständer hing Arbeitskleidung – Strapse, Korsetts, kurze Krankenschwesternkittel bis hin zum Leder-Outfit und der Rute einer Domina. Alles, was offenbar das unbefriedigte Männerherz erfreute.
„Shefkije, mein Name“, sagte sie, während sie im Schminkspiegel die Katastrophe in ihrem Gesicht betrachtete. „Albanisch, heißt Sehnsucht. Für Frau, aber macht nichts.“ Sie nahm eine Flasche mit

klarer Flüssigkeit, gönnte sich einen kräftigen Schluck und betupfte damit die Verletzungen an Lippe und Wange. „Raki, beste Medizin. Für alles. Schmerz von Körper und Seele. Du?“ Sie hielt ihm die Flasche hin.

Kilian wehrte ab. „Nein, danke.“

Er saß auf der unteren Matratze eines Stockbetts. Sie roch nach Schweiß, billigem Parfüm und Verzweiflung. An der Wand klebten Bilder von Verwandten vor armseligen Hütten in bergigen Schluchten, am Gestänge hing ein Rosenkranz mit Marienbild. Es war stickig und düster hier drin, die Fenster mit dunkler Folie zugeklebt, außen vermutlich vergittert. Auf dem abgetretenen Teppich erkannte er einen Fleck, der dunkle Tropfen nach sich zog, diverse Brandlöcher und einen kleinen Ohrring.

„Gallo? Woher kennst du?“ Mit einer routinierten Bewegung griff sie sich an den Haaransatz und streifte die blonde Perücke ab. Halblange, schwarzgelockte Haare fielen herab, die sie hinter die Ohren schob. Mit einem Papiertaschentuch und einer Creme entfernte sie die verlaufene Schminke aus dem Gesicht.

„Eine lange Geschichte“, seufzte Kilian, beugte sich vor und klaubte den Ohrring auf. Ein Kranz aus billigem Silberblech umfasste einen blau schimmernden Stein, der für eine erwachsene Frau zu klein und auch zu verspielt war. So etwas schenkte man Mädchen zur Kommunion. „Erst vor Kurzem habe ich die Spur wieder aufnehmen können. Reiner Zufall.“ Er holte sein Handy hervor und suchte nach dem Bild von Donatello, das er in der Baia Trentaremi gemacht hatte. „In einer Nachricht von diesem Typen hier.“ Er zeigte ihr das Bild.

Sie grinste verächtlich. „Bojan“, und spuckte zur Seite. „Stück Dreck.“

„Bojan … Ist das sein richtiger Name?“

Sie nickte. „Verflucht Bosniak!“, als wäre der Name Gift auf ihrer Zunge. Sie erhob sich und knöpfte die Bluse auf. Blutspritzer zierten ihren Schulter- und Brustbereich wie eine eilig daraufgeworfene Blütenkette.

Kilian wandte den Blick ab, versuchte sich zu erklären, was ein Kinderohrring hier verloren hatte. „Kein Albaner?"
„Reines Blut, Familie und Gesetz … gibt nicht mehr, vorbei." Sie öffnete den Reißverschluss des Rocks und stieg heraus, es folgten die Lackstiefel und die Netzstrümpfe. „Neue Zeit. Religion, Heimat nix mehr. Nur Streit wegen Geld. Geld gut, kein Problem. Geschäft gut. Mafia mit Mafia, Corona mit 'Ndrangheta, mit Mafia Albanien, China, Afrika. Geld gut, kein Problem. *Globalizimi.*" Globalisierung.
„Sicher", aber es hatte auch die Kriege auf dem Balkan gegeben, ethnische Säuberungen, Massenerschießungen, unbeschreibliches Leid und unstillbaren Rachedurst. Und die Schießereien der Familienclans in deutschen Städten? Italienische Mafiabanden, Serben, Kroaten, Bosniaken, Kosovaren und Albaner, sie waren sich untereinander und gegeneinander immer spinnefeind gewesen. Sollte das jetzt alles Geschichte sein?
„Hilf mir", sagte Shefkije.
Kilian sah hin. Vor ihm stand in Unterwäsche eine gertenschlanke Frau mit langen Beinen, schmalen Hüften und auffällig breiten Schultern.
„Was soll ich tun?", fragte er.
„Schnalle", sie meinte die am BH, „mach auf. Tut weh."
Er kam der Bitte nach, und in dem Moment, als die vorletzte Hülle fiel, sah er keine Brüste im Spiegel, sondern nur schwach definierte Muskeln, die eines Jünglings.
„Surprise", amüsierte sie sich und streifte auch noch den straff sitzenden Slip ab. „Mach Mund zu."
Aus dem Schrank holte sie Boxershorts, Jeans und T-Shirt.
„Der Kerl von letzter Nacht", rätselte Kilian, „wusste nicht, dass du eine Transe bist?"
„Quatsch, hat bei Amer bestellt. Aber keine Schläge, nein, niemals, nicht für Shefkije."
„Und Amer kennt Gallo?"
Sie … er knöpfte sich die Jeans zu und stieg in bequeme Sneakers.

„Arschficker mach ich tot“, steckte das Springmesser ein und schlüpfte in eine Lederjacke.
„Moment, was hast du vor?“
„Altes Gesetz, Familie. Blut nehmen, Blut geben.“
Kilian dämmerte, was er damit meinte. „Blutrache?“
Shefkije nickte. „Nach Andria, fahr mich“, die Stadt lag rund 60 Kilometer westlich.
„Nein, warum?“
„Andria. Dann Gallo.“
Kilian reichte ihm den Ohrring. „Hier, lag auf dem Boden.“
Shefkije erkannte ihn sofort und schluckte.
„Von Leonora, Kind von Donika … Donika tot gemacht, Leonora verkauft.“

8 | VS

So gut hatte sich Heinlein seit Monaten nicht gefühlt.
Tian war ein Magier der Nadeln, die Schmerzen waren im Minutentakt gewichen. Jetzt steckte Heinlein in Trainingshose und Sportschuhen, machte Lockerungsübungen im Garten, überlegte, welche Strecke er joggen würde.
Unten im Flusstal erkannte er den zerstörten Wagen, Bahnarbeiter hatten ihn versetzt und reparierten die Gleise, damit der Bahnverkehr weitergehen konnte. Würzburg war ein wichtiger Verkehrsknotenpunkt. Wer von Norden in den Süden Deutschlands oder von West nach Ost und keine großen Umwege in Kauf nehmen wollte, musste hier durch.
Oder der Weg endete hier.
Habibi.
Heinlein lief los, vorbei an bestürzten Nachbarn, die auf den Straßen zusammenstanden. Manche rätselten über die Hintergründe der schrecklichen Tat, andere erklärten sie mit den Informationen, die sie aus den Medien erhalten hatten.
Auch von Claudia.
Islamisten. Shisha-Raucher. Die Kameltreiber müssen raus, weg. Wir sind unseres Lebens nicht sicher. Die Grenzen dicht machen und gut ist's, Problem gelöst.
Selig sind die im Geiste Armen.
Weiter, sich auf kein Gespräch einlassen, die Rufe überhören.
Habibi.
Abgetragene Sportschuhe.
Die schräge Melodie vom Handy …
Auf dem kleinen Parkplatz neben den Gleisen wurden noch immer Spuren begutachtet, besprochen und für die Laboruntersuchung eingetütet.
Unter den Kollegen befand sich Deckert. Er sah übermüdet aus, blass. Vermutlich hatte er die Nacht durchgearbeitet. Heinlein blieb auf Abstand und rief ihn zu sich.

„Was gibt's Neues?"
„Eine Sisyphus-Arbeit, wird Tage dauern, bis wir ein halbwegs klares Bild haben. Was machst du hier?"
„Ich halt mich fit."
„Sehr gut. Apropos …"
„Ja?"
„Ich hab das nicht so gemeint letzte Nacht."
„Was?"
„Das mit dem Schreibtischhengst, war völlig daneben. Entschuldige."
„Kein Problem. Hast ja recht. Ich bin etwas außer Form."
„Freut mich, dass du das auch so siehst."
Heinlein nickte. „Gut, dann, mach ich mal weiter."
„Okay. Bis morgen, in alter Frische."
„Ja, bis morgen."
Nach wenigen Schritten machte er kehrt. „Alex. Noch was …"
„Ja?"
„Haben wir über die Identität des Attentäters schon was?"
„Nein, warum?"
„Die Nachrichten sprechen von vorderasiatischer Herkunft."
„Reine Spekulation. Die faseln sich was zusammen, je nach politischer Motivation."
„Wahlkampfgetöse. Kennt man ja. Okay, jetzt aber …"
„Übertreib's nicht."
„Keine Sorge."
Bevor Heinlein erneut ansetzte, fiel ihm noch ein, was ihn die halbe Nacht beschäftigt hatte. „Das Unglück auf dem Weihnachtsmarkt, als Helmbrecht und Pia starben …"
„Was ist damit?"
„Ich weiß, du hast es schon zig Mal erzählt, aber: Was war noch mal der Grund, wieso Helmbrecht dich auf dem Kieker hatte?"
Deckert seufzte. „Der sture Hund ertrug einfach keine Konkurrenz. Du hast ihn doch selbst erlebt, unbelehrbar und bissig war er, ein Großmaul und notorischer Säufer, der nichts mehr auf die Reihe

bekam. Die Dienstaufsicht hätte ihn längst aus dem Verkehr ziehen sollen."
„Oder ich, das wäre mein Job gewesen." Noch etwas hatte ihn nicht zur Ruhe kommen lassen. „Kurz bevor die Gasflasche explodierte, da wart nur ihr drei am Ausschank, Helmbrecht, Pia und du … Worüber habt ihr gesprochen und warum ausgerechnet mit Pia?"
Deckert verzog das Gesicht. „Ich erinnere mich nur an völlig wirres Geschwätz von dem Suffkopf. Pia und er stammten aus dem Osten, sie glaubte wohl, ihn beruhigen zu können, redete mit Engelszungen auf ihn ein. Aber nichts da, er verlor sich in die ewig alte Leier von Benachteiligung und Arroganz gegenüber den Ossis. Ich wollte mir das nicht länger anhören und hab ihn stehen lassen."
„Und Pia?"
„Wollte nicht mit. Sie meinte es gut … und hat mit dem Leben dafür bezahlt. Ehrlich, ich hoffe, Helmbrecht schmort bis in alle Ewigkeit in der Hölle." Er schluckte, blickte zur Seite. „Ich kann mir das nicht verzeihen …"
„Was?"
„Dass Pia wegen mir und so nem Scheiß …"
„Quatsch. Du trägst keine Schuld."
„Wenn ich sie nur mitgezerrt hätte, weg von Helmbrecht, weg von dieser verdammten Glühweinbude …"
„Ein Unglück. Niemand wirft dir was vor."
„Kilian schon. Er hasst mich."
„Tut er nicht." Der hatte nämlich einen anderen Schuldigen im Auge. „Gallo", dachte Heinlein laut. „Hast du je wieder davon gehört?"
Deckert stutzte. „Die graue Eminenz im Hintergrund?" Er lächelte gequält. „Jagt er dem Hirngespinst immer noch hinterher, dem geheimnisvollen Spectre aus James-Bond-Filmen?"
„Keine Ahnung. Hab schon lange nichts mehr von ihm gehört."
„Wie kommst du dann darauf?"
Sollte er oder sollte er Deckert nicht vom Wiederauftauchen Gallos berichten? Dass das Gespenst aus dem Schattenreich zurückgekehrt

war, dass Kilian womöglich doch nicht so verwirrt war, wie es den Anschein hatte?
„Vergiss es. War nur so ein Gedanke. Wir sehen uns morgen."
Er setzte seinen Lauf fort, überquerte die Friedensbrücke, passierte die Polizeiinspektion, lief immer weiter, kreuz und quer, ohne Plan und ohne Ziel, dachte dabei an nichts anderes als an letzte Nacht, an seine kurze Begegnung mit dem Tod, der ihn in Gestalt eines offenbar verwirrten Attentäters an seine Sterblichkeit erinnert hatte. Habibi bedeutete Freund, nicht Feind oder Ungläubiger.
Der Bruchteil einer Sekunde hatte über Tod und Leben entschieden. Wäre er nur einen Augenblick später zur Seite gesprungen, würden die Spurensicherer nun seine Reste eintüten und sie mit denen des Attentäters vergleichen. Was gehörte zu ihm, was zu Heinlein? Der Gedanke bereitete ihm Unbehagen, er spürte ein flaues Gefühl aufsteigen, das sich mit jedem Schritt ausbreitete, in Brust, Hals und Kopf, wie ein Schnupfen, der nicht zu stoppen war und gegen den es keine Medizin gab.
Angst.
Er machte Halt, stemmte die Hände auf die Oberschenkel und blickte zu Boden, atmete … atmete … sah seine Fußspitzen.
Abgetragene Sportschuhe.
Wie man sie in die Altkleidersammlung gibt.
Wenn er an Selbstmordattentäter mit islamistischem Hintergrund dachte, dann hatten sich die Kerle immer minutiös vorbereitet, sie hatten sich, laut der Vorgaben ihrer Religion, gewaschen, rasiert und frisch eingekleidet.
Keine abgetragenen Sportschuhe, keine Altkleidersammlung.
Nur das Beste für den Eintritt ins Himmelreich.
Weiter ging's, der Nase nach.
Gallo …
Wo zum Teufel war das plötzlich hergekommen? Hatte er das Wort tatsächlich gehört?
Hatte es nicht einfach nur *Hallo* geheißen?
Der Schock, posttraumatische Verwirrung, Einbildung.

Es gab keinen Hinweis und schon gar keine Verbindung zwischen dem Unglück auf dem Weihnachtsmarkt vor fünf Jahren, für das Kilian Gallo verantwortlich machte, und dem Anschlag von letzter Nacht – sofern es überhaupt einer gewesen war. Ein Bekenntnis des Attentäters gab es nicht, auch hatte bisher keine Gruppierung die Verantwortung übernommen, andererseits hatte der Attentäter einen hochexplosiven Sprengstoffgürtel getragen.
Zu welchem Zweck? Mit welchem Ziel?
Angst und Panik schüren. Sicherheit nehmen, Ohnmacht und Unfähigkeit des Staates offenlegen. Die eigene Überlegenheit demonstrieren, die Macht übernehmen.
Hätte es dafür nicht weitaus bessere Orte und Gelegenheiten gegeben?
Die Faschingsveranstaltung, wo die politische Spitze des Landes auf engstem Raum versammelt gewesen war.
Ein Premium-Ziel.
Mit einem Sprengstoffgürtel unter dem Faschingskostüm durch die vergessene Seitentür, ein Toilettenfenster oder dem Küchenjungen folgen, nachdem er den Abfall entsorgt hatte, es gab immer eine Lücke, man musste sie nur finden.
„Schorsch? Bist du das?"
Uschi, seine Sekretärin, mit einer Brotzeittüte, es roch nach Leberkäse.
„Ja, klar", keuchte er.
Die Kalorienbomben hatten über die Jahre Spuren hinterlassen, aus der kurvigen und flotten Sambatänzerin von einst war ein fülliger Schneewalzer geworden. Ihre unbändige Lebenslust, mit der sie sonst jeden Sauertopf konvertierte, war unter der Last der Kindererziehung und eines eifersüchtigen Ehemanns erstickt, der hinter jedem Lächeln eine Einladung wähnte.
„Hast du wieder Probleme mit Claudia?"
„Dann wäre ich beim Schießtraining besser aufgehoben."
Sie lachte, und wenn sie es tat, dann brachen die Wolken auf und die Sonne strahlte.
„Was machst du hier?", fragte sie. „Es ist Samstag."

Macht der Gewohnheit, er befand sich vor dem Polizeipräsidium.
„Und du, warum bist du nicht bei Mann und Kind?"
Sie tat es mit einer Handbewegung ab. „Auf der Arbeit habe ich meine Ruhe", vor den Streitereien der Kinder, den ewig gleichen Vorwürfen ihres Mannes. „Ich habe dir alles, was heute Morgen reingekommen ist, auf den Schreibtisch gelegt. Wenn du willst, können wir es zusammen durchgehen."
Nun gut … wenn er schon mal da war.
Sie gingen hoch. Uschi setzte sich ihm gegenüber und begann mit der kalorienreichen Brotzeit, während er sich dem Stapel Unterlagen widmete.
„Mal beißen?"
„Danke, bin auf Diät."
Eine Zusammenfassung der Ereignisse und ersten Erkenntnisse von letzter Nacht …
Nichts, was Deckert ihm nicht auch schon mitgeteilt hatte, auch keine Hinweise zur Herkunft des Täters, schon gar nicht dessen Identität. Keine Ankündigung, kein Bekennerschreiben, keine Tipps aus der Szene, von V-Leuten oder einem aufmerksamen Nachbarn, Freund, Bekannten oder Feind.
Nichts.
Auch nicht von den Nachrichtendiensten.
Rückstände des verwendeten Sprengstoffs wiesen auf Eigenbau hin – Triacetontriperoxid, kurz: TATP, ein wegen seiner Unberechenbarkeit gefürchteter, aber wegen der leichten Beschaffung der Komponenten und einfachen Herstellung geschätzter Chemikalienmix. In der arabischen Welt trug er die Bezeichnung *Mutter des Satans*, und selbst der dümmste Teufelsjünger konnte ihn herstellen, sofern er eine ruhige Hand besaß und mit dem Leben abgeschlossen hatte.
Der Zünder. Klebeband. Drähte … nichts Auffälliges.
Spuren des Handys, das das Signal an den Zünder weitergeleitet hatte, steckten noch unentdeckt in den Millionen Splittern, die über das Gelände verteilt waren.
Die Anfrage an die Telefongesellschaften war gestellt.

Tausende Fingerabdrücke überall im Wagen, biologisches Material zur DNA-Analyse war auf dem Weg ins Labor …
Das würde dauern, außerdem war Wochenende.
„Hab Claudia im Fernsehen gesehen", mampfte Uschi.
Heinlein winkte ab und nahm den nächsten Akt, die Wochenberichte der Dienststellen in Würzburg, Schweinfurt und Aschaffenburg. Er überflog sie Seite für Seite.
„Fünf Kilo Kokain in einem Camper mit österreichischem Kennzeichen am Biebelrieder Kreuz", hob Uschi hervor. „Der Fahrer gibt sich unwissend, sagt, jemand habe es ihm untergeschoben."
Die Stichprobe hatte Polizeiobermeister Schäfer durchgeführt und erneut hatte er ein goldenes Näschen bewiesen. Im Vergleich zu seinen Kollegen schien er das Rauschgift aus der Ferne förmlich zu riechen. Seine Trefferzahl war bemerkenswert.
Die nächste Erfolgsmeldung: Eine Gruppe rumänischer Staatsbürger, zu fünft in einem Opel Vectra, die ihre Landessprache nicht sprachen und nagelneue Pässe vorzeigten, ausgestellt am Tag zuvor, und in den Taschen Notizen in einer unbekannten Sprache. Die Männer äußersten in gebrochenem Englisch, dass sie auf dem Weg nach Amsterdam seien, wo sie Verwandte besuchen wollten.
Illegale Einreise, gefälschte Dokumente. Die Kontrolle hatte Polizeioberkommissar Hoffmann durchgeführt.
„Was macht der Hoffmann an der Raststätte Heidingsfeld?", fragte Heinlein.
„Schiebt Sonderschichten."
„Warum?"
„Hat Nachwuchs bekommen, eine größere Wohnung steht an."
Heinlein legte die Erfolgsmeldungen beiseite, sie machten sich gut in der Kriminalstatistik, sagten aber über die Dunkelziffer nichts aus, über die Wirklichkeit.
Dann schon eher ein Brandbrief der Polizeigewerkschaft.
Er musste die ellenlange Klage nicht Satz für Satz lesen, er kannte sie gut: fehlendes Personal, Überstunden, schlechte Ausrüstung, schlechtes Ansehen in der Gesellschaft und miserable Stimmung

unter den Kollegen, das Gehalt reiche hinten und vorne nicht, und das seit Jahren. Beigelegt waren Anträge auf Kostenübernahme für Ausrüstung, die sich die Kollegen auf dem freien Markt beschafft hatten, speziell bei einem Unternehmen.

„Wer oder was ist VS?", fragte er mit Blick auf eine Rechnung, unter dem Logo stand *Vigili della Sicurezza* geschrieben.

„Eine Sicherheitsfirma mit Sitz in Hammelburg."

„Hat die was mit der Bundeswehr zu tun?" In dem abgeschiedenen Ort nahe Bad Kissingen gab es nichts Sicherheitsrelevantes außer dem Ausbildungszentrum der Heeresinfanterie.

„Kann schon sein."

„Fühl dem Laden mal auf den Zahn. Wer steckt dahinter, wer sind die Kunden, das Übliche."

„Apropos VS", sie reichte ihm einen Umschlag, der mit *VS. Nur für den Dienstgebrauch* beschriftet war.

Heinlein öffnete ihn und fand die beim Verfassungsschutz angeforderten Sicherheitsüberprüfungen von Kollegen darin, die in letzter Zeit durch Äußerungen und Verhaltensweisen auffällig geworden waren oder privat an Veranstaltungen teilgenommen hatten, bei denen sie nichts, aber auch gar nichts verloren hatten.

Ein Sündenregister.

PM Armin K.: Äußert sich privat und im Kollegenkreis aggressiv und abwertend zur Immigrationspolitik der Bundesregierung. Einschlägige Bilder und Hefte in Dienstfahrzeug und Spind …

POM Klaus W.: Taucht als Sicherheitskraft bei Konzert von rechtsradikaler Rockband auf …

PK Danilo G.: Hausdurchsuchung erbrachte Hinweise auf Verstoß gegen das Waffengesetz …

„Steht da auch was über mich drin?", fragte Uschi.

„Hast du Grund zu der Annahme?"

„Man kann nie wissen."

„Hast du mir was zu beichten?" Er hob den Blick.

„Bin politisch in nem völlig anderen Spektrum zu Hause." Sie zeigte auf einen Sonnen-Button am Revers. „Save the planet!"

„Das könnte Tarnung sein. Extremisten gibt es links wie rechts."
Sie lächelte ihr Lächeln. „Ich bin die Mitte, friedlich und ungefährlich. Keine Sorge."
Wer sich in diesen Tagen alles zur Mitte zählte, war atemberaubend. Sogar rechte Hetzer behaupteten, durch ihre Wahlerfolge ermutigt, dass sie die gesellschaftliche Mitte, das Bürgertum, das Volk repräsentierten.
Uschi hatte im Dezember die Sicherheitsüberprüfung bestanden. Das Einzige, was man ihr vorwerfen konnte, war, dass sie bei Aktionen der Klima- und Umweltbewegung nicht immer sicher sein konnte, dass sich unter dem grünen Deckmantel auch mal ein Idiot mit schwarzer Maske, Zwille und Molotow-Cocktail verbarg.
Der zweite Teil der Sicherheitsüberprüfungen bezog sich auf besonders gefährdete Kollegen innerhalb der Polizeibehörden, die Spezialkräfte. Unter ihnen herrschte gelegentlich ein verstörender Korpsgeist, den sich Heinlein nur mit übersteigertem Elitebewusstsein erklären konnte. Diese selbsternannten Wächter der deutschen Nation oder gar eines niemals untergegangenen Deutschen Reichs hielten sich für auserwählt als Speerspitze gegen alles, was nicht urdeutsch und in ihren Augen volkszersetzend war. In seiner Zeit beim SEK in Nürnberg hatte er Vertreter dieser Spezies kennengelernt, borniert, weltfremd, uneinsichtig und fest entschlossen, den heiligen Auftrag auszuführen – die Rettung des deutschen Vaterlandes.
Einige Namen hatte Heinlein für die Überprüfung vorgegeben, einer von ihnen war Deckert. Nicht, dass er etwas befürchtete oder ihm vorzuwerfen gehabt hätte, turnusgemäß ließ er jeden überprüfen, insbesondere seine Vertrauten.
KHK Alexander Deckert: Keine Auffälligkeiten. Seriöse Dienstauffassung, keine Kontakte zu verhaltensauffälligen Kollegen, keine Beschwerden oder Anschuldigungen.
Finanzielle Situation und Vermögensverhältnisse entsprachen der Besoldungsstufe. Sozial solide und in stabilen Familienverhältnissen. Im Verwandtschafts- und Freundeskreis kam es gelegentlich zu

politischen Streitgesprächen, auf die D. besonnen und mäßigend reagierte …
Von einer derartig günstigen Bewertung konnte Heinlein nur träumen. Noch immer zahlte er den Kredit ab, den er damals für die überteuerte Immobilie aufgenommen hatte, als er zum Polizeidirektor befördert worden war und Claudia sich ein standesgemäßes Domizil gewünscht hatte. Der Karrieresprung, die finanzielle Last und die allseits gestiegenen Erwartungen hatten die Grenzen seiner Leistungsfähigkeit überschritten, er war zu einem alkoholkranken Wrack geworden, das mit dem Gedanken an den Freitod spielte.
Nicht einmal Kilian und Pia hatten ihn mehr erreichen können, nur noch Medikamente und ein Aufenthalt in der Psychiatrie. Nach monatelanger Therapie war er zur Erkenntnis gelangt, dass er weg musste, weg von allem und jedem, der ihm die Luft zum Atmen nahm.
Von seiner Frau, die ihn mit ihren Sorgen überhäufte.
Von seinen Kindern, die ihn nicht verstehen konnten, die sich vor ihm ängstigten.
In eine neue Stadt, ein neuer Job mithilfe eines wohlmeinenden Kollegen, die letzte Chance, und Heinlein nutzte sie. Auge in Auge mit dem Tod: die Sondereinsatzkommandos in Nürnberg.
Ein reinigendes Bad im Feuer …
„Brauchst du mich noch?“, fragte Uschi.
„Nein, ein schönes Wochenende“, erwiderte er gedankenverloren, denn da tauchte plötzlich ein Name auf, mit dem er nicht gerechnet hatte.
Den er zur Überprüfung nicht angegeben hatte.
Vanja Berger.

9 | Extasy

Es war schwierig gewesen, den Worten Shefkijes etwas Verständliches abzugewinnen. Über Amer sprach er in Bruchstücken und sprang von Name zu Name, von Onkeln zu Cousins und von Orten zu Ländern. Eine wahrhaft paneuropäische Familiengeschichte, die er Kilian da auftischte.

Vor allem aber sparte er sich die wichtigen Informationen über Amer bis zum Schluss auf, bis zu jenem Moment, als sie ihr Ziel erreichten – nicht, wie versprochen, die Stadt Andria, sondern eine Talsenke zwanzig Kilometer außerhalb, irgendwo in der gottverdammten Einöde, wo es nur Steine, Skorpione und wild um sich ballernde Cowboys gab.

Da hätte Kilian ihn am liebsten erwürgt, der kleine Scheißer hatte ihn verarscht.

Amer entstammte einer alten, montenegrinischen Fischerfamilie, die ihren spärlichen Lebensunterhalt bis in die 1960er Jahre mit Überfällen zu Land und mit Piraterie zu Wasser aufbesserte. Amers Verwandtschaft war groß und sie verteilte sich quer über den Balkan, es waren Serben, Kroaten, Bosniaken und auch Kosovaren darunter. Sein Vater hatte bei einer Fährfahrt zwischen Kotor und Bari ein Mädchen aus Foggia kennengelernt. Er heiratete und blieb in Italien. Die Familie des Mädchen gehörte zu den Gründungsmitgliedern der Societa Foggiana, einem Familienclan der Sacra Corona Unità. Irgendwann kam es zum Streit, es floss Blut, und Amers Vater musste mit Frau und Kindern in die alte Heimat fliehen.

Die wahre Katastrophe brach aber mit den Balkankriegen über das Familiennetzwerk herein. Wer nicht spurlos verschwand oder getötet wurde, rettete sich ins Ausland, nach Griechenland, Italien, Deutschland, Holland, England und sogar über den Atlantik nach Kanada, Süd- und Nordamerika. Einige kehrten am Ende des Kriegs zurück und standen vor dem Nichts, andere bauten sich in den Fluchtländern eine neue Existenz auf. Der Kontakt zwischen den Familienmitgliedern riss nie ab, egal, wie weit man entfernt war

und sich auseinandergelebt hatte. Man schickte Geld und unterstützte sich mit Empfehlungen und Kontakten.
Amer war der Klügste und Umtriebigste der fünf Geschwister, im Auftrag von Kotor Trans eröffnete er Niederlassungen in Italien, Kroatien, Albanien, Griechenland und der Türkei.
„Woher weißt du das alles?", hatte Kilian Shefkije gefragt.
„Von Bojan", der bei seinem erfolgreichen Großonkel Amer vorstellig geworden war und kleinere Aufträge für ihn ausführte. Botendienste gehörten dazu, wie auch die Beschaffung von Nutten, wenn Amer Gäste aus dem Ausland empfing. Doch Bojan wollte mehr und handelte auf eigene Faust und Rechnung. Es kam zum Streit und er flüchtete nach Neapel, wo er eine eigene Bande rekrutierte und sich fortan Donatello nannte.
„Wie kommt nun Gallo ins Spiel?"
„Kein Gallo", hatte Shefkije geantwortet, „Gallo Gespenst, Legende. Kinder reden."
„Du hast gesagt, Amer mit Leuten von Gallo."
„Andere Leute … Soldaten. Ich zeige. Aber Gallo nie gesehen, nie sprechen von Gallo. Omertà", das Gesetz des Schweigens, und er bemühte zur Veranschaulichung ein italienisches Sprichwort. „*Cu è surdu, orbu e taci, campa cent'anni 'mpaci.*"
Wer taub, blind und stumm ist, lebt hundert Jahre in Frieden.
War Shefkije vielleicht so zugerichtet worden, weil er dagegen verstoßen hatte?
Sein Problem.
Und jetzt lotste er Kilian durch die Wildnis hier zum Aufenthaltsort seines Peinigers.
Zu einem Steinbruch. Hatte er angeblich gehört, als der Typ telefonierte.
„Wage es nicht, mich zu betrügen", drohte Kilian, als er von der asphaltierten Landstraße auf einen löchrigen Feldweg einbog.
„Extasy erzählt von Gallo", kam es vom Rücksitz. „In Rom."
„Rom?", fuhr Kilian herum, das war genau die entgegengesetzte Richtung. „Was zum Teufel machen wir dann hier?"

„*Affari*“, Geschäfte machen … aber er meinte täuschen, lügen und betrügen. Verletzte Ehre und Blutrache spielten offenbar keine Rolle mehr. „Später zu Extasy, Rom, wir beide.“
„Was … wer ist Extasy?“
„Nutte … gute Freund, Liebling.“
Kilian musste an sich halten, um ihm nicht an die Gurgel zu springen. „Wenn du nicht hältst, was du versprochen hast, bist du tot.“
„Extasy wahr, Ehre!“ Die alte Nummer.
„Ich meine es ernst.“
„Du Freund … Bruder wie eigen Fleisch.“
„Halt deine gottverdammte Klappe!“
Der Feldweg wand sich auf kargem, aufgesprungenem Erdreich, am Horizont senkte sich die Sonne, da hörte Kilian plötzlich Schüsse, ging vom Gas und ließ die Harley ausrollen.
„Da“, rief Shefkjie und deutete auf ein Schild. Er sprang vom Sitz, lief darauf zu und verschwand mitsamt dem Weg im Steinbruch.
Lebensgefahr. Betreten verboten! – was die Einschusslöcher auf dem verrosteten Schild eindrucksvoll belegten.
Kilian schaute sich um, bevor er Shefkije folgte. Waren sie allein? Eine unendlich scheinende Weite durchzogen Büsche, Disteln und vereinzelte Baumgruppen. Dazwischen grenzten schiefe Steinmauern Besitz und Felder ab, die Bauern würden sicher nicht mehr in den halb verfallenen Häusern hausen, die wie Murmeln in die Landschaft geworfen waren, sie dienten als Scheunen und Stellplätze.
Auf der anderen Seite wandelte sich die karge Steinlandschaft zu kahlen Olivenhainen, am Horizont erhob sich sanft ein bewaldeter Hügel, auf dem eine kolossale Burg thronte, von der untergehenden Sonne golden beschienen, mystisch und rätselhaft.
Ein dumpfer, nachhallender Knall.
Darauf Schüsse und Rufe, eine Rauchfahne schraubte sich empor.
Kilian zog die Makarow und pirschte sich an den Krater, von dessen Rand ein steiler Pfad im Zickzack nach unten führte.
Er entdeckte Shefkjie hinter einem großen Felsbrocken und schlich geduckt zu ihm.

Am Grund des Steinbruchs standen Bagger und anderes schweres Gerät neben einer verrosteten Wellblechhütte, davor ein Fahrzeug, aus dem Flammen schlugen. Verletzte irrten umher, andere versteckten sich und riefen um Hilfe.

Ihr Rufen wurde erhört, aus der Wellblechhütte eilten vermummte Männer in Tarnanzügen herbei, in einer Formation organisiert und mit einem Truppführer an der Spitze. Aus automatischen Waffen gaben sie kurze Feuerstöße auf blecherne Ziele in Menschengestalt ab, die im Umfeld des brennenden Fahrzeugs und im Hang platziert waren. Eine Nebelgranate krachte und verschleierte die Sicht, ein schwerer Geländewagen bretterte heran.

Die Türen gingen auf und die Verletzten wurden hineinbefördert, der Geländewagen raste davon und die Kämpfer zogen sich geordnet in den Schutz der Wellblechhütte zurück.

Keine drei Minuten hatte der Zinnober gedauert, Respekt.

„Amer." Shefkjie zeigte auf einen mannshohen Betonwürfel, der abseits des Geschehens im steilen Hang klebte. Vermutlich suchten der Sprengmeister und seine Helfer dort Schutz, wenn hier regulär gearbeitet wurde.

Von dort wagten mehrere Männer mit Schutzhelmen und in Schutzwesten den Abstieg zum qualmenden Fahrzeug, wo sich die Toten auf wundersame Weise erhoben und den Staub von der Kleidung wischten.

Der Truppführer kam mit seinen Leuten aus der Wellblechhütte, sie streiften die Tarnmasken ab, klopften sich gegenseitig auf die Schultern, schüttelten Hände und ließen sich beglückwünschen. Kilian glaubte Englisch zu hören, Italienisch, und ein paar unverständliche Brocken waren auch darunter.

„Was machen die da?", fragte er.

Shefkjie grinste. *„Affari."*

„Polizisten?"

Er schüttelte den Kopf. „Soldaten."

„Und die anderen?", die Zuschauer.

„Kunden von Amer."

Bevor Kilian fragen konnte, was für Kunden sich denn eine militärische Übung mit scharfer Munition vorführen ließen und welchem Zweck diese überhaupt diente, rollte der Geländewagen heran, ein weiteres Fahrzeug folgte. Man verabschiedete sich, stieg ein und verließ das Kampfgebiet über eine andere Zufahrt.
Zurück blieben die Kämpfer, ihr Truppführer ballte die Faust.
„Wir haben den Deal!“, rief er seinen Kameraden auf Deutsch zu.
Kilian stutzte, doch dann fiel ihm ein, dass Jahre zuvor deutsche Polizisten Sicherheitskräfte des libyschen Präsidenten in Häuserkampf, Geiselbefreiung und Schießen ausgebildet hatten, und vor ein paar Monaten ein dubioser Verein ehemaliger deutscher Soldaten und Polizisten die philippinische Nationalpolizei, die besonders brutal gegen Drogendealer und Drogenkonsumenten vorging.
Vermutlich war das die Erklärung. Italienische Sicherheitskräfte konnten bei der Bekämpfung der Mafia jede Unterstützung gebrauchen, sie hatten sich an einem abgeschiedenen Ort eine Übung angesehen.
Ende der Geschichte.
Fragwürdig blieb, warum ausgerechnet der Büroleiter eines Transportunternehmens die Vorführung organisiert hatte.
„Amer gute *affari*“, sagte Shefkije, „Amer klug.“
Konnte gut sein, Amer hielt sich von den Kämpfern fern, ging am Parkplatz auf und ab, telefonierte, organisierte.
„Sind das Leute von Gallo?“
„Habe gehört.“
Was, von wem?
„Gespräch … Soldaten.“

Ein paar schüchterne Sterne am Nachthimmel erhellten die Umrisse des wuchtigen Castel del Monte, der steinernen Krone Apuliens, Büsche und Bäume vor dem Anstieg zur Burg lagen im Dunkel.
Shefkije gab vor, kein Bild von Extasy zu haben, weder Handynummer noch Ort, wo sie sich versteckt hielt. „Muss Leute fragen, nur mir vertrauen, sonst niemand.“

„Warum versteckt sie sich? Vor wem?"
„Nicht jetzt, später."
Doch.
„Du hast mich von Anfang an belogen."
„Nicht lüge, nur wenn nicht anders geht."
Kilian glaubte ihm kein Wort mehr. „Du, deine ganze Existenz ist eine Lüge."
Shefkije brauste auf, als hätten sie in den Büschen nichts zu befürchten, dabei konnte man in dieser absoluten Stille eine Grille gähnen hören. „Versprechen … Ehre!"
„Nicht so laut." Amer war nicht weit weg. „Beweise, dass ich meine Zeit nicht mir dir verplempere."
Schweigen.
Dann streifte Shefkije eine Halskette mit einem Medaillon ab, dessen Inhalt sich bei den bescheidenen Lichtverhältnissen nur erahnen ließ.
„Mutter", flüsterte er und küsste es, als riefe er eine Heilige an, „nimm … ist Pfand."
Auch das noch, die Tränendrüse. „Mehr hast du nicht zu bieten?" Dabei trug Kilian selbst eine Muschel am Herzen, die ihm alles bedeutete. Er seufzte, ahnte, dass er die falsche Entscheidung traf.
„Was hast du vor?"
„Holen Schatz."
„Was für'n Schatz?"
„Für Rom … neues Leben", und ohne ein weiteres Wort zu verschwenden, ging er voran, huschte von Busch zu Busch und von Baum zu Baum, geradewegs zur Burg hinauf.
Völliger Irrsinn, ein Himmelfahrtskommando gegen gut ausgebildete Kämpfer, bis an die Zähne bewaffnet.
Und doch gab es eine Chance: Niemand rechnete mit ihnen.

Was im Inneren der mit Wehrtürmen befestigten Anlage vor sich ging, blieb verborgen. Die hölzernen Läden der Burgfenster waren geschlossen und ohne Leiter nicht zu erreichen. Es gab nur einen

Zugang, das Hauptportal, zwei Treppenaufgänge führten dorthin, darüber wölbte sich ein mächtiger Triumphbogen mit einem verglasten, schwach erleuchteten Fenster. Die massive Holztür stand einen Spalt offen, flackerndes Licht fiel heraus, Kilian schob sie vorsichtig auf.

Im achteckigen Innenhof brannten Fackeln, steil und bedrückend ragten in ihrem Schein die Mauern in die Nacht. Hoch über den Köpfen wechselten sich Fensteröffnungen und verzierte Portale ab, als hätte man zu Friedrichs Zeiten von dort aus die Kämpfe der Ritter in der Arena verfolgt.

Die Vorstellung war nicht weit hergeholt, denn der Hausherr des heutigen Abends hatte in luftiger Höhe eine bodenlange Fahne gehisst. Ein Schwert prangte auf schwarz-silbrigem Grund, umgeben von Eichenlaub und zwei lateinischen Worten.

Omni Vi.

„Weiter“, drängte Shefkije, aber in dem kahlen Hof saßen sie in der Falle, von ihm gingen nur finstere, aus dem Stein gehauene Zugänge ab, die weiß Gott wohin führten.

Schritte hallten, Worte wurden gewechselt.

Sie kamen.

Kilian wählte den erstbesten Zugang, der so schlecht war wie die anderen. Steinerne Stufen führten als Wendeltreppe in einem Turm nach oben, die Gespräche hinter ihnen verblassten.

Oben empfing sie ein hoher, leerer Raum. Säulen zierten die Ecken und liefen an der Decke zu einem Gewölbe zusammen. Durch schmale Schießscharten fiel Licht herein, es wies den Weg zum nächsten Raum, der dem vorherigen glich. Im dritten und vierten Raum das gleiche Bild. Doch im fünften stießen sie auf Gepäck und Ausrüstung, auf Schlaf- und Rucksäcke, aber auch auf Pistolen, Munition und Waffen.

Während Shefkije die Taschen durchsuchte, bestaunte Kilian ein brandneues aktuelles Modell aus einer der besten Waffenschmieden Deutschlands. Für so eine Waffe brauchte man nicht nur viel Geld, sondern auch sehr gute Beziehungen.

Oder einen nicht ganz billigen Waffenhändler.
Er trat ans Fenster. Im Hof standen die zwanzig Kämpfer mit Brust raus ihrem Truppführer gegenüber, die Hände hinterm Rücken verschränkt, in sauberen Kampfmonturen und mit Baretten auf den kurzgeschorenen Köpfen.
Gewöhnliche Soldaten hatten kein gutes Händchen für *Affari*. Schwer vorstellbar, dass die sich so einen Waffendeal leisten konnten. Ihr Truppführer schien schon eher das Zeug dazu zu haben, zumindest verfügte er über gute Latein- und Geschichtskenntnisse.
„Stupor mundi", tönte er, „das Staunen der Welt, Principum mundi maximus, Größter unter den Fürsten der Erde, Friedrich, aus normannisch-deutschem Geschlecht, ein Erneuerer der Reiche und der Zeiten, ein Mann mit unbeugsamem Willen …"
Pilgerten diese Spinner sonst nicht ins Kyffhäusergebirge, wo der Sage nach Kaiser Barbarossa in einer Höhle auf die Rückkehr seiner Getreuen wartete und für ein neues großdeutsches Reich zu Einigkeit und Waffen rief?
„Such nach Ausweispapieren", flüsterte Kilian, neugierig geworden.
Shefkije wurde schnell fündig, er warf die für ihn wertlosen Dokumente Kilian vor die Füße und öffnete weiter Tasche um Tasche.
Zwei deutsche Pässe, ein österreichischer und einer aus der Schweiz … Söldner, das war die schlüssigste Erklärung.
Aber was sollten Söldner mit Gallo, einer italienischen Mafiaorganisation, zu tun haben? Hatte sich Shefkije das nur ausgedacht, damit Kilian ihn nach Andria chauffierte?
„*Këtu!*", und Shefkije kam mit einer ledernen Brieftasche ins Licht. Es mochten mehr als zehntausend Euro darin sein, die Reisekasse oder der Sold der Kämpfer … der Schatz!
„Woher wusstest du davon?", fragte Kilian.
Er tippte sich an die Nase. „Ich rieche. Gehen jetzt."
Kilian hatte nichts dagegen einzuwenden, die Waffe und ein Magazin nahm er mit auf den Weg, den sie gekommen waren, von einem Raum zum anderen, zurück zur Wendeltreppe, in den Hof und zur einzigen Tür aus diesem Gefängnis …

„Ich gelobe", hörten sie dort den Truppführer vor- und die Getreuen nachsprechen, das Schlupfloch war verstellt.
Blieb nur der Ausweg durch eins der hoch gelegenen Fenster übrig. Ohne Seil oder Leiter, um den Sprung in die Tiefe und die Landung auf steinhartem Boden zu vermeiden, musste es eben auf die althergebrachte Weise gehen.
Shefkije stieg zuerst hinaus, Kilian hielt seine Hand und als der Arm ganz gestreckt war, ließ er los.
Ein dumpfes Aufkommen, ein kaum zu überhörender Schrei.
Schnell jetzt. Kilian zwängte sich mit der Waffe auf dem Rücken durch die schmale Öffnung und sprang.
Der Aufprall war hart, er rollte sich aber, anders als Shefkije und wie in der Polizeiausbildung tausendfach geübt, seitlich ab. Ein stechender Schmerz fuhr ihm in Beine und Schulter, doch es riss und brach nichts.
Benommen sah er am eckigen Wulst des Turms einen Mann stehen, zu dessen Füßen der vor Schmerzen stöhnende Shefkije, die Brieftasche und viele Geldnoten drumherum.
„Amer", klagte Shefkije, alles Weitere verlor sich in Gejammer und einer fremden Sprache.
Aufgeregte Schritte hallten aus dem Innenhof, Kilian raffte sich auf.
„Los, weg hier."
Nicht Shefkije, sondern Amer handelte, überlegt und entschlossen.
„Geh! Ich kümmere mich um Shefkije", der sich den Fuß hielt, klagte und wimmerte, keinen Schritt mehr würde machen können, geschweige denn rennen.
„Ich schick sie in die falsche Richtung", versprach Amer. „Vertrau mir. Es passiert ihm nichts."
Getrappel auf der Steintreppe, Kommandos. Die einen links, die anderen rechts, es gab keine Sekunde zu verlieren.
Kilian rannte die Anhöhe hinunter, suchte den Schutz von Büschen und Bäumen, blickte kurz zurück und sah Amer in seine Richtung zeigen.
„Dorthin!"

Es stimmte: Amer war ein kluger Geschäftsmann. Er wusste ein Geschenk von zehntausend Euro zu schätzen … und wie man dabei keinen Zeugen hinterließ.
Auf die Büsche folgten Bäume, auf die Bäume eine niedrige Steinmauer, die Kilian trotz umgeschnallter Waffe locker nahm. Die Harley war noch hundert Meter entfernt, er betete darum, dass sie keine Zicken machte und sofort ansprang.
Aber kaum hatte er die Steinmauer überwunden, hörte er die Schritte eines Verfolgers, dessen Sprung und Landung auf dem Geröll. Der Kerl musste in Topform sein, wenn er ihn so schnell eingeholt hatte, die Harley würde Kilian nicht mehr rechtzeitig erreichen.
Die Waffe abschnallen, Magazin reinstecken und in Anschlag bringen?
Bis dahin hätte ihn die keuchende Dampfwalze längst überrollt.
Wie dann einen Zug in voller Fahrt stoppen?
Indem man ihn aus dem Gleis warf.
Mit einem unerwarteten, brachialen Hindernis auf schlecht einsehbarer Strecke.
In vollem Lauf würde sein Verfolger mit allem rechnen, nur nicht mit einem Gegenangriff aus dem Nichts.
Kilian machte sich keine Illusionen, es würde auch für ihn schmerzhaft enden. Er blieb abrupt stehen, drehte sich um und riss die Waffe von hinten nach vorne, hielt sie quer mit beiden Händen vor sich. Gleich einer Schranke auf Gesichtshöhe.
Augen zu und volle Kraft voraus.
Die andere Art, einen Blindgänger zu entschärfen.

DIE LEGENDE VON DEN DREI RITTERN

Auf der Insel Favignana, die vor der westlichsten Spitze Siziliens liegt, landeten vor langer Zeit drei spanische Ritter. Sie hießen Osso, Mastrosso und Carcagnosso und waren auf der Flucht.

Ein hochmütiger Edelmann hatte einer ihrer Schwestern Gewalt angetan, und wie es Ehr und Gesetz der Ritter verlangte, hatten sie die schändliche Tat mit Blut gesühnt.

In einer Höhle auf Favignana fanden die drei eine sichere Zuflucht. Sie haderten ob des Unrechts, das ihnen widerfahren war, deshalb gründeten sie einen geheimen Bund, in dem ein gerechteres Gesetz gelten sollte.

Über viele Jahre hinweg erprobten sie diese Ehrenwerte Gesellschaft unter sich, bevor jeder der drei Ritter seinen gottgegebenen Weg einschlug und die Idee in die Welt trug.

Osso verehrte den Heiligen Georg und suchte das nah gelegene Sizilien auf, wo er jenen Arm der Ehrenwerten Gesellschaft schuf, der später als die Mafia bezeichnet werden sollte.

Mastrosso hatte die Muttergottes als Schirmherrin für sein Tun erwählt, er ging nach Neapel und begründete den zweiten Arm der Ehrenwerten Gesellschaft, die Camorra.

Und Carcagnosso war dem Erzengel Michael zugetan, er segelte nach Kalabrien und bildete dort den dritten Arm der Ehrenwerten Gesellschaft heraus, die heldenund tugendhafte 'Ndrangheta.

Ein bleischwerer Sonntag mit Muskelkater in den Beinen.
Heinlein lag auf der Couch und zappte durch die Nachrichten.

Sicherheitskonferenz in München: Amerika gegen alle, America first. Frankreich für mehr Europa und mehr Zusammenarbeit. Verschärfung der Lage in Syrien. Waffenembargo gegen Libyen.
Coronavirus-Update: China spricht von Fortschritten bei Eindämmung. 66000 Infizierte, 1500 Tote. An deutschen Flughäfen werden Touristen gefragt, ob sie mit Infizierten in Kontakt waren. Falls nicht, können sie die Reise fortsetzen. Nach zwei Wochen Quarantäne in rheinland-pfälzischer Kaserne werden deutsche Chinarückkehrer als gesund entlassen.
Kandidaten für Parteivorsitz bringen sich in Stellung. „Die Instabilität in der Union darf nicht zu einer Gefahr für die Regierung werden."
Bürgerschaftswahlen in Hamburg am nächsten Sonntag.
ICE-Anschlag in Würzburg: Täter soll abgeschobener IS-Sympathisant gewesen sein. Scharfe Vorwürfe von rechts wegen Einwanderungspolitik.
Demonstration in Erfurt nach skandalöser Wahl in Thüringen.
Sport: Gold, Silber und Tore.
Wetter: Sturmtief Denis setzt Großbritannien unter Wasser. Morgen Regen in ganz Deutschland bei 8 bis 16 Grad.

Die Fernbedienung glitt zu Boden, Heinlein schnarchte.
Von Tom kam eine SMS herein: *Morgen Post von mir.*

11 | Strandläuferin

Kilian war die Nacht durchgefahren, Spuren verwischen, ein paar Tage untertauchen.
Shefkije würde reden und Amer jemanden auf ihn ansetzen.
In Neapel hatte Kilian die erste Fähre nach Ponza genommen, die Fahrt dauerte drei Stunden und erlaubte ihm die Versorgung seiner Wunden. Der schmerzenden Rippenprellung begegnete er mit einer kalten Dose Bier und der kleinen Risswunde am Knie mit Verband und Klebestreifen. Der fürsorgliche Kapitän empfahl ihm einen Arzt auf der Insel, riet ihm zu einer Röntgenuntersuchung und die Wunde säubern zu lassen, doch Kilian hatte eine andere Therapie im Sinn.
Je weiter sich das Schiff vom Hafen entfernte und aufs offene Meer steuerte, desto belangloser wurden die Probleme vom Festland und auch seine eigenen. Auf einer Sitzbank verlor er sich im Wechselspiel von Sonne und Wolken, das Meer schäumte und die Wellen wiegten ihn schließlich in den Schlaf.
Im Hafen von Ponza erwachte er von den Rufen der Besatzung, ein Auto hupte und verließ das Schiff über eine scheppernde Rampe. Er fröstelte, in den Wintermonaten glich die sonst geschäftige Hafenstadt einem schlafenden Dornröschenschloss. Die Touristen kamen erst im Mai wieder, sodass die knapp 3000 Einwohner die freie Zeit nicht auf den Straßen verbrachten, sondern zu Hause oder in den Bars.
Kilian hatte freie Fahrt. Er nahm die Via Dante Aligheri, vorbei an den verwaisten Stadtstränden, und nach dem Tunnel folgte er der kurvigen Via Stagli den Berg hinauf. Auf dem Bergrücken hielt er sich nordwärts, zur einen Seite glitzerte das Meer, zur anderen wischte der Wind über das Wasser und Wellen brachen sich an den Klippen.
Auf halber Strecke bog er in einen Feldweg, der zu einem einsam gelegenen Ferienhaus führte. Dort parkte er die Harley, packte die Einkäufe aus Ponza in den Rucksack und stieg den Pfad hinun-

ter zum Meer, der steil und tückisch verlief, für einen unkundigen Besucher alles andere als einladend, und selbst Kilian musste aufpassen, wohin er den Fuß setzte.

Den schmalen, sandigen Küstenstreifen zwischen Meer und Klippen erreichte man eigentlich nur mit einem Boot, was für Pia das wichtigste Kriterium bei der Wahl ihres Feriendomizils gewesen war. Keine Touristen, keine Liegestühle, Sonnenschirme und auch kein Kiosk.

Ein kleines Stück heile Welt fernab von allem. Nur für sie drei.

Das in den Fels gehauene Höhlenhaus hatte jahrelang leer gestanden, nachdem der letzte Eigentümer vor Einsamkeit und Arbeitslosigkeit aufs Festland geflüchtet war. Für einen Spottpreis hatte er es auf den Markt geworfen und niemand außer Pia interessierte sich für die spartanische Behausung am Ende der Zivilisation. Kilians Einwände prallten an ihr ab, ein jahrhundertealtes Fischerhäuschen mit exklusivem Sandstrand und eigener Meeresbucht ließ man sich nicht entgehen. Drei Zimmer, eine Kochstelle, Dusche und Toilette – mehr brauchte es nicht, um Pia glücklich zu machen. Und Raffi, solange er die Spielkameraden nicht vermisste.

Raffi … er hatte ihn zuletzt vor zwei Wochen gesprochen. Zwischenzeugnis, Schule, Freunde und wie es den Pflegeeltern ging, Pias Cousine und ihrem Mann, bei denen er lebte.

Alles gut, feste Strukturen, wie sie ein Kind eben brauchte.

Wann kommst du wieder, Papa?

Kilian schürte den Herd an und setzte Kaffee auf.

Wenn er den Mörder von Mama zur Strecke gebracht hatte.

Aber wann? Ich vermisse dich.

Er schluckte die aufsteigende Wehmut hinunter.

Schon bald. Versprochen.

Wieder stand er mit leeren Händen da, wieder war eine Spur im Sand verlaufen. Shefkije hatte ihm nur einen Namen genannt: Extasy, eine Nutte, eine Freundin aus Rom.

Kein Bild, weder den richtigen Namen noch eine Adresse oder eine Nummer, mit der er sie in Roms weitläufiger Unterwelt würde fin-

den können. War sie als Prostituierte registriert? Wen konnte er kontaktieren? Warum sollte ihm ein italienischer Kollege überhaupt Auskunft geben?
Ihm, einem dauerbeurlaubten Polizisten aus bella Germania.
Amer. Wer militärische Übungen mit ausländischen Söldnern im Hinterland Apuliens organisierte, wo die Sacra Corona Unità regierte, kannte die Geschäfte der Mafiaclans, deren Geldeintreiber, Zuhälter und Nutten. Nur war Amer außerhalb seiner Reichweite, er würde sich nach Shefkijes Geständnis vor unangemeldetem Besuch zu schützen wissen.
Donatello. Vermutlich hatte er überlebt. Das machte ihn selbstsicher und noch verschwiegener als zuvor. Andererseits würde er über den Kerl reden, der ihn durch halb Neapel verfolgt hatte, er kannte Kilians Gesicht und würde es beschreiben können.
Der Kaffee kochte auf. Kilian nahm die Kanne vom Herd und einen Becher aus dem Regal. Draußen vor der Tür schenkte er sich ein, sah die Steine, Sand und Zementsäcke, die Mischwanne, das Holz und die Werkzeuge, wie er sie bei seiner überstürzten Abreise hatte liegen lassen.
Nichts fehlte, niemand war hier gewesen.
Das Fundament stand, er konnte sich nun dem Holzgerüst widmen, das einer schattenspendenden Pflanze als Rankhilfe dienen würde. Pia hatte sich einen Anbau gewünscht, eine Terrasse, auf der sie die heißen Tage verbringen wollte, wenn sie nicht gerade barfuß am Strand entlang schlenderte oder mit Raffi nach Muscheln und Schätzen im Meer tauchte.
Kilian klemmte sich einen Stift hinters Ohr, nahm Maß an einem Balken und begann zu sägen.
Vor, zurück. Aufpassen, dass das scharfe Blatt nicht aus der Rille sprang.
Vor, zurück … nicht aus der Rille springen …
Anders als er, der seit Jahren von Ort zu Ort reiste und immer wieder auf den Anfang zurückgeworfen wurde.
Nicht einmal der Hauch eines Fortschritts, einer Rille.

Stattdessen abgerutscht, verletzt, vom Schmerz getrieben.
War ihm bei der Suche nach Gallo ein Fehler unterlaufen?
Hatte er einen Hinweis übersehen oder war ihm nicht gründlich nachgegangen?
Was zählte zu den gesicherten Erkenntnissen, was waren Spekulationen, Mutmaßungen und wann war er auf eine Täuschung hereingefallen, die ihn auf eine falsche Fährte gesetzt hatte?
Warum hatte er sie nicht vorher durchschaut, warum hatte er sich in die Irre schicken lassen …
Zurück auf Anfang, Schritt für Schritt noch mal alles neu denken und bewerten, er hatte Zeit, niemand würde ihn stören.
Die Untersuchung der Gasflasche in der Glühweinbude hatte keinen Anhaltspunkt für eine Manipulation ergeben. Das Ventil sei vermutlich schadhaft gewesen, der Schlauch porös … Im Nachhinein ließ sich die genaue Ursache für die Explosion nicht mehr zweifelsfrei bestimmen, und solange kein belastbarer Anfangsverdacht vorlag, der dem widersprach, blieb es bei einem Unglück.
So weit die offizielle Version.
Die Mitarbeiter des Budenbesitzers hingegen konnten sich das nicht erklären, Ventil und Schlauch seien neuwertig gewesen. Aber für eine etwaige Manipulation der Vorrichtung wäre ohnehin kaum Zeit und Gelegenheit gewesen, da sie zu viert in der kleinen Bude gearbeitet und sich niemand an der Gasflasche zu schaffen gemacht hatte. Außerdem gab es für einen hinterhältigen Anschlag auf den Budenbesitzer keinen Grund, er hatte weder Schulden noch eine Fehde mit einem Konkurrenten. Alles war in bester Ordnung gewesen.
Doch Kilian war nicht überzeugt gewesen, es musste einen Grund geben, einen Schuldigen. Schließlich explodierte eine Gasflasche nicht einfach so. Er hatte Heinlein und die Kollegen mit Fragen über Helmbrecht bombardiert. Hatte der Feinde gehabt, hatte es Drohungen gegeben, trachtete jemand nach dessen Leben und scheute auch nicht davor zurück, andere mit in den Tod zu reißen? An welchen Fällen hatte Helmbrecht zuletzt gearbeitet, gab es jemanden, der auf Vergeltung aus war?

Nein, nichts Auffälliges. Es konnte natürlich immer welche geben, die einem Kripobeamten etwas heimzahlen wollten.
Dienstlich sei ihm nichts vorzuwerfen gewesen, er arbeitete beflissen und erfolgreich, eine bemerkenswert hohe Aufklärungsquote ließ manchen vor Neid erblassen.
Menschlich jedoch, ein anderes Bild. Helmbrecht sei in sich gekehrt gewesen, argwöhnisch und mitunter auch intrigant, wenn er List und Tücke vermutete, wenn man ihm seine Erfolge streitig machen wollte. So verrannte er sich in Anschuldigungen und Unterstellungen, glaubte, ein Karrierist wie Deckert hätte es auf ihn abgesehen. Dazu der Alkohol, eine geschiedene Frau und drei Kinder, die ihn nicht mehr sehen wollten, Angst vor ihm und seinen Ausbrüchen hatten. Helmbrecht war ein Fall für den Psychiater gewesen.
Als Nächstes hatte Kilian sich Deckert vorgeknöpft. Der konnte es sich nicht anders erklären, als dass der eitle und jähzornige Helmbrecht ihn als Konkurrenten betrachtete und dass Pia nur schlichten wollte. Von Ossi zu Ossi hätte sie einen besseren Draht zu ihm gehabt. Deckert quälte sich daraufhin mit Selbstvorwürfen, dass er Pia von Helmbrecht hätte weglotsen sollen, dann hätte sie überlebt. Er bat Kilian immer wieder um Entschuldigung, und irgendwann gewährte er sie ihm stillschweigend.
Kilian musste weiter zurückgehen, in die Vergangenheit Helmbrechts, zur Kripo in Leipzig. Dort hatte dieser über zehn Jahre gearbeitet, hatte die Dienststelle nach der Wende mit aufgebaut und die kriminellen Machenschaften der Spekulanten und korrupten Politiker in der damaligen Boomtown des Ostens bekämpft wie kein anderer. Großer Dank und Wertschätzung wurden ihm zuteil, und man sah es mit einem weinenden Auge, dass sich Helmbrecht zur Jahrtausendwende entschloss, eine neue Herausforderung im Westen zu suchen.
Aber wo Licht ist, ist auch Schatten, und der suchte Kilian in einem Restaurant in Leipzig auf.
In Gestalt eines eigentlich noch jungen Mannes, der frühzeitig ergraut war, schmaler Körper, fahl im Gesicht, von Ekzemen um

Nase und Augenbrauen entstellt, der den Augenkontakt nicht länger als ein Zwinkern lang halten konnte. Seinen Namen wollte er nicht nennen, aber er sei ein Kollege von Helmbrecht gewesen und habe von Kilians Nachforschungen erfahren.
Die Lobgesänge und Heiligengeschichten über Helmbrecht …
Alles erstunken und erlogen, der wahre Helmbrecht sei ein intrigantes und korruptes Schwein gewesen, der verlängerte Arm der Mafia in Leipzig.
Kilian glaubte seinen Ohren nicht zu trauen, zweifelte. Hatte der Schatten noch eine Rechnung mit Helmbrecht offen, wollte er ihn nur schlechtmachen?
Im Ernst, die Mafia?
Er habe Beweise.
Welche?
Er zeigte Kilian Überwachungsfotos. Der augenscheinlich angeheiterte Helmbrecht Arm in Arm mit einem Mann in einem voll besetzten Lokal, mit demselben Mann im Dunkel eines Autos und auf einer Terrasse eines stattlichen Anwesens am Meer, wo er erneut mit dem Unbekannten zusammensaß und Espresso trank.
Und?
Ob er den Mann nicht erkenne?
Nein, wer solle das sein?
Marco Gentile, ein italienischer Mafioso.
Welche Mafia? 'Ndrangheta, Camorra, Cosa nostra?
Keine von denen, eine neue. Hinter vorgehaltener Hand flüstere man die Worte Gallo rosso, oder einfach nur Gallo.
Gallo rosso, der rote Hahn. Kilian hatte noch nie etwas von einem Mafiaclan mit einem so seltsamen Namen gehört.
Kein Wunder, erwiderte der Unbekannte, weil es Gallo rosso offiziell nicht gebe. Niemand spreche über sie, niemand bekenne sich zu ihr, selbst Kronzeugen nicht. Die verpfiffen immer nur einzelne Mafiosi namentlich, aber niemals die Organisation. Gallo rosso solle ein Gespenst bleiben, ein Märchen. Das sei ihr Trick.
Verstehst du?

Nein, tat Kilian nicht. Die Omertà war kein Trick und erst recht keine Erfindung einer neuen Mafia.
Richtig, aber wenn der Verräter den Namen Gallo verschweigt, dann überlebt vielleicht die Hälfte seiner Verwandtschaft. Es gibt keine Organisation, kein Netzwerk, sondern immer nur Einzeltäter, die auf eigene Rechnung operieren.
Gallo darf es nicht geben.
Ja, altbekannt, das Übliche …
Kilian kannte den Singvogel nicht, der ihm unaufgefordert und ohne Gegenleistung diese abenteuerliche Geschichte auftischte, die allem widersprach, was er bisher in Erfahrung gebracht hatte. Wieso sollte er ihm trauen?
Was willst du?
Gerechtigkeit.
Wofür?
Das gehe Kilian nichts an, nur so viel: Helmbrecht habe sein Leben zerstört. Das wolle er nun zurück.
Ein Racheengel also, der obendrein zu spät dran war. Helmbrecht hatte es längst erwischt.
Kilian war nicht wohl bei der Sache gewesen. Üble Nachrede, haltlose Beschuldigungen und fadenscheinige Beweise gehörten zum Tagesgeschäft von Denunzianten.
Und diese neue Mafia, Gallo rosso, sofern sie überhaupt existierte, unterschied sich nicht ein Jota von den anderen.
Warum gehst du damit nicht zur Polizei?
Der andere grinste abfällig. Zu welcher, wenn alles Mafia ist?
Dann zu LKA oder BKA.
Er winkte ab. Ein und dieselbe Mischpoke, infiltriert und unterwandert. Er könne niemandem trauen.
Wieso dann mir?
Weil er von der Sache in Würzburg gehört habe … dem Weihnachtsmarkt.
Und mit einem Mal hing Kilian am Köder.
Was weißt du darüber?

Nicht mehr als du, aber doch so viel, dass ich weiß, dass da gerade dieselbe Nummer abgeht wie mit mir.
Und zwar?
Er steckte die Photos ein und stand auf. Das klären wir beim nächsten Mal … wenn du mir besorgt hast, was ich will.
Das ist?
Ich will ins Zeugenschutzprogramm.
Das geht nur über LKA und BKA.
Nein, nicht das, die Deutschen haben keine Ahnung, womit sie es zu tun haben. Ich will zu den Italienern. Eine schöne Insel, ein Job als Bademeister oder Animateur, ein mietfreies Appartement mit Blick aufs Meer, eine Kneipe um die Ecke. So was in der Art.
Wie soll ich das anstellen?
Du schaffst das schon. Ich habe von dir gehört.
Dann drehte er sich um und ging.
Kilian rief ihm nach. Wie nehme ich Kontakt zu dir auf?
Komm einfach wieder hierher, und er lachte.

Kilian schlug den letzten Nagel ins Holz. Dann räumte er den Balken zur Seite, ging ins Haus und kam kurz darauf mit einer Decke um die Schultern und einer Flasche Carlos wieder heraus.
Mit Schnittholz, Reisig und Papier schichtete er eine kleine Pyramide auf und zündete sie an.
Der Wind blies vom Meer herüber, das Licht schwand. Er genehmigte sich einen Schluck, ein Zigarillo, atmete tief und entspannt. Wenn er sich ranhielt, konnte er morgen das Holzgerüst aufstellen und verankern, dann in die Stadt fahren und eine Pflanze besorgen. Sie musste schnell wachsen und viele Blätter austreiben, vor allem musste sie der wechselnden Witterung widerstehen.
Was hatte sich Pia gewünscht?
Er zog die Halskette mit der Muschel heraus und steckte sie zwischen die Lippen, schmeckte den Schweiß und das Salz, blickte zur Seite, zum Sandstrand.
Der Wind fegte Wellen heran.

Konturen verschwammen und Farben verblassten in der Gischt von Sand und Salzwasser zu einem Aquarell, wie es nur im Zusammenspiel der Elemente mit dem Zwielicht gelang.
Im flatternden Sommerkleid glaubte er sie dort gehen zu sehen.
Die Strandläuferin.
Barfuß, in sich versunken, der Welt entrückt.
Glücklich und zufrieden.

Döner zu Mitternacht | 12

Ein nasskalter Montagmorgen.
Kreuzschmerzen von der Nacht auf der Couch.
Der Kaffee schmeckte zum Weggießen.
Superkluger Kalenderspruch: Wer die Zeit verdrängt, gewinnt das Leben.
Im Büro erwartete Heinlein ein Haufen Arbeit.
Aktualisierte Sicherheitsvorkehrungen für die anstehenden Veranstaltungen und Umzüge an Fasching.
Eine Einschätzung zur Corona-Lage in Deutschland und Bayern, für die man Studienabschlüsse in Virologie, Epidemiologie, Statistik und Soziologie gebraucht hätte, um auch nur eine Idee zu bekommen, wovor der Verfasser da eigentlich warnte.
Deckerts Bericht vom gestrigen Tag. Verletzte auf dem Weg der Besserung. Spurensuche und Auswertung dauern an. Schnipsel eines Dokuments zeigen arabische Schriftzeichen, die auf Stellen im Koran verweisen. Womöglich ein Bekennerschreiben, das von einer bisher unbekannten islamistischen Terrorgruppe bestätigt wurde. Überprüfung läuft.
Einer Zeugin sei der Attentäter erstmals beim Halt in Fulda aufgefallen. Er sei unruhig gewesen und habe die Toilette mehrmals aufgesucht, Bilder von Überwachungskameras am Bahnhof und im Zug bestätigten es. Ermittlung der eingewählten Geräte ins WLAN des ICE läuft. Dito der Geräte und Nummern ins Handynetz entlang der Strecke und in Würzburg …
„Ein Eilkurier“, unterbrach Uschi, mit einem Päckchen in der Tür stehend. „Es ist durchleuchtet worden.“
Heinlein nahm es in Empfang, der Absender lautete auf Tom Heinlein.
„Hast du die Berger schon erreicht?“
„Ist auf dem Weg.“
„Und die Hintergrundinfos zu dieser Sicherheitsfirma?“
„Das dauert noch einen Moment.“

„Gut, das war's."
„Was für eine Laune …" Uschi verdrückte sich.
Heinlein öffnete das Päckchen und stieß auf eine Schachtel, die an den Kanten mit einer Zeichnung Jinjins vom Familienfrühstück beklebt war. Was für ein wunderschönes Siegel, das unmöglich zu fälschen war.
Bedauernd brach Heinlein es auf und stieß auf eine kleine Tasche aus einem Material, das sich seltsam anfühlte, darauf eine handschriftliche Notiz von Tom.
Abhörsicher und verschlüsselt. Nicht 100 %, aber schwer zu knacken. Tasche verhindert Ortung und blockiert ungewollte Verbindungen. PIN: Mein Hotel in T. + Tag eures Besuchs. Starte Chat-App. Passwort: Schwester Jinjin. Wähle Gruppe Div. Morgentau. Legenden angelegt. Du: Eickes. Ich: Heide. Über Empfehlung von K-Ost (V-Mann MAD). Sei vorsichtig, verplapper dich nicht. Gruß T.
Heinlein holte das Handy aus der Tasche. Auf den ersten Blick ein unauffälliges, handelsübliches Smartphone, das sich nicht groß von seinem abhörsicheren Diensthandy unterschied. Er schaltete es ein, das Betriebssystem fuhr hoch und zeigte das Logo des Entwicklers: Ein silberner Drache.
Die PIN-Abfrage. Das vermeintliche Urlaubshotel in der Türkei war der Knast, in dem Tom eingesessen hatte, und der Besuch mit Claudia das Datum seiner Entlassung.
Die Benutzeroberfläche offenbarte sich aufgeräumt, die vorhandenen Apps schienen auf das Notwendigste beschränkt, und wenn er Tom vertraute, gab es auf dem Gerät auch keine versteckten Programme für verräterisches Tracking, keine Spy- und Bloatware, kein Fingerprinting und Logging, nichts von dem ganzen Teufelszeug, das Fun versprach, aber Ausspähung lieferte.
Der Zugang zum Internet wurde über die SIM aufgebaut, die Systemadministratoren im Haus würden also nichts von seinem Ausflug in rechtslastige Zwischenwelten mitbekommen. Falls die Verbindung ausreichend gut verschlüsselt und die Herkunft des Signals verschleiert war, dann sahen auch die Schlapphüte in

München, Berlin und Frankfurt erst mal nur kryptische Zeichenfolgen auf ihren Monitoren. So etwas war aber verdächtig und setzte die digitalen Bluthunde auf seine Spur.
Also schnell rein und schnell raus.
Es war jedoch eine Sache, sich Chatprotokolle von rechten Idioten und giftenden Islamisten im Konferenzraum anzuschauen, eine andere, aktiv an einem Gespräch mit wiederauferstandenen Hitlerjungen teilzunehmen und sich dabei nicht zu verraten. Hoffentlich hatte Tom eine schlüssige und leicht zu erinnernde Legende für sie beide gestrickt.
Er startete die App, wählte die Gruppe Div. Morgentau und meldete sich wie beschrieben an, das Hintergrundbild ein mit Morgentau befallenes Spinnennetz in der aufgehenden Sonne einer Gebirgsszenerie.
Zeile um Zeile schob sich übers Display, zwischen Forberg, Prack und Bohrman ging es hoch her.
Forberg: ich stech die sau ab!!!
Prack: erst mal kriegen den verräter.
Bohrman: schon info wo?
Forberg: abgetaucht in v-mann-rattenloch.
Prack: ja mann. wo????
Bohrman: boule ist dran.
Forberg: safe house?
Bohrman: wahrscheinlich. ort unbekannt.
Prack: kollegen? wer?
Bohrman: ??? boule ist dran.
Forberg: hab der schizospitzelsau nie getraut.
Heinlein stutzte. Safe house? Boule? Wie konnte Boule etwas über das Versteck herausfinden?
Der V-Mann befand sich im Zeugenschutzprogramm. Nur wenige Kollegen waren eingeweiht und daran beteiligt.
Und plötzlich das:
Kommandör: Ich begrüße unseren neuen Kameraden Eickes.
Bohrman: hallo eickes.

Prack: dito.
Forberg: wer bist du?
Gute Frage. Heinlein hatte seine Legende noch nicht gelesen.
Kommandör: @Eickes. Wir warten …
Forberg: trau keinem mehr. vorsicht!!!!
Prack: schizo! kommt von k-ost.
Heinlein ließ es ruhig angehen und tippte:
Eickes: Hallo in die Runde …
Bohrman: erzähl mal was von dir.
Eickes: Schwierig. Bin im Dienst.
Forberg: welcher? wo?
Eickes: Kenn euch noch nicht gut genug.
Prack: dito. vorsicht nach katastrofe mit teutonico + kameraden.
Bohrman: auch dito.
Kommandör: @Eickes. Wie können wir dir trauen?
Heinlein zögerte. Was würde die misstrauischen Gemüter beruhigen? Unter den Kerlen befanden sich offenbar Kollegen …
Hilfe kam von unerwarteter Seite.
Heide: moin moin. alles frisch?
Kommandör: Ich begrüße unseren neuen Kameraden Heide.
Forberg: ham wir im lotto gewonnen oder was???
Kommandör: K-Ost bürgt für ihn.
Prack: und wer für k-ost?
Kommandör: Kein Thema. K-Ost tabu.
Bohrman: @eickes. warten auf info.
Irgendwas musste jetzt kommen, etwas, das sie nicht gleich wieder infrage stellten, vor dem sie Respekt hatten.
Eickes: Bin SEK.
Forberg: wtf!!!!
Prack: bumm-bumm-bäng!
Bohrman: welches? wo?
Eickes: Zu früh.
Forberg: nein. rück raus.
Heide: chillt mal. eickes top secret.

Prack: kennt ihr euch?
Heide: haben zusammen ausbildung gemacht.
Bohrman: sek?
Heide: auch. antwort auf teutonico. interessiert?
Forberg: aber so was von. ziel?
Prack: muss was mit mehmet sein.
Bohrman: läuft.
Heinlein merkte auf. Was *lief* da bereits?
Eickes: Info!
Heide: wo? wann?
Kommandör: Füße stillhalten.
Eickes: Wiederhole. Info …
Ein Räuspern, Heinlein blickte vom Handy auf und sah Vanja Berger.
„Sie wollten mich sprechen?"
Ja, aber nicht jetzt.
Bohrman: döner zu mitternacht.
Kommandör: Schluss! Alle! Over & out.
Einer nach dem anderen loggte sich aus.
„Wenn es gerade nicht passt", sagte Berger, „ich kann später wiederkommen."
Heinlein seufzte verärgert, schaltete das Handy aus und steckte es zurück in die Tasche. „Setzen Sie sich." Er schlug ihre Sicherheitsüberprüfung auf.
„Hab ich was falsch gemacht?" Sie lächelte provokant.
„Vanja Berger, geborene Darković", überflog er ihren aktuellen Status als verheiratet, getrennt lebend, kinderlos, „1984 in Niš, Serbien, geboren, mit zwei Jahren und den Eltern nach Deutschland übergesiedelt, in Esslingen bei Stuttgart aufgewachsen, Abitur 1,0, anschließend Studium an der Polizeihochschule mit Abschluss als Jahrgangsbeste …"
„Wollen Sie mich feuern?" Sie grinste Heinlein unsicher an.
„Wie kommen Sie darauf?"
„Mein Lebenslauf sollte Ihnen bestens bekannt sein."

Richtig, aber Heinlein hatte vermutlich bei ihrer Einstellung etwas übersehen. Eine Information fehlte in ihrer Personalakte, sie war mit einem unauffälligen Vermerk versehen und herausgenommen worden, tauchte jetzt aber in der Sicherheitsüberprüfung wieder auf.
„In welcher Angelegenheit haben Sie gegen Kriminalhauptkommissar Helmbrecht ermittelt?"

Der Hafen ist das Herz einer Insel.
Er pumpt Geld, Waren und Informationen in den fragilen Organismus. Manches bleibt, anderes fließt in den Kreislauf zurück. Fremdkörper werden von Wächtern identifiziert und eliminiert.
Kilian nahm die kurvige, hochgelegene Straße in die Stadt. Wie schon Tags zuvor, wehte ein kräftiger Wind. Das Wetter wechselte zu beiden Seiten der Insel nach Belieben, mal schien die Sonne, mal verdunkelten Wolken den Himmel und ein Regenschauer strich über Hügel und Felder. Dazwischen weiße und farbige Wohnwürfel in der zerklüfteten Landschaft, in den Gärten flatterte die Wäsche an der Leine, es wurde geputzt und repariert, gehämmert, geschliffen und gestrichen, die ersten Feriengäste würden bald eintreffen. Auch wenn es für ein Bad im Meer noch viel zu kalt war, als Erstes kamen die Wanderer, Bootsbesitzer, Faschingsmuffel und Ferienhausbesitzer.
Auf Höhe des Stadtstrands schaukelten Boote im Wasser, drüben am Kai lief die Fähre vom Festland ein, die Fahrgäste sammelten sich, Autos starteten und Motorroller drängten sich vorbei.
Kilian bog in die Straße zur Postfiliale ab, die Harley tuckerte und das Motorengeräusch wummerte in der engen Häuserschlucht. Missbilligende Gesichter zeigten sich an Fenstern und auf Balkonen, neugierige Kinderaugen verfolgten den Fremden auf seinem Streitross, ein Hund bellte und ein Fernseher lief lautstark.
Er parkte die Maschine bei den Mülltonnen am Zebrastreifen, setzte den Helm ab und betrat die Filiale. Eine alte Frau am Stock löste gerade einen Scheck ein, das Gespräch zwischen ihr und dem Postbeamten verstummte, ein prüfender Blick.
„Buon giorno", grüßte Kilian, auch wenn es bereits kurz vor Mittag war und allseits der Geruch von Essen in der Luft lag.
„Buon giorno", kam es von der Alten zurück, ein freundliches Lächeln, und schon widmete sie sich wieder den neuesten Nachrichten des Beamten, der Kilian die Post aushändigte.

Auf der Straße zurück, blätterte er Briefe und Mitteilungen durch, nichts Dringendes, aber Geld musste er ziehen, es gab Einkäufe zu erledigen und die Lieferungen für Holz, Sand, Zement und Steine zu bezahlen.
Der Geldautomat sog die Karte ein und begrüßte Kilian in mehreren Sprachen. Die passende Auswahl zu treffen, fiel schwer, die Scheibe spiegelte, sodass er allerlei Verrenkungen machen musste, um etwas zu erkennen.
Ein Junge hinter ihm an den Mülltonnen, der die verkehrsarme Straße nicht überqueren wollte, nur dastand und schaute.
Zu ihm.
Dr. Kohlschreiber hatte überwiesen, plus eine respektablen Prämie für den schnellen Sondereinsatz in Neapel.
Wieso ging der Junge nicht über die Straße?
Kilian entnahm Scheine und Karte, der Junge war noch da.
Der Baustoffhandel befand sich in entgegengesetzter Richtung auf einem staubigen Platz, Kilian ging die paar Schritte zu Fuß. In der Straßenbiegung blickte er kurz zurück.
Der Junge kam ihm nach, telefonierte.
Zufall?
Er betrat den kleinen Laden von Claudio, einem wind- und salzwassergegerbten Insulaner, der mit fünf Kindern und einer bescheidenen Frau von der Nachbarinsel Palmarola gesegnet war. Das Radio dudelte *Self Control*, einen Italo-Hit aus den Achtzigern, der Zeit, als Claudio der braungebrannte Sommernachtstraum der Fräuleins gewesen sein mochte, heute ging er vom vielen Heben und Tragen gebückt, litt an einer Raucherlunge und hatte Schwierigkeiten, eine Espressotasse ruhig zu halten.
„Da bist du ja endlich", grüßte er, umgeben von einer Wolke aus Zigarettenqualm und feinem, in der Luft stehendem Zementstaub. Er hustete, schniefte, die Augen gerötet.
„Es hat sich also schon herumgesprochen."
„Als du die Fähre in Neapel bestiegen hast, kam der Funkspruch rein. Du weißt ja, schlechte Nachrichten reisen schneller als das

Licht.“ Er drückte seine Kippe aus. „Willst du deine Schulden bezahlen?“
Kilian blätterte die Scheine hin. „Könnte noch ne Kletterpflanze brauchen, was Anspruchsloses, aber Robustes, das Schatten für ne Terrasse spendet.“
„Außerdem soll sie auch noch geliefert werden, richtig? Oder hast du dir endlich ein eigenes Boot gekauft, damit ich nicht jedes Mal um die halbe Insel schippern muss?“
„Hätte ich es, wüsstest du es längst.“
„Das stimmt. Komm mit.“
Claudio ging vor, Kilian folgte ihm auf den Vorplatz, wo ein Kleinlaster mit offener Ladefläche stand, darauf Werkzeug, Eimer und Kübel. Zwei waren mit Erde und Setzlingen gefüllt.
„Weinreben“, sagte Claudio, doch Kilian interessierte sich mehr für den Jungen, der sich am Zaun aufhielt, als warte er auf eine Mitfahrgelegenheit.
„Kennst du den?“
Ein kurzer Blick. „Gehört zu den Bruglias, ein Auge.“
„Denen du den Pizzo zahlst?“
Schweigen.
Weinreben waren bestimmt die richtige Wahl, Kilian prüfte sie nebenbei, während er darüber nachdachte, zu wem die Bruglias gehörten und ob sie mit anderen Clans zusammenarbeiteten, so wie es die Familien der Sacra Corona Unità in Apulien taten.
„Hast du hier schon mal Leute aus Bari oder Foggia gesehen?“, fragte er.
„Warum? Nein, jetzt mach schon.“
„Niemals davon gehört, dass man sich gegenseitig hilft, wenn …“
„Nein!“ Claudio zog ihn unsanft zur Seite. „Mach mir keinen Ärger. Du weißt, wie der Hase auf einer Insel läuft.“
Im Hafen von Ponza, im Hafen von Neapel.
Die Augen, die Wächter waren überall.
„Wer weiß noch, dass ich hier bin?“
„Die kleine Ratte am Zaun bestimmt.“

Und damit auch ihre Auftraggeber.
„Verschwinde jetzt, ich kann nichts für dich tun." Claudio ging in den Laden zurück und sperrte ab.
Überließ Kilian den Haien.
Wieso hatten sie ihn nicht in der abgelegenen Bucht heimgesucht? Warteten sie auf eine bessere Gelegenheit oder etwa auf Anweisungen aus Bari?
Wie auch immer, er war aufgeflogen, vermutlich waren sie auf dem Weg zu ihm.
Weg hier, runter von der Insel.
Die Fähre.
Er nahm die Beine in die Hand.

„Dennis war davon überzeugt", legte Vanja Berger dar, „dass Helmbrecht mit der Mafia ins Bett ging."
„Dennis?"
„Ein ehemaliger Kollege aus Leipzig, wir kannten uns von der BFE 523", einer Einheit der baden-württembergischen Bereitschaftspolizei, die in der Mordserie des NSU und besonders bei den Ermittlungen nach dem Mord an einer Polizeibeamtin auffällig geworden war. „Er war später als NoeP", als nicht offen ermittelnder Polizist, „in seiner Heimatstadt tätig und ist auf eine Verbindung Helmbrechts zur Mafia gestoßen."
Zu Gallo rosso.
Heinlein erinnerte sich an die Räuberpistole, die ihm Kilian damals aufgetischt hatte, als der mit *neuen Erkenntnissen* aus Leipzig zurückgekehrt war.
Der namenlose, mysteriöse Informant.
Fotos von Helmbrecht und Marco Gentile.
Auf der Terrasse einer italienischen Villa.
Eine interne Untersuchung und eine Überprüfung Helmbrechts durch den Verfassungsschutz in Sachsen und Bayern hatten nichts ergeben, seine dienstlichen und privaten Kontakte, die Lebensumstände und Vermögensverhältnisse waren unverdächtig, nur die Sauferei … eine nicht seltene Begleiterscheinung des Berufs.
Marco Gentile. In der Nachwendezeit hatte der aus einem süditalienischen Kaff stammende Bauernjunge eine heruntergekommene Stehkneipe in Leipzig erworben und sie binnen weniger Jahre zu einem gut gehenden italienischen Restaurant ausgebaut. Die dafür notwendigen Mittel schöpfte er aus Ersparnissen und dem Kredit seiner Hausbank.
Aktenkundig waren diverse Verstöße gegen das Lebensmittelgesetz und den Arbeitnehmerschutz, auch Nähe zum Rotlichtmilieu sagte man ihm nach, er wurde aber nie deswegen verurteilt. Das einzig wirklich Seltsame war, dass er bis dahin nicht in der Gastronomie

tätig gewesen war, sondern als Lkw-Fahrer Lebensmittel zwischen Italien und Deutschland transportiert hatte.
Also falscher Alarm. Vorgang geschlossen und zu den Akten.
Nicht für Kilian, der nach Leipzig reiste und sich am verabredeten Treffpunkt einfand.
Er wartete vergebens, der Informant tauchte nie wieder auf.
„Wem oder was genau war Dennis auf der Spur gewesen?"
„Um eine lange Geschichte kurz zu machen, es ging um sehr viel Geld, um Erpressung, Verbindungen zur Rotlichtszene und sogar um Auftragsmorde …"
Während Berger über die Zeit im Wilden Osten referierte, lieferte Uschi das Ergebnis ihrer Nachforschungen.
„In den frühen Neunzigerjahren waren wirklich lukrative Immobilien, die höchste Renditen abwarfen, Mangelware in Leipzig", sagte Berger. „Wenn man darauf aus war, brauchte man ein feines Gespür und gute Kontakte zur Verwaltung."
„Ging es nicht auch um Rückführung von Gebäuden und Grundstücken an die ehemaligen Eigentümer, die vom SED-Staat enteignet worden waren?"
Heinlein schlug Uschis Bericht auf.
VS, Vigili della sicurezza, international tätiges Sicherheitsunternehmen mit Sitz in Turin. Zahlreiche Niederlassungen in Europa, Afrika, Asien, Nord- und Südamerika …
„Exakt. Das Problem bei der Sache war herauszukriegen, wer die Eigentümer waren und wie man sie umgehend erreichen konnte."
„Warum die Eile?"
Im Portfolio von VS: Ausbildung, Training, Beratung, operative Dienste und Beschaffung von Sicherheitsausrüstung.
Kunden: Behörden, Organisationen, Firmen und Privatleute.
Team: hoch qualifizierte, erfahrene Berater, Ausbilder und kampferprobte Einsatzkräfte.
„Jeder, der Anspruch auf sein Eigentum erhob, trug sich in eine Liste im Rathaus ein, und natürlich wusste niemand, ob er es tatsächlich zurückbekam und falls ja, wie viel es überhaupt noch wert

war. Genau diese Unsicherheit galt es auszunutzen. Plötzlich verschwand die Liste aus dem Rathaus und tauchte in, sagen wir mal, Immobilienkreisen wieder auf."

Kunstpause.

Heinlein rief die Website von VS auf, die sich strukturiert und betont sachlich präsentierte. Personenschutz. Geiselbefreiungen. Lösegeldverhandlungen. Training für Sicherheitspersonal. Zielfahndung. Transporte …

„Sie meinen Mafiakreise?"

„Nein, erst mal nicht, ganz normale Immobilienhaie. Sie kauften die Ansprüche der nichts ahnenden Eigentümer günstig auf und verkauften sie zu Höchstpreisen weiter. Eine gigantische Umverteilung von Vermögen … aber auch Geldwäsche im ganz großen Stil."

„Die Käufer wurden doch bestimmt überprüft."

Befanden sich Kollegen aus seinem Verantwortungsbereich im Personalstamm von VS?

„Sicher, die Überprüfungen und vor allem die Bewilligungen liefen wie geschmiert." Sie grinste höhnisch. „Millionen und Abermillionen aus Drogengeschäften, Prostitution und Erpressung flossen in die aufstrebende Goldgräberstadt, in das wahre Fundament des Aufschwungs Ost. Von nun an war man nicht länger Dealer, Erpresser und Zuhälter, sondern seriöser Geschäftsmann und stolzer Immobilienbesitzer. Zugleich aber auch Autor, Produzent und Schauspieler im fabelhaften Märchenstück der Wiedervereinigung, der Boomtown Leipzig."

„Blühende Landschaften also."

Wie sollte er mit der VS-Niederlassung umgehen, wenn Kollegen dort einkauften und ihm die Rechnungen vorlegten?

„Bei einem Grundstück jedoch, nicht viel mehr als ein ölverseuchter Parkplatz mit einer Stehkneipe darauf, hakte es. Der Besitzer wollte bei dem Raubzug partout nicht mitspielen und erstattete Anzeige. Er rechnete sich gute Erfolgschancen aus, er kannte Helmbrecht aus der gemeinsamen Zeit im Fußballklub. Der galt als unbestechlich, aufrecht und vor allem westkritisch …"

„Jetzt wird es interessant." Er machte sich eine Notiz:
VS beobachten, Besuch abstatten.
„Die Sache entwickelte sich aber anders als gedacht. Helmbrecht hatte die Seiten gewechselt und drohte seinem ehemaligen Fußballkameraden mit Verfehlungen, derer er sich in der DDR-Zeit schuldig gemacht haben soll."
„Welche?"
„Unbekannt. Fakt ist, dass der Mann für einen Spottpreis verkaufte, in Selbstmitleid und Alkohol abstürzte und, als das Geld versoffen war, seinem Leben ein Ende setzte."
Schlimme Geschichte, wenn sie denn so geschehen war.
„Und was hat dieser Dennis damit zu tun?"
„Dennis war der Sohn. Nach dem Tod seines Vaters wuchs er bei Pflegeeltern auf, bewarb sich für den Polizeidienst und setzte fortan alles daran, Helmbrecht zu überführen."
„Warum ist darüber nichts in dessen Akte zu lesen?"
„Weil Dennis' Ermittlungen nicht angeordnet waren."
„Aber ja, als NoeP."
„Anfangs schon, doch dann plötzlich nicht mehr."
„Wie das?"
„Der Staatsanwalt war an die polnische Grenze versetzt worden."
„Und was wurde aus Dennis?"
„Irgendwann rief er mich an und sagte, jetzt habe er endlich den Beweis … Fotos, die Helmbrecht mit einem Mafiaboss zeigten. An wen er sich damit wenden könne? In Leipzig und in Sachsen würde er niemandem trauen. Er war verzweifelt."
Heinlein ahnte, was kommen würde. „Ja, und?"
„Ich hielt mich seinerzeit bei Verwandten in Serbien auf, konnte und wollte auch nicht gleich wieder weg, ich hatte sie seit Jahren nicht gesehen, es wäre einer Beleidigung gleichgekommen …"
„Verstanden. Und weiter?"
„Als ich nach Deutschland zurückkam, fuhr ich sofort nach Leipzig, um Dennis zu sehen. Doch ich traf ihn nicht an, weder zu Hause noch auf der Dienststelle. Seit Tagen hatte ihn angeblich niemand

gesehen oder von ihm gehört, meine Anrufe und Nachrichten blieben unbeantwortet, er war wie vom Erdboden verschluckt … und ist es bis heute."
„Aber Sie haben doch alle Möglichkeiten, eine verschwundene Person ausfindig zu machen."
„Eben." Sie schluckte. „Nichts."
Schweigen.
„Was ist aus dem angeblichen Mafiaboss geworden", fragte Heinlein, „diesem Marco Gentile?"
Berger reagierte ausweichend. „Ist das sein Name?"
„Sagen Sie's mir."
„Ich weiß nur, dass einige Leute aus der Szene zeitnah mit Dennis' unerklärlichem Verschwinden auch plötzlich weg waren. Neue Gesichter nahmen ihre Plätze ein und niemand wusste irgendwas. Meine Nachforschungen scheiterten auf allen Ebenen – in der Szene, in der Nachbarschaft und bei der Dienstelle, selbst der Staatsanwalt konnte sich an nichts erinnern, die Dienstaufsicht bestellte mich ein."
„Aus welchem Anlass?"
„Kein begründeter Anfangsverdacht, keine Beweise, dafür reichlich Beschwerden von Kollegen. Wir einigten uns darauf, dass ich meine nicht autorisierten Nachforschungen, wie sie es nannten, beendete und sie von einem Eintrag in meine Personalakte absahen. Ich hatte die Nase gestrichen voll …"
„… und bewarben sich in Würzburg."
„Richtig."
„Warum haben Sie mir damals nichts davon gesagt?"
Sie schaute ihn trotzig an. „Hätten Sie, an meiner Stelle?"
Vielleicht, vielleicht auch nicht. Heinlein nahm das Ergebnis ihrer Sicherheitsüberprüfung zur Hand.
„Das ist alles? Wirklich alles?"
„Ja, mein Wort darauf."
„Wie kommt es dann, dass Sie mit dem Ihnen unbekannten Marco Gentile Kontakt hatten?"

15 | Bella figura

Paranoia oder einfach nur eine gesunde Portion Vorsicht?
Ein einziger fauler Apfel in Behörden und Telefongesellschaften genügte, ein geschuldeter Gefallen, und Kilian war jederzeit an jedem Ort aufspürbar.
In Ponza zeichnete eine Webcam Live-Bilder vom Hafen, den Fährschiffen und Passagieren auf und stellte sie offen zugänglich ins Internet. So auch auf dem Festland in der Hafenstadt Anzio.
Kreuzungen wurden mit Kameras überwacht, Bus- und Bahnhöfe, Taxistände, Verwaltungsgebäude, Banken, Plätze, Strände und tausend weitere Einrichtungen mit erhöhtem Sicherheitsbedarf, oder zur Abschreckung des allseits grassierenden Vandalismus.
Gesichts-, Fahrzeug- und Kennzeichenerkennung werteten die gigantische Bilderflut in Bruchteilen von Sekunden aus, es war illusorisch, dem auf Dauer zu entkommen.
Man konnte die Augen aber ein Stück weit in die Irre führen.
Für den ersten Teil der Strecke stellte Kilian bereitwillig seine Identität ohne Helm und Brille zur Verfügung, er achtete darauf, dass die Kameras das Kennzeichen der Harley problemlos erfassten. Doch kaum hatte er Anzio Richtung Neapel verlassen, nahm er die SIM-Karte aus dem Handy und schaltete es ab. Er änderte sein Ziel und steuerte kleine Ortschaften im Norden an.
In einer Dorfkneipe erstand er ein gebrauchtes Kennzeichen, in einem Handyladen ein altes Gerät mit einer Prepaid-SIM-Karte. Als Nächstes einen halbwegs akzeptablen schwarzen Anzug, Hemd, Schal, Schuhe und einen Hut mit breiter Krempe.
Ein neuer Style musste her, der staubige Motorradfahrer hatte ausgedient und wäre für die hippe Hauptstadt ohnehin unpassend gewesen. Ein radikaler Kurzhaarschnitt, ein gestutzter Bart, mit Farbe aufgehübscht, und noch eine prägnante Brille obendrauf.
Fertig war der Hipster, ein tausendfach kopiertes Klischee, das in der Herde der Nachtschwärmer von Rom untergehen würde.

Was noch fehlte, war eine sichere Bleibe. Kein Hotel, keine Pension, auch kein Airbnb, wofür er Personalien und Kreditkartennummer hätte preisgeben müssen.
Er ging seine Kundenliste durch. Wer von den Herrschaften verfügte über eine zentral gelegene Wohnung, die nicht zusätzlich durch Kameras in den Straßen gesichert war? Und wer war leicht aus der Reserve zu locken, wenn es um sein teuer erstandenes Eigentum ging?
„Guten Abend, Herr Merkle. Kilian hier."
„Ach, was für eine Überraschung. Hatten wir einen Termin?" Im Hintergrund lief der Fernseher. Gelächter, Applaus, Kinder tollten, wurden zur Ordnung gerufen: Papa telefoniert.
„Bin gerade in Rom und hab an Ihrer Wohnung vorbeigeschaut."
„Das ist ja nett. Danke, Herr Kilian."
„Wenn mich nicht alles täuscht, ist eine der Amphoren auf dem Balkon nicht mehr da."
„Aber, nein, ich hab doch … Warten Sie."
Natürlich, wie immer, die Fernüberwachung per Video.
„Hier schaut alles gut aus, aufgeräumt und an seinem Platz."
„Seltsam, ich stehe direkt vor dem Haus … Wann haben Sie das System zuletzt aktualisiert?"
„'ne Weile her", seufzte Merkle.
„Nicht, dass Sie gerade auf Archivmaterial hereinfallen."
„Ja, sicher", ein nachdenkliches Schweigen.
„Dann entschuldigen Sie die Störung. Ich dachte …"
„Wäre es zu viel verlangt, wenn Sie schnell mal hochspringen und nachsehen?"
„Überhaupt nicht, deswegen bin ich doch hier. Ich würde auch gleich das System …"
„Sicher, machen Sie, und vielen Dank für Ihre Mühen."
Merkle gab die geänderten Zugangscodes für die Türen durch und bat um Benachrichtigung, sobald alles erledigt war.
Damit konnte es losgehen. Kilian folgte Lkw und Transportern dicht auf in die große, weite Stadt.
Die Schöne, die Hure öffnete sich ihm unbesehen.

Extasy. Keine der einschlägigen Webseiten wollte ihren Namen kennen. Auch kein Forum, in dem Freier protzende Bewertungen über ihre Erfahrungen abgaben. Vermutlich verkaufte sie denselben alten Wein mit neuem Etikett.
Irgendwo in dieser Stadt.
Kilian nahm das Glas Rotwein mit auf den Balkon. Die Amphoren, die Merkles Frau als Blumengefäße nutzte, standen unbeschadet in Reih und Glied, daneben Tisch, Stühle und ein Sonnenschirm, alles sauber verräumt und verpackt. In den Ecken hatte sich Herbstlaub gesammelt, ein leichter Wind scheuchte es auf, ein kaum wahrnehmbares Rascheln im Schnurren des unaufgeregten Straßenlärms. Noch war es zu kalt, um in die Gassen des beliebten Ausgehviertels zu strömen, sich vor Restaurants und Bars zu treffen, mit Freunden und Nachbarn zu reden, zu trinken und zu lachen. In der kühlen Jahreszeit spielte sich der Feierabend hinter Türen und Fenstern ab, es wurde gekocht, mit den Kindern gespielt und im Familienkreis gegessen. Fernseher flimmerten, Radios spielten Musik, eine Unterhaltung eskalierte, eine Tür schlug zu. Er ging ihr nach, sie schloss sich im Badezimmer ein und … Kilian seufzte. Leerte das Rotweinglas in einem Schluck.
Verdammte Rührseligkeit.
Merkles Ferien-Appartement befand sich im obersten Stockwerk eines Hauses am Ufer des Tibers, an der befahrenen Lungotevere Raffaello Sanzio. Hier oben genoss man freie Sicht auf die Ponte Sisto zur Linken und zur Rechten auf die Ponte Garibaldi und die Tiberinsel, Lichter säumten die Straßen und ließen die Gebäude in der schlummernden Dunkelheit erstrahlen. Dort der Vatikan und die Engelsburg, hier Santa Maria in Vallicella, Sant'Andrea della Valle, der Palazzo Farnese, dahinter die gleichnamige Piazza, noch ein Palazzo, noch eine Piazza, in unzähliger Wiederholung.
Alles zum Greifen nahe. Wunderschön und doch so fern.
Ein Fenster klappte auf, ein Lied schwappte heraus.
Aspetto la fine, tradiscimi, poi dimmi: È finita, zittiscimi …
Schluss damit. Zeit zu handeln.

Kilian ging ins Appartement zurück, das neue Outfit lag bereit. Nicht seine erste Wahl, aber es würde dem Zweck genügen – ein Dandy und Hedonist, ein Lust- und Freigänger in Babylon.
Der schwarze Anzug passte leidlich, die neuen Schuhe drückten an den Seiten. Der Schal würde den unteren Teil seines Gesichts vor den omnipräsenten Augen verbergen, mehr als zehntausend sollten mittlerweile in der Stadt installiert worden sein, Hut und Brille den oberen.
Für die kühle Jahreszeit war der Aufzug durchaus akzeptabel.
Er steckte nur ein, was er wirklich brauchte. Das neue Handy. Bargeld. Rauchwerk und, ganz wichtig, neben der Hipsterbrille auch die Sonnenbrille. Sie würde sich in bestimmten Situationen als vorteilhaft erweisen.
Die Suche nach der Nadel im Heuhaufen konnte beginnen.
Welcher Laden hatte schon geöffnet, wer kannte sich in der Szene aus? Wo würden Nutten hingehen, um Laufkundschaft zu treffen, oder auf einen Absacker?
Gleich um die Ecke lag die Piazza Trilussa, ein beliebter Treffpunkt, die Startrampe für eine aufregende Nacht.
Das Kopfsteinpflaster war glitschig, die neuen Schuhe schmerzten bereits nach wenigen Schritten. Dafür erwiesen sich Schal und Hut als gute Investition, es nieselte und ein schneidender Wind fegte durch die leeren Gassen. Die Augen an Fassaden und Laternenmasten würden schon bald mit Tränenfluss zu kämpfen haben, und wenn Kilian nicht in eine Polizeikontrolle geriet, dann machten sich alle seine Vorkehrungen bezahlt.
Die Piazza Trilussa empfing ihn menschenleer und abweisend.
Die angrenzende Cocktailbar Freni e Frizioni vermittelte hingegen bessere Laune, er probierte sein Glück. Unter zwei mächtigen Lüstern erstreckte sich ein schwarz lackierter Tresen, eine Handvoll Gäste lungerte herum. Kilian setzte sich ans andere Ende und wickelte den Schal aus dem Gesicht.
Ein prüfender Blick und schon war der neue Gast kein Thema mehr. Er hätte es sich nicht besser wünschen können.

Mit den spaßig-flippigen Getränken, die im Design alter Computerspiele und Kinofilme daherkamen, konnte er nicht viel anfangen. Er entschied sich für das geringste Übel, etwas auf Basis eines Bombay Sapphire Gin.
Der pummelige Barmann quittierte es mit ausdrucksloser Miene. Ohnehin schien er nicht sonderlich glücklich mit seinem Dasein, jede Bewegung verriet Unlust, fast schon Widerwillen. Eine schwarze Beaniemütze mit einem Anarcho-Emblem über einem unrasierten, fettglänzenden Gesicht, an den Ohren reihte sich eine beeindruckende Anzahl von kleinen, silbernen Ringen und natürlich strotzten die Arme vor Tattoos – Totenköpfe, Kreuze und selbst eine heilige Jungfrau Maria im dekolletierten Abendkleid war darunter. War das der neue *Roman Style*?
„Extasy", sagte Kilian, „schon mal gehört?"
„Nicht hier, nicht jetzt", antwortete der Totengräber.
„'ne Nutte, die sich so nennt."
Er zuckte noch nicht mal mit den Schultern.
„Ist mit ner Transe befreundet, Shefkije."
Wieder nichts, aber wenigstens griff er zu den richtigen Flaschen.
Zwei junge Frauen kamen von der Toilette. Die eine rieb sich die Nasenlöcher mit dem Zeigefinger und zog den Rest des Pulvers hoch, die andere zupfte an ihrem viel zu kurzen Röckchen – im Wintermonat Februar eine direkte Überweisung zum Frauenarzt.
„'ne Idee, wer mir was erzählen kann?"
Der Barmann stellte ihm kommentarlos das Glas hin, Kilian antwortete mit einem Fünfziger. Das weckte die Lebensgeister, ein Grinsen flammte auf und beringte Totenkopffinger griffen nach dem Schein.
Kilian hielt ihn fest. „Also?"
Ein indigniertes Schnaufen.
„Pater Gonzalo … Kennt sich mit Nutten aus."

Geister | 16

Heinleins schlechte Laune hielt bis Dienstschluss durch.
Noch immer schossen Gerüchte und Falschmeldungen über den ICE-Anschlag ins Kraut. Abstruse, an den Haaren herbeigezogene Zusammenhänge wurden konstruiert, in die sozialen Netzwerke gestellt und ungeprüft weiterverteilt. Andernorts wurden Mutmaßungen zu Fakten erhoben und Unbeteiligte in den Zeugenstand berufen, Fachleute gaben Gutachten ab, ohne die Faktenlage zu kennen oder vor Ort gewesen zu sein. Boulevardjournalisten schwangen sich zu Investigativreportern auf, belagerten das Krankenhaus, passten Ärzte und Pfleger ab, suchten Angehörige auf, Kollegen, Bekannte, Nachbarn … und spannen daraus herzzerreißende Geschichten fürs Vorabendprogramm und für manche Sondersendung, die versprach zu hinterfragen, sich aber in Sumpf und Nebel verlor.
Erregungstheater, Angst- und Panikmache, Klickraten.
Warum nicht einmal die Klappe halten, wenn man nichts Neues zu vermelden hatte? Allein, um dem Geschrei der braunen Brut die Luft zu nehmen, sie mit Fakten zu demaskieren und der Jämmerlichkeit preiszugeben.
Zum Glück leiteten Oberstaatsanwaltschaft und Landeskriminalamt die Ermittlungen, Heinlein blieb von dem Zirkus verschont.
Division Morgentau.
War das wirklich die Ankündigung eines Anschlags gewesen? Hatten die Spürnasen vom Verfassungsschutz mitgehört? Würden sie rechtzeitig einschreiten?
Der Anruf von Tom hätte ihn beruhigen können. *Keine Panik. Viel Geschwätz und Prahlerei.* Er würde dranbleiben und sich melden, wenn es was Konkretes gab. Aber Heinlein fand keine Ruhe.
Vanja Berger und Marco Gentile.
Eine gezielte Falschinformation. Da wollen sich einige Kollegen an mir rächen. Warum, hatte Heinlein sie gefragt. Warum sollte der Verfassungsschutz das tun, wenn ihm nicht entsprechende Informationen vorlagen?

Mehr wollte Berger nicht darauf sagen.
Er würde sie im Auge behalten.
Das Telefon klingelte. Auf dem Display die Nummer von …
„Ina“, Deckerts Frau. „Wie komme ich zu der Ehre?“
Sie klang gehetzt. „In einer Stunde bei uns.“ Das Klingeln einer Straßenbahn im Hintergrund.
„Ist was passiert?“
„Ja, Abendessen.“
Nette Idee, aber nicht heute. Kopf- und aufsteigende Rückenschmerzen kollaborierten. Einfach hinlegen, nichts tun, denken oder entscheiden müssen, das war der Plan.
„Danke für die Einladung …“
„Wunderbar. Ich freu mich“, und klick war sie weg.
Nun gut, dann musste es eben sein. Ina war schwer zu widerstehen. Außerdem hatte er die Kinder lange nicht mehr gesehen.
Heinlein fuhr den Computer herunter, warf die Jacke über und schaltete das Licht aus. Auf dem Gang herrschte Stille, die fahle Nachtbeleuchtung ließ gerade mal Uschis verwaisten Schreibtisch erkennen. Darauf eine Vase mit Blumen. Hatte sie Geburtstag? Nein. Einen Verehrer etwa?
Schmunzelnd nahm er den Gedanken mit auf den Parkplatz, stöberte dabei in der Jackentasche nach dem Autoschlüssel und stellte überrascht fest, dass sie leer war.
Tian … Tao. Weg und Ziel zugleich.
Mindestens 10000 Schritte die Woche. Das Richtige essen, Vitalstoffe, nichts industriell Hergestelltes. Viel Flüssigkeit ohne Zucker und Kalorien. Kein Alkohol, kein Stress und ausreichend Schlaf. Ein Bewusstsein für Körper, Geist und Seele schaffen.
Er würde den ersten Teil zu Deckerts Wohnung gehen, auf dem Weg eine Flasche Wein, Blumen und für die Kinder etwas Süßes besorgen, um sich dann schwer bepackt mit der Straßenbahn ans Ziel bringen zu lassen.
Die Luft schmeckte wie vom Regen gewaschen, die Straßen glänzten im Licht der Straßenbeleuchtung und gelegentlicher Autoschein-

werfer. Die Stadt war zur Ruhe gekommen, nun wurde zu Abend gegessen, über den vergangenen Arbeitstag, die Schule, Hausaufgaben, das Fernsehprogramm gesprochen und vielleicht auch über die Kostüme und Verabredungen an den bevorstehenden Faschingstagen. Würde das näherrückende Coronavirus das Hochamt aller Narren vereiteln?

Als Heinlein die Alte Mainbrücke überquerte, die bei gutem Wetter Hunderte weintrinkender Städter und Touristen beherbergte, war die Frage beantwortet: Manche Rituale trotzten jeder Gefahr. Unbeeindruckt von Wind, Nässe und mäßigen Temperaturen erklangen dort Gläser, es wurde erzählt, gelacht und getrunken. Das Leben war kurz, es galt, das Beste daraus zu machen. Corona musste erst mal Würzburg erreichen, und nach allem, was man bisher wusste, war das höchst unwahrscheinlich. Viren hatten ohnehin kaum Überlebenschancen, wenn sie auf Alkohol trafen.

In diesem Sinne: Wohl bekomm's!

In der belebten Einkaufsstraße, an deren Ende die beleuchteten Türme des Doms in den Nachthimmel stachen, sich Straßenbahnen gleich Lindwürmern wanden und dazwischen Fußgänger kreuzten, als seien sie gegen jedes Unglück gefeit, betrat Heinlein einen Supermarkt. Er wählte einen leichten Weißwein, ohne zu wissen, was Ina gekocht hatte, für die Kinder Schokolade, und die Blumen würde er in dem kleinen Laden um die Ecke kaufen. Drei Kassen waren geöffnet, davor jeweils zwei, drei Kunden. Er entschied sich für die erfahrene Kassiererin, die anderen beiden schauten verdächtig nach Auszubildenden aus.

„Das Buch muss an die Kasse, damit es Kinder und Eltern leichter finden."

Heinlein erkannte die Stimme sofort, die sich zwei Reihen weiter gegen das Geschepper von Einkaufswagen und Kundengeplapper durchsetzte. Walter, ein alter Freund und Logenbruder aus einer längst vergangenen Episode seines Lebens. Mittlerweile befand der sich in Rente, führte das Journalistenhandwerk aber mit politischen Aufsätzen und Stadtführungen fort.

Der Marktleiter blätterte unschlüssig in dem Malbuch.
„Da sind aber seltsame Gestalten im Schwimmbecken."
„Wie's heutzutage halt ist."
„Pädagogisch wertvoll", versicherte ein anderer Geist aus der Vergangenheit.
Renate, und in ihrer Begleitung Erich, zwei weitere Verbündete jenes legendären Geheimbundes gegen die bayerische Okkupationspolitik in Franken, den sie verschwörerisch die *Loosche* getauft hatten. Rückblickend eine obskure und nicht minder skurrile Melange aus Heimatverbundenheit, Weltfremdheit und exzessivem Alkoholgenuss. Mit Leidenschaft und Überzeugung waren sie damals für die fränkische Sache eingetreten, heute versammelten sie sich unter der deutschen Reichsflagge und schwadronierten gegen die Unrechtmäßigkeit der Bundesrepublik, die katastrophale Einwanderungspolitik und einen wie auch immer gearteten Bevölkerungsaustausch.
Der Schwenk ins rechte Lager mochte den ehemaligen Vereinsvorsitzenden und Universitätsprofessor Heinz-Günther letztlich unter die Erde gebracht haben, alle Versuche, die verirrten Schafe wieder einzufangen, waren an einem neuen Mitglied gescheitert – Heinleins Ex Claudia. Sie stand dem in die Gemeinnützigkeit überführten Verein nun vor, der sich weiterhin in Pflege fränkischen Brauchtums erging, sich aber nichts anderes als Ausgrenzung und Rassismus auf die Fahnen schrieb.
Deutschland, deine Vereine. Oft ein Segen, manchmal ein Fluch.
Heinlein kehrte den Ewiggestrigen den Rücken und hoffte auf die flinke Kassiererin.
„Schorsch?", hörte er Erich rufen, den ergrauten Busfahrer und findigen Schmuggler von einst und allem, was wenig Risiko und gute Rendite versprach. Sicher hatte er den einen oder anderen Grenzgänger gegen gutes Bakschisch nach Deutschland gebracht.
„Das isser." Renate, die pensionierte Lehrerin, die heute nichts mehr von ihrer Affäre mit einem afghanischen Flüchtling wissen wollte und jetzt gegen Messerstecher, Islamisierung und offene Grenzen wetterte.

Selbst der kurzsichtige Walter hatte ihn erspäht. „Schorsch, auf ein Wort!“ Walters letzter Aufsatz über Krisenpolitik und politischen Existentialismus war ein hetzerisches Schandwerk, das fassungslos machte.
Nein, es gab nichts mehr zu reden. Kein *Hallo, wie geht's* oder heuchlerisches Geplauder über die guten alten Zeiten, wie sehr sie ihn vermissten und ob er nicht doch noch mal zum Stammtisch kommen wolle. Selber Ort, gleiche Uhrzeit.
Nein. Das war Geschichte. *Sie* waren Geschichte.
Merkten sie das denn nicht?!
14,80 spuckte das Kassendisplay aus. Heinlein legte einen Zwanziger hin, das Wechselgeld ging ans SOS Kinderdorf.
Und jetzt raus. Weg hier.

„Es ist so schön, dich wieder mal bei uns zu haben.“
Ina umarmte Heinlein innig und gab ihm einen Kuss auf die Wange. Sie duftete angenehm nach einem exquisiten Parfüm, eine Perlenkette schmückte den schmalen Hals, und wenn der Frisör ihr nicht kürzlich einen flotten Kurzhaarschnitt aufgeschwatzt hätte, hätte man gedacht, vor Katharine Hepburn zu stehen.
„Ja, das ist es“, seufzte Heinlein. „Danke für die Einladung.“
Das Hemd spannte am Bauch, er hatte mindestens für zwei gegessen und fast eine Flasche Wein getrunken. Tians Fitnessprogramm musste pausieren, nicht seine Schuld. Aber am nächsten Morgen, Punkt sechs Uhr, würde er es wieder aufnehmen.
Komme, was da wolle.
„Wieso hast du ihn nicht gleich nach der schrecklichen Geschichte am Bahnhof eingeladen?“, warf Ina ihrem Mann vor, während sie sich daran machte, Teller und Besteck abzuräumen.
Die kleine Carlotta saß auf Deckerts Schoß, gemeinsam bastelten sie an der Überraschung aus dem Ei.
„Schorsch musste sich erst mal ausschlafen“, erwiderte Deckert genervt von den winzigen Bauteilen, die einfach nicht zu Männerfingern passten, „danach hatte er Familienfrühstück.“

„Und, wie war's?“, fragte Ina auf dem Weg in die Küche. „Wie geht es Vera? Ich hab eines ihrer Konzerte im Fernsehen gesehen. War das Moskau oder Warschau? Du musst so stolz auf sie sein. Ich beneide dich. Und Tom. Was macht er?“
„Jetzt lass ihn halt antworten“, fiel Deckert ihr ins Wort. Carlotta zerpflückte gerade die Bauanleitung zu einem lustigen Konfetti. „Nicht, Schatz. Bitte!“
„Tschuldigung, Schorsch. Ist ne Ewigkeit her, dass wir uns gesprochen haben“, sie öffnete eine Schranktür. „Einen Espresso, Kaffee oder lieber Tee?“
„Kaffee“, antwortete Heinlein und Deckert schloss sich an. „Alles gut, ich könnte es mir nicht besser wünschen.“
Aus dem Kinderzimmer drang das nervtötende Geballer eines Ego-Shooters herüber, der achtjährige Lukas hatte es nicht lange am Tisch ausgehalten, seine Online-Freunde erwarteten ihn zum Kampf um einen magischen Diamanten, der die Weltherrschaft bedeutete.
„Mach endlich dieses fürchterliche Spiel aus!“, schimpfte Ina.
„Ja, Mom“, kam es zurück und weiter ging's mit der Ballerei.
„Zapfenstreich in zehn Minuten“, setzte Deckert das Ultimatum fest. „Morgen ist Schule.“
„Schule ist für'n Arsch.“
Ina war nicht mehr zu halten und stürmte das Kinderzimmer. „Nicht in diesem Ton. Hörst du?!“
„Aber, Mama …“
Heinlein seufzte, das wogende Familienleben … ein Anflug von Melancholie ließ ihn zum Weinglas greifen. „Genießt jeden Moment. Ihr werdet das alles noch vermissen.“
„Bist du betrunken?“, zweifelte Ina.
Nein, das war er nicht, aber er befand sich auf dem besten Weg dorthin. Dieser Wein, ein vollmundiger und spritziger Gavi aus dem Veneto, war um Längen besser als sein Mitbringsel aus dem Supermarkt.
„Wirklich ausgezeichnet. Wo habt ihr den gekauft?“

Deckert gab die Fieselei auf und setzte Carlotta zum Spielzeug auf die Ledercouch. Darüber hingen großformatige Fotografien aus der Karibik, von Kuba, Mexiko, Key West, weißen Traumstränden, bunten Fischen und Korallen – Inas Traumdestination, Deckert und sie hatten sich bei einem gemeinsamen Tauchgang kennengelernt.

„In Venedig", glaubte der sich zu erinnern.

„Eine kleine, versteckte Vinothek", bestätigte Ina aus der Küche. „Ich hätte am liebsten den ganzen Laden leergekauft."

„Sie ruiniert mich noch." Dabei schmunzelte Deckert schicksalsergeben und hob sein Glas. „C'est la vie. Auf dich, alter Freund."

„Auf dich", wiederholte Heinlein, „und danke, dass du dich um die ICE-Sache kümmerst."

„Fangt erst gar nicht damit an!", ging Ina dazwischen, während sie den Kaffee auf den Tisch stellte. „Ihr könnt euch später ums Lagerfeuer versammeln", unter einem Heizstrahler auf der Gartenterrasse, wo die geselligen Abende bei einem Glas Rum und einer kubanischen Zigarre ausklangen.

Zuvor hatte sie noch eine Überraschung parat.

„Schaut, was ich gefunden habe", sie präsentierte ein angestoßenes Buch mit einer handschriftlichen Datierung auf dem geriffelten Umschlag: 2010 bis 2015. „Lag in einer Umzugskiste."

„Das alte Fotoalbum", begeisterte sich Deckert, „das habe ich ewig gesucht."

Ina und Deckert im Kreis von Freunden beim Skifahren, Rodeln, Saunen, Sonnen, Schneemann bauen und Feiern in einer Berghütte … Zu jener Zeit hatte Heinlein auf einen kahlen, knorrigen Baum am Ufer eines einsam gelegenen Sees gestarrt, in einer weltabgewandten Gegend, wo die Nächte grabesstill waren und die Sterne wie Löcher in einem Sargdeckel glänzten. Am Empfang der Klinik warteten Claudia und die Kinder auf ihn, doch ihr Besuch war unbedeutend, wie auch der von Kilian und Pia.

2011. Fotos von Tauchgängen, bunten Fischen, Korallen, traumhaften Stränden und aztekischen Tempeln, die schwangere Ina mit

Deckert unter Palmen. Da hatte Heinlein Stellenausschreibungen studiert und Claudia stellte ihn vor die Wahl. Er entschied sich für einen Neuanfang beim SEK in Nürnberg.
2012. Die ersten Einsätze der Truppe, Deckert und Heinlein als schwarz vermummte Rambos mit Bierflaschen am Lagerfeuer, die Woche drauf erwischte es Fellner beim Sturm einer Lagerhalle der Mafia, Heinlein hatte das Kommando gehabt.
2013. Weihnachten mit Ina, Deckert und dem kleinen Lukas. Claudia drohte mit Scheidung, Kilian und Pia dachten darüber nach, nach Italien zu ziehen. Ein Gedenkbier auf Fellner. Heinlein war nicht im Bild. Er hatte sich geweigert, fotografiert zu werden, zog sich in die Toilette zurück und zitterte wie Espenlaub.
„Gevatter Hein", kündigte Deckert die nächste Seite an, „die Geburtsstunde eines Mythos."
2014. Ein Zeitungsausschnitt mit der Titelzeile *Kinder überleben Amoklauf.* Das Bild zeigte Einsatzfahrzeuge vor einem Schulgebäude. Ein vermummter SEK-Beamter kam mit einem Kind an der Hand aus der Tür, Gesicht und Haar mit Blut bespritzt.
„Warum hast du das damals eigentlich gemacht?", fragte Ina.
„Ein Albtraum", bekräftigte Deckert. „Ein Schüler hatte seiner Lehrerin einen selbst gebauten Sprengstoffgürtel angelegt …"
„Seiner ehemaligen Chemielehrerin", betonte Heinlein. „Wollte sich an ihr und seinen Mitschülern rächen, weil sie ihn nicht für voll genommen hätten … oder wegen sonst einem eingebildeten Blödsinn."
„Auf jeden Fall hatte er sich mit ihnen in einem Klassenraum verbarrikadiert", führte Deckert aus, „und wollte den Zünder mit der Türklinke verbinden. Beim Zugriff hätte es sie und uns in tausend Stücke zerrissen."
„Gut, dass ich vorher reingegangen bin."
„Eine halbe Stunde alleine mit dem Schizo. Was habt ihr so lange gemacht? Das hast du mir nie erzählt."
Heinlein setzte ein falsches Lächeln auf.

Weil es niemanden etwas anging, außer ihn und den Jüngling. Er hatte ihm einen Blick in sein Seelenleben gestattet.
„Es scheint“, schlussfolgerte Ina, „als wärst du sehenden Auges in den Tod gegangen.“

Richtig. Nächste Seite.

17 | Tomaso

Sant'Egidio in Trastevere.
Von außen betrachtet wirkte die Kirche aus dem 17. Jahrhundert klein und unscheinbar. Das helle Portal war schmal und im Vergleich zu anderen bescheiden geschmückt. Die Kirche wurde von hohen terrakottafarbenen Mauern eingefasst, die seitwärts in einen Verwaltungsbereich übergingen, auch ein Museum war darin untergebracht, ein schmiedeeisernes Gitter schützte die Eingangstür.
Gegenüber befand sich der Palazzo Velli aus dem 13. Jahrhundert, ein beliebter Ort für Ausstellungen und Veranstaltungen, sogar Appartements standen zur Anmietung bereit und waren stets ausgebucht. Im Umkreis von hundert Schritten drängten sich mehr als ein Dutzend Bars und Restaurants um die geschichtsträchtigen Gebäude. Wer in dieser Atmosphäre Essen, Kultur und Lebensart feiern wollte, war am rechten Ort.
An diesem Abend war es anders, nur wenige waren auf Straßen und Plätzen unterwegs, in den Bars und Restaurants herrschte Flaute. Das konnte dem bescheidenen Wetter geschuldet sein oder auch einem ersten Arbeitstag nach einem ausgelassenen Wochenende mit Freunden und der Familie.
Die Piazza Sant'Egidio lag verlassen im Dunkel, das fahle Licht der Straßenlaternen wirkte ungewohnt bedrohlich statt verzaubernd, die Stille befremdlich und klamm wie in einer eisigen Winternacht. Früher, zu Pest- und Kriegszeiten, mochte zuletzt so eine Stimmung über dem Ausgehviertel gelegen haben.
In dem einzigen Kirchenfenster der Fassade von Sant'Egidio flimmerte Kerzenschein, der das schmucklose Kreuz auf dem Giebel nur erahnen ließ. Ein Flüstern und Murmeln drang durch die schwere Tür, Kilian drückte sie auf und ging hinein.
Die äußere Bescheidenheit wiederholte sich im Inneren der überraschend kleinen Kirche. Pomp und Goldverzierungen suchte man vergebens, stattdessen begrüßte ein ikonenhaftes Jesusbild, wie man es eigentlich aus orthodoxen Kirchen kannte, die mit Sorgen und

Kummer Beladenen. Die Bänke waren gut besetzt mit andächtig Betenden.

„Dies ist das Evangelium der Armen, die Befreiung der Gefangenen, das Augenlicht der Blinden, die Freiheit der Unterdrückten."

Vor der Gemeinde stand ein grauhaariger, gebeugter Mann in schwarzer Kleidung, von dem man kaum mehr als die gefalteten Hände erkennen konnte.

„Der Menschensohn ist gekommen, um zu dienen. Wer groß sein will, mache sich zum Diener aller."

„Eine Spende", flüsterte eine Stimme an Kilians Seite, ein junger Mann mit blecherner Sammelbüchse, der Markenklamotten und eine Designeruhr am Handgelenk trug, „für die Armen und Kranken."

Hatte Jesus die Händler und Geldwechsler nicht aus dem Tempel geworfen?

Kilian fischte einen Zehner aus der Hosentasche.

„Ist das Pater Gonzalo?"

„Nein, Pater Jakub."

„Wo kann ich Gonzalo finden?"

„Bei der Comunità di Sant'Egidio."

„Ist das nicht hier?"

„Nein. Wollen Sie helfen?"

„Ich brauche Hilfe."

Ein schräger Blick vom Geldeintreiber.

„Kommen Sie." Kilian folgte ihm hinaus auf die Straße.

„Wobei benötigen Sie Hilfe?"

„Ich suche jemanden."

„Wen? Vielleicht kenne ich ihn." Der junge Mann verstaute die Büchse unter der Jacke und ging los.

„Eine junge Frau, nennt sich Extasy."

„Klingt nach einer Nutte." Blöd war er zumindest nicht, und er hatte es eilig, sodass Kilian einen Schritt zulegen musste. „Beschreiben Sie sie."

„Hab nur den Namen."

„Schwierig ..."

Auf dem Weg vorbei an dem weitläufigen Gebäudekomplex um die Basilica di Santa Maria, auf die menschenleere Piazza di San Cosimato und schließlich in die Via Dandolo stellte sich Hector als spanischer Student der Kunstgeschichte vor. Von ihm erfuhr Kilian, worum es sich bei der Comunità di Sant'Egidio eigentlich handelte – eine Glaubensgemeinschaft von Laien, die sich einerseits dem Gebet und der Bibelauslegung widmete, andererseits auch im sozialen Bereich engagierte, sie nannten es *Freundschaft mit den Armen.* Sie halfen Kindern, Jugendlichen, Alten und Menschen mit Behinderung. In zahlreichen afrikanischen Staaten betrieben sie Projekte gegen Aids und Mangelernährung, in Europa eine Sprachschule für Flüchtlinge und Neubürger, sie schufen *humanitäre Korridore*, in denen Flüchtlinge aus Lagern im Libanon, Marokko und Äthiopien auf sicheren Wegen nach Europa einreisen konnten, um die oft tödliche Überfahrt auf dem Mittelmeer zu vermeiden.
Vor einem mit Graffiti besprühten Toreingang machte Hector Halt, an einem Regierungsgebäude gegenüber hing die italienische Flagge schlaff neben der europäischen – ein Sinnbild für die aktuelle Stimmung im Land.
Kilian bedauerte inzwischen nicht nur die Wahl seiner zu engen Schuhe, sondern auch seine vorschnelle Meinung über den jungen Mann, er hätte umsichtiger urteilen sollen, wenn überhaupt.
Durch den Toreingang betraten sie einen Speisesaal. Jemand hatte sich bemüht, ihn mit bunten Bildern an den kahlen Wänden etwas wohnlich zu gestalten, aber das seelenlose Neonlicht vereitelte den Versuch. In der stickigen Luft lag der Geruch von Essen, Hoffnung und Barmherzigkeit, an den voll besetzten Tischen kauerten Straßen- und Brückenmenschen über einem Teller Pasta. Alte und Junge waren darunter, Frauen und Männer, Hell- und Dunkelhäutige in abgetragenen Kleidungsschichten gegen die Kälte, aber auch Gestalten, die man nicht an einer Endstation vermutet hätte.
Entlassene. Gescheiterte. Auf der Strecke Gebliebene.
Niemand beachtete die neuen Gäste, kaum einer sprach mit dem anderen. Wenn die Nudeln gegessen und die Tassen leer waren, ging

man wieder seines Wegs, suchte eine wind- und regengeschützte Ecke und verteidigte sie gegen den Tischnachbarn von gerade eben. An der Durchreiche der Essensausgabe telefonierte ein Mann im Wintermantel, obwohl es hier drin angenehm geheizt war. Die dunkle Hautfarbe, das rabenschwarze Haar und die Gesichtszüge ließen auf eine südamerikanische Herkunft schließen, irgendwo zwischen Regenwald, Copacabana und einer Favela.
„Gonzalo", sagte Hector. „Warte, ich frage."
Der beschäftigte Pater nahm kaum Notiz von ihm, schüttelte nur den Kopf und telefonierte weiter.
So leicht würde Kilian es ihm nicht machen.
„Entschuldigen Sie, Pater Gonzalo?"
Ein freundliches Lächeln verbunden mit einem Nicken, doch seine Aufmerksamkeit gehörte einem anderen.
„Ich würde Sie nicht belästigen, wenn es nicht wichtig wäre."
Dieselbe Reaktion.
„Bitte, nur einen Moment."
Gonzalo unterbrach sein Gespräch. „Ich kenne niemanden mit dem Namen."
„Sie soll mit einem jungen Mann aus dem Milieu befreundet gewesen sein, einem Albaner, nennt sich Shefkije."
„Wie?"
„Shefkije."
Er kniff die Augen zusammen, überlegte und wiederholte die beiden Namen stumm, ... aber nein, da ging kein Licht auf.
Stattdessen: „Alle mal herhören. Kennt jemand von euch eine Frau mit dem Namen Extasy? ... Extasy, schon mal gehört?"
Kilian biss sich auf die Lippen. Wenn er eine so große Öffentlichkeit für seine Nachforschungen gewünscht hätte, hätte er genauso gut den Dealer an der nächsten Ecke fragen können.
„Sie ist mit einem Albaner unterwegs, nennt sich ...", sein Blick fragte Kilian.
„Shefkije", erwiderte der verhalten.
„Shefkije!"

Niemand rührte sich, niemand zollte ihm Aufmerksamkeit, und Gott sei Dank startete Pater Gonzalo auch keinen weiteren Versuch.
„Tut mir leid", er widmete sich wieder seinem Telefonat.
„Vielleicht sollten Sie es bei der Polizei versuchen", schlug Hector vor.
Kilian bedankte sich mit einem Zwanziger für den überflüssigen Tipp. Zurück auf der Straße zündete er ein Zigarillo an und nahm einen tiefen Zug.
Wohin jetzt? Ein anderes Viertel? Doch einen Dealer fragen?
Die Tür knarrte hinter ihm, ein Mann, so viel konnte er in Umrissen erkennen, in einem langen Mantel, flatternder Hose und schweren Stiefeln.
„Extasy", raunte seine von Schnaps und Drogen raue Stimme. „Komm." Er zog sich eine Kapuze über den Kopf, wechselte die Straßenseite, zeigte zur Kreuzung, zu einem Kiosk.
Dort stank es beißend nach Urin und Erbrochenem. Der Mann hielt das Gesicht unter der Kapuze verdeckt, streckte ihm aber fordernd die Hand entgegen.
„Hundert."
Wenn das so weiterging, war Kilian blank, bevor der erste Nachtclub öffnete.
„Erst mal sehen, was du anzubieten hast", er legte ihm einen Zehner auf die Hand, spürte Stoff, ein Handschuh?
„Gute Frau", begann der Unbekannte stockend, „jung und dumm, aber gutes Herz."
„Woher kennen Sie sie?"
„Unter Brücke, weggerannt. Hat Schläge bekommen von Zuhälter."
„Welcher Zuhälter? Ein Name. Wo kann ich ihn finden?"
Wieder die Hand. Kilian legte noch einen Zehner drauf. Ein Auto bog ab, das Scheinwerferlicht erhellte für einen Augenblick einen Teil des Gesichts. War das Schmutz oder war er ein Schwarzer?
„Nicht mehr dort, bei Freund. Suchen nach Extasy."
„Name und Adresse."
„Tomaso. Freund von Shefkije."

„Wo kann ich Tomaso finden?“
Die Hand, ein Zehner. Schlimmer als jeder Spielautomat.
„Qube Disco“, raunte er und stahl sich davon.

18 | Faule Eier

Ina und die Kinder schliefen.
Auf der Gartenterrasse sirrte leise der Heizstrahler, eine mannshohe, beschirmte Säule, wie man sie vor Restaurants sah. Hinter dem Gitter wand sich eine Flamme empor, schön anzusehen und tatsächlich auch Wärme spendend.
Dennoch fühlte sich Heinlein in der Nähe der Gasflasche unwohl, er rückte den Sessel ein Stück weg und schlug die Decke über die Beine.
„Hast du Angst?", flachste Deckert, ein Glas Rum in der einen Hand, zwischen den Fingern der anderen glimmte eine Havanna.
„Du etwa nicht?" Heinlein nahm einen Schluck, dann einen Zug an der Zigarre, ein harmonisches und zutiefst befriedigendes Zusammenspiel zweier Freunde aus der Karibik.
„Angst begegnet man mit Konfrontation."
„Sagt wer?"
Deckert lachte verhalten, die Stimmen trugen weit in den Garten und die angrenzenden Schlafzimmer.
„Na du, Gevatter Hein."
„Geschichte. Ich war nicht ganz bei Trost."
„Und ich glaub dir kein Wort." Deckert zog an der Zigarre, deren Spitze hinter der Asche aufleuchtete, er formte mit den Lippen ein O und stieß einen perfekten kreisrunden Ring aus. „Du warst es und du bleibst es."
„Noch mal zurück zu dem, was wir vorhin besprochen haben", lenkte Heinlein ab und probierte, es ihm mit dem O gleichzutun. Nicht mal ansatzweise ein Ring, ein wirrer Wirbel. „Was schlägst du vor? Was soll ich mit dem, was die Berger erzählt, anfangen?"
„Schwierig", Deckert kratze sich die Bartstoppeln. „Ich könnte alte Kontakte zum Verfassungsschutz aktivieren."
„Welche?"
„Der Gotthard aus dem zweiten SEK-Zug ist in Wiesbaden gelandet. Erinnerst du dich?"
„War das der Rothaarige mit der Hasenscharte?"

Deckert nickte. „Macht jetzt Funk- und Fernmeldewesen beim hessischen Verfassungsschutz und ist mit seinen Kollegen in den Bundesländern gut vernetzt.“
„Kriegt der was über die faulen Eier in unseren Dienststellen heraus?“
„Hm … einen Versuch wär’s wert.“
„Aber ohne Aufsehen, ganz diskret.“
„Das hängt von Gotthard ab. Manchmal stellt er sich ja saudumm an. Weißt du noch, die Überraschungsparty für den Chef?“
„Mit heruntergelassener Hose auf dem Tresen …“
„… und mit der Vorzimmer-Tussi des Chefs zwischen den Beinen.“
Gelächter und Schenkelklopfen, ein Hund schlug in der Nachbarschaft an. Heinlein bemühte sich, den Lachreiz zu bändigen, während Deckert nach einer leeren Flasche griff und sie über den Zaun warf, wo er den Kläffer vermutete.
Ein Aufjaulen, dann kehrte wieder Ruhe ein.
„Die Müller aus der Technik und der Gotthard haben vor zwei Jahren geheiratet“, wusste Deckert zu berichten.
„Die pickelige Sturmhaube? Nicht dein Ernst.“
„So wahr ich hier sitze.“
Ein weiterer Versuch eines Rings, erfolglos, Heinlein bekam es einfach nicht hin. „Irgendwie glaube ich der Berger, ich weiß nicht, warum. Es gibt keine stichhaltigen Beweise, dass sie diesen Mario Gentile kannte, … nur der Bericht von einem Augenzeugen, dessen Identität geheim ist.“
„Aber wenn er vertrauenswürdig ist?“
„Warum sollte sie mit einem Mafioso in Leipzig etwas zu tun haben, wenn sie in Stuttgart tätig war? Das passt nicht zusammen. Keiner profitiert vom anderen.“
„Stimmt auch wieder. Aber vielleicht gibt es eine zweite Seite an der Berger, die bislang noch nicht aufgedeckt worden ist.“
„Möglich, aber ist es auch wahrscheinlich?“
„Sie ist bei der OK“, der Abteilung für Organisierte Kriminalität. „Dadurch hat sie von Haus aus beste Kontakte ins Milieu.“
„Dann wäre jeder in der OK verdächtig.“

Deckert nahm einen Schluck.
„Bin auch ich verdächtig?"
„Was meinst du?"
„Havanna-Zigarren, Rum, Urlaube in der Karibik …"
„Ich weiß, dass ihr euch dafür jeden Euro vom Mund abspart."
„Beantworte meine Frage."
Heinlein seufzte. „Du bist bei jeder Sicherheitsüberprüfung mit dabei."
Ein langes Schweigen.
„Was wäre", mutmaßte Heinlein, „wenn mir der Verfassungsschutz falsche Ergebnisse liefert, wenn nicht der Überprüfte, sondern der Prüfer ein faules Ei ist?"
„Hast du Grund zu der Annahme?" Deckert leerte sein Glas.
„Du kennst die Nachrichten. In jeder verdammten Dienststelle im Land kann so ein Idiot sitzen. Sogar in den Bundestag haben sie es geschafft, rechtmäßig und ganz demokratisch." Er verzog angewidert das Gesicht und kämpfte gegen den aufsteigenden Ärger an, bis er nicht mehr an sich halten konnte. „In was für einem Land leben wir eigentlich? Ist es schon wieder so weit?!"
„Nicht so laut", beruhigte Deckert seinen angetrunkenen Freund. „Aber ja, du hast recht. Ina und ich überlegen seit einiger Zeit, ob wir woanders neu anfangen."
„Wie bitte?" Das war etwas ganz Neues.
„Sie träumt immer noch von ihrer eigenen Tauchschule, und ich könnte mich fürs Surfen und Segeln begeistern. Die Kinder sind jung genug, um in einem anderen Land aufzuwachsen. Dann wäre ich auch den Kredit für dieses scheiß Haus los, das ich nie wollte … das ich bis ins Grab abbezahlen muss."
Das konnte Heinlein sehr gut verstehen, auch er hatte sich damals von seiner Frau zu einer überteuerten Wohnung überreden lassen, die ihm den Hals zugeschnürt hatte. Wie glücklich war er gewesen, als er endlich wieder in das kleine Bahnarbeiterhäuschen seines Vaters ziehen konnte, obwohl er sich mit dem neuen Gehalt die teure Wohnung problemlos hätte leisten können.

„Brauchst du Geld", fragte Heinlein, „soll ich dir aushelfen?"
„Nein", murrte Deckert, „darum geht es nicht." Er griff zur Flasche, füllte das Glas auf und kippte den teuren Rum hinunter, als wäre es Fassbrause.
„Worum dann?", hakte Heinlein nach.
Doch Deckert hatte genug gebeichtet. „Anderes Thema. Was ist mit dieser Sicherheitsfirma … VS?"
„Verdächtig. Ich werde sie mir mal genauer ansehen."
„Bin dabei."
„Wie in alten Zeiten?"
„Du und ich!"
Das war eine gute Idee. Heinlein stand auf, wankte etwas.
„Morgen um halb sieben klingelt der Wecker und ich muss abtrainieren, was ich heute draufgelegt habe."
„Du schaffst das." Auch Deckert erhob sich, und das ohne die geringste Gleichgewichtsstörung. „Hat Spaß gemacht, alter Freund."
Sie schlichen auf leisen Sohlen durchs Wohnzimmer zur Tür. An der Garderobe überlegte Heinlein, ob er nichts vergessen hatte. Die Schlüssel, die Tasche …
„Noch was", flüsterte er. „Diese Division Morgentau …"
„Maulhelden", winkte Deckert ab. „Der Verfassungsschutz hat sie längst unter Beobachtung. Bevor die Idioten auch nur in die Nähe von einer Dönerbude kommen, werden sie hopsgenommen."
Das mochte zutreffen, auch Tom hatte ihm die Sorge nehmen wollen. Nur eine Sache, ein Detail störte ihn.
„Boule …"
„Dieser Kerl auf den sich der eine im Chat bezogen hat?"
„Ja, Bohrman. Wie kann er behaupten, dass Boule am V-Mann dran ist? Dafür müsste der sehr, sehr gute Verbindungen zum Zeugenschutzprogramm haben."
„Zu Staatsanwalt und Richter."
„Das schafft kein einfacher Polizist."
„Boule", sinnierte Deckert, „das ist doch dieses Spiel alter, zahnloser Männer im Park, oder?"

19 | Non sei come me

Mitternacht, mit dem Taxi einmal quer durch die halbe Stadt. Über den Tiber, am Kolosseum vorbei, dann der Hauptbahnhof, links die Universität, rechts der riesige Stadtfriedhof, über die Eisenbahnbrücke am Bahnhof Tiburtina, gleich rechts in die Via di Portonaccio, nach 500 Metern Trostlosigkeit hatte Kilian sein Ziel erreicht.

Qube Disco. 18,90.

Er gab dem Fahrer seinen letzten Zwanziger und stieg aus.

Eine Tankstelle, eine Bushaltestelle, ein umzäuntes Eisenbahnunternehmen an einer Ein- und Ausfallstraße, die zur Autobahn Richtung Osten führte.

Weit und breit weder Palazzo noch Kirche, die andere Seite Roms, die nicht im Reiseführer zu finden war.

Bis auf eine Ausnahme.

Bevor die Wohnblocks begannen, warb ein abgeranzter, zweistöckiger Flachbau mit einem Minotaurus an der Fassade um Gäste. Irgendwo würden Kameras angebracht sein, um den Eingang zu überwachen, Kilian wechselte zur Sonnenbrille, zog die Hutkrempe tiefer und den Schal bis zur Nasenspitze.

Unter dem Qube-Logo prangte die Aufschrift *muccassassina* – an Freitagen Italiens berühmtester Schwulenklub. Die anderen Tage standen unter dem Motto *Torture Garden Fetish Club* oder *Black African Beats Club*.

Der überraschend große Laden verfügte über drei Ebenen, *Floors*, auf denen für unterschiedliche Geschmäcker und Gäste die passende Musik gespielt wurde. Hier Disko und Techno, dort etwas verträglicherer Pop. Dunkel war es auf allen Floors, grelle Lichtgewitter und Laserstrahlen zuckten zu den Beats, auf den Tanzflächen und an den Bartresen herrschte nach Kilians Einschätzung eine entspannte Montagnachtstimmung.

„Tomaso!“, rief er einer Barfrau mit blonden Zöpfen und schwarzer Augenklappe über den Tresen zu.

Sie schickte ihn zu einem anderen Floor, vorbei an hämmernden Boxen, Nebelschwaden, knutschenden und koksenden Pärchen gleich welchen Geschlechts. In einem Käfig in luftiger Höhe aalte sich ein muskelbepackter und bis auf einen String nackter Tänzer, als hätte er erst jetzt ein altes Madonna-Video entdeckt.
Come on Vogue. Let your body go with the flow …
Der Floor, auf dem sich Tomaso befinden sollte, präsentierte sich unaufgeregter und nicht so ohrenbetäubend laut wie der vorangegangene, auch fehlte der süß-schweißige Geruch sich aneinanderreibender Körper.
Das DJ-Pult war verwaist, dafür zeigte eine große Videoleinwand einen Musikclip mit Gestalten in schrillen Klamotten.
Non sei come me. Du bist nicht wie ich.
Kerle tanzten mit nackten Oberkörpern und in glitzernde, hautenge Hosen gezwängt um eine aufgetakelte Dragqueen, die vermutlich Kaiserin Marie Antionette zur Karnevalszeit darstellen sollte, oder doch Kapitän Nemo auf Tauchstation? Blinkende Neonschläuche umkreisten das mit Lederriemen gegürtete Kostüm vom Rocksaum aufwärts bis zu einer weißen korallenartigen Perücke, die gut einen halben Meter maß, darin Fische, Nymphen und Matrosen, schockstarr vor einem Riesenoktopus.
Uh, ti sposi su Facebook … Oh, du heiratest auf Facebook.
Der Barmann hatte offensichtlich seinen Arbeitsplatz aufgegeben, am Tresen lehnte jemand, der in einem viel zu warmen, bunt bedruckten Overall steckte, goldene Plateauschuhe trug und auf sein Smartphone starrte, er wippte rhythmisch zur Musik.
„Tomaso?“, fragte Kilian.
Ein struppiger Rotschopf schaute auf. Piercings im tätowierten Gesicht, die Sonnenbrille hochgeschoben, an den Fingern über ein Dutzend Ringe.
Ein unsicherer Blick, ein bemühtes Grinsen. Entweder passte ihm die Frage nicht oder er war bis unter die Haarspitzen zugedröhnt.
Als Antwort wiederholte er den Refrain des Lieds, führte Fingerspiele auf, als würde er in Gebärdensprache reden.

„Non sei come me."
„Tomaso! Ist er hier?"
„Non sei come me."
Dann eben nicht. Kilian wandte sich ab, schaute sich nach einem ansprechbaren Gast oder Angestellten um, jemand der …
„Was willst du trinken?"
„Tomaso. Kennst du ihn? Ist er hier?"
Der Pumuckl schwang sich über den Tresen hinter die Bar.
„Tomaso ist pissen, kann dauern. Was willst du trinken?"
„Nichts. Wo finde ich ihn?"
Er rieb sich das Kinn, taxierte Kilian.
„Ja, das könnte passen", dann schnappte er sich Flaschen, schüttete einen Drink zusammen, tanzte und sang.
Non sei come me …
„Gib dir keine Mühe", lehnte Kilian ab, er hatte keinen Cent mehr in der Tasche.
„Tomaso und ich … Ich weiß alles über ihn, er von mir. Also, was willst du wissen?" Er stellte den Drink auf den Tresen. „Geht aufs Haus."
„Warum?"
„Happy hour, der erste Gast."
Um Mitternacht?
Mit dem Rest aus dem Mixbecher füllte er ein zweites Glas.
„Salute."
Kilian schwante, dass er morgen einen Brummschädel haben würde, der sich gewaschen hatte. Dennoch stieß er mit ihm an.
„Salute."
Was auch immer das war, es schmeckte nicht schlecht. Trocken, erfrischend und doch mild wie ein Caipirinha mit gutem Rum und ohne viel Zucker.
„Wie heißt du?", fragte der Zauberer hinter der Bar mit einem verführerischen Lächeln.
„Kilian", keine Chance, Schätzchen.
„Wer hat dich zu Tomaso geschickt?"

„Unwichtig."
„Tomaso lässt sich nicht verarschen. Bevor er mit dir spricht, wird er wissen wollen, worum es geht."
Es war spät, und zu Tomaso gab es keine Alternative, er war die einzige Spur.
„Ich suche eine Nutte. Extasy. Kennst du sie?"
„Kommt drauf an."
„Worauf?" Ein schaler Geschmack machte sich in Kilians Mund breit, er spülte ihn mit dem Rest des Drinks runter.
„Ob du Freund oder Feind bist. Wer schickt dich?"
„Ich will nur mit ihr sprechen", gähnte Kilian, eine lähmende Müdigkeit zog ihm in die Glieder. Woher kam das auf einmal?
„Okay, wer schickt dich?"
Die Kraft in den Beinen verließ ihn unversehens, er hielt sich am Tresen fest.
„Shefkije …"
Hatte er das wirklich gesagt?
Der grinsende Pumuckl machte Faxen, Fingerübungen und sang.
Non sei come me.

I MAFIUSI DI LA VICARIA

Das Wort *Mafia* soll zum ersten Mal im Jahre 1658 im sizilianischen Palermo gefallen sein. Ein Ketzer habe zum Glauben zurückgefunden, eine Hexe erhielt den Beinamen Maffia.
Catarina la Licatisa, nomata ancor Maffia.
Maffia heißt hier Kühnheit, Herrschsucht und Anmaßung, das Adjektiv *mafiosi* soviel wie schön, kühn und selbstbewusst.

In dem populären Theaterstück *I mafiusi di la Vicaria* aus dem Jahr 1863 findet sich das Wort Mafia nur ein einziges Mal, und zwar im Titel. Gefängnishäftlinge wurden mittels Initiationsritual in den Kreis der Mafiusi erhoben, sie bestimmten einen Anführer und benutzen spezielle Begriffe wie *Pizzo* für Schutzgeld.

Der Präfekt von Palermo verfasste 1865 einen Bericht an den Innenminister, in dem er ein *gestörtes Verhältnis zwischen der Bevölkerung und dem Staat* dort beklagt, wo *die sogenannte Maffia oder Verbrechergesellschaft immer frecher* werde, sie stelle der Opposition ihre Kräfte zur Verfügung und mehre damit deren Einfluss.
Die Nachricht fand großes Echo im ganzen Land, und ganz ohne eigenes Zutun wurde dies zum Markenzeichen der neuen Mafia.
Jede gescheiterte Aktion im Kampf gegen sie führte zum Glaubwürdigkeitsverlust der Regierung und stärkte den Ruf der Mafia, klug, mächtig und immun gegen die Verfolgung durch den Staat zu sein.

Der Spaziergang ins Büro hatte Heinlein kaum Linderung verschafft, sein Schädel summte wie ein angestochenes Wespennest und im Magen herrschte Aprilwetter. Wenn ihm heute einer blöd kam, wusste er nicht, wie er reagieren würde.
Grußlos ging er an Uschi vorüber, wollte nichts sagen oder hören. Wie im Tunnel, von dröhnenden Lkw eingekeilt und Lichtern auf regennasser Fahrbahn geblendet.
Auf dem Schreibtisch eine Kanne Kaffee. Er schenkte sich ein, überflog Uschis Notizen, den Tagesplan und die Schlagzeilen eines Nachrichtenportals.
Rechter Terror: Innenminister will entschlossene Verfolgung.
Thüringen: Neuer Vorschlag soll Regierungskrise beenden.
Dortmund: Champions League gegen Paris Saint-Germain.
China: Krankenhauschef stirbt an Coronavirus.
Berlin: Virologe hält Pandemie für wahrscheinlich …
„Schorsch", sagte Uschi mit Notizblock und einem Stapel Akten unterm Arm, „wir sind soweit", zur Besprechung mit den Dienststellenleitern.
Noch ein Schluck Kaffee, und los.
Speiübel wurde ihm beim Gedanken an den heutigen Tag.

9.30 Uhr. Treffen mit Vertretern der Kreistage und Ordnungsämter zu den geänderten Sicherheitsvorkehrungen bei den anstehenden Faschingsveranstaltungen.
10.30 Uhr. Feuerwehren, Rettungsdienste und Vereinsvorsitzende kommen dazu.
12.30 Uhr. Arbeitsessen mit dem Regierungspräsidenten außer Haus. Rückblick, Ausblick und die Wiederholung der Ermahnung des Innenministers tags zuvor: *Extremismus ist absolut inakzeptabel. Wir gehen ohne Ansehen der Person konsequent dagegen vor … Wie ist die Lage bei uns?*
Keine Erkenntnisse bisher.

Kurz vor 14 Uhr kehrte Heinlein ins Büro zurück. Der kleine Konferenztisch am Fenster war bereits mit Getränken gedeckt. Auf der Agenda stand …

Schwummrig wurde ihm vor Augen, er setzte sich und atmete durch. Auf dem Monitor flimmerten noch immer die Nachrichten, er konnte sie kaum lesen.

Italien: Fahnder fassen Mafiabrüder auf Sizilien.

Deutschland: Erster Bewerber für Parteivorsitz …

„Alles klar mit dir?“ Uschi stand mit einem Bündel Akten vor ihm, und wenn er die Miene in ihrem Gesicht richtig deutete, sah sie erschrocken aus.

„Schon gut“, wehrte Heinlein ab, „geht gleich wieder.“

Keinen Bissen hatte er seit letztem Abend hinunterbekommen, sich nur mit Wasser und Kaffee auf den Beinen gehalten, jetzt war der Blutzucker im Keller. Er zog eine Schreibtischschublade auf, irgendwo hatte er noch einen Müsliriegel gebunkert.

„Warum hast du dein Handy ausgestellt?“, fragte Uschi. Richtig, seit dem Gespräch mit dem Regierungspräsidenten schlummerte es im Flugmodus. „Tom konnte dich nicht erreichen, hat eine Nachricht per Mail hinterlassen.“

Der Posteingang bestätigte es. *Chat Morgentau gelöscht!*

„Und dann hätten wir noch das hier. Aber das schaust du dir besser erst später an.“ Sie reichte Heinlein ein Heft mit bunten Bildern auf dem Umschlag. „Dein nächster Termin müsste nämlich jede Minute eintreffen.“

Franken zum Ausmalen. Der Titel in Kinderschrift, darunter das fränkische Wappen und ein gezeichneter Königskopf mit Krone.

„Was soll ich damit?“

„Schau mal rein.“

Er schlug es auf. Wild durcheinandergeparkte Fahrzeuge mit Menschen und …

Moment, die Zeichnung stellte einen türkischen Autokorso unter einem Halbmond dar. Die Fahrer und Beifahrer posierten mit Waffen.

„Was zum Henker ist das?“ Er blätterte weiter.

„Ist meiner Nachbarin gestern vor nem Supermarkt in der Fußgängerzone in die Hand gedrückt worden."
Unter einer weinenden Sonne und dem Spruchband *Wir baden das aus* eine Schwimmbadszene mit voll verschleierten Frauen, Männern mit Knochen im krausen Haar, die triumphierend Büstenhalter schwenkten und nach flüchtenden Frauen im Badeanzug grapschten. Auf dem Rasen Unterwäsche, Essensreste und ein ins Wasser pinkelnder Mann.
Heinlein schwoll der Kamm. „Wo kommt dieser Dreck her?!"
„Ursprünglich eine Aktion aus Nordrhein-Westfalen. Unsere haben einfach das Deckblatt ausgetauscht."
Wer mit *Unsere* gemeint war, erfuhr Heinlein auf einer lose eingelegten Seite. Darauf rief die Parteikreisvorsitzende Claudia Knorr zum Bürgerdialog auf.
„Ich bring das Weibsbild um."
Und noch ein loses Blatt. Ein geborstener ICE-Wagen mit herumliegenden Körperteilen auf den Gleisen. Darüber eine Wolke, ein langbärtiger Mann mit Turban und Kaftan im Kreis von jungen nackten Frauen …
Der Supermarkt, die ehemaligen Stammtischbrüder, das Malbuch an der Kasse.
„Die Kollegen vom Verfassungsschutz ermitteln bereits wegen Volksverhetzung", sagte Uschi. „Tut mir echt leid, Schorsch."
„Muss es nicht. Bei Gott, nein", beschwor Heinlein sie. „Hoffentlich sperren sie sie weg … bis in alle Ewigkeit."
„Sie ist immer noch Familie."
„Ein Furunkel, den man aus dem Fleisch schneidet, bevor er den ganzen Körper befällt. Das ist sie!"

21 | Farid K.

Der Fernseher lief lautlos, am unteren Rand der News-Ticker. Die Landesverbände in Nordrhein-Westfalen und die Würzburger Ortsgruppe wiesen die Kritik an ihrem Malbuch als einen Angriff auf die Kunst- und Satirefreiheit empört zurück. Es handele sich um einen *Kunstband mit satirischen Skizzen zur Lage des Landes*. Und überhaupt: Darf man in diesem Land nicht mehr seine Meinung sagen, ohne gleich an die Wand gestellt zu werden?!

Die Grundrechte! Ein überhebliches Grinsen in Claudias blödem Gesicht.

Neben der Verpackung eines Döners lagen Heinleins Füße auf dem Couchtisch, statt einem Glas Wein ein Becher Ayran.

Toms verschlüsseltes Handy in der einen Hand – es zeigte die Chat-App, auf der keine Spur mehr von der Division Morgentau zu finden war –, in der anderen das Diensthandy am Ohr.

„Seit wann ist der Chat gelöscht?“

„Kann ich nicht genau sagen“, antwortete Tom. „Hab's erst heute Morgen festgestellt.“

„Und Bohrman, der Kommandör … Boule?“

„Nichts.“

„Können sie gewarnt worden sein?“

„Möglich. Oder der Verfassungsschutz hat sie aus dem Verkehr gezogen. Hast du was gehört?“

„Nein. Was sagt dein Kontakt beim MAD?“

„Ist nicht zu erreichen.“

„Warum?“

„Keine Ahnung. Vielleicht ist er auch aufgeflogen oder ist vorsorglich abgetaucht. Würde mich nicht wundern nach dem Zugriff von letzter Woche.“

Vermutlich, der Innenminister hatte den Erfolg und auch gleich seine Sorge in jede Kamera posaunt: Der öffentliche Dienst steht fest auf dem Boden der Verfassung. Da darf es keine Zweifel geben. Der Fall zeigt aber auch, was sich da in Deutschland zusammenbraut …

„Der V-Mann aus der Gruppe Werner S.“, fragte Heinlein, „wo steckt er?“
„Absolute Funkstille. Es wird aber gemunkelt, dass der Kerl eine verkürzte Lebensspanne hat. Da suchen welche nach ihm.“
„Boule?“
„Möglich. Ich muss vorsichtig sein.“
„Sicher“, bekräftigte Heinlein, „lehn dich nicht zu weit aus dem Fenster. Hörst du?“
„Ja, Papa …“ Ein Gähnen. „Ist noch was?“
„Nein, danke“, aber halt, doch, da war noch was. „Hast du mal was von einer Sicherheitsfirma namens VS gehört? Siedelt sich in der Nähe von Kasernen an. Einige von meinen Leuten kaufen dort Ausrüstung.“
„VS …“
„Auf ihrer Website werben sie mit privaten Auslandseinsätzen, Training und Beratung.“
„Stimmt, da klingelt was. Wenn ich mich nicht täusche, gibt's auch bei uns in der Nähe eine Filiale. Ein Kollege hat mal was erzählt.“
„Was genau?“
„Kann ich nicht sagen, ist Monate her.“
„Würdest du …?“
Ein Seufzen. „Okay. Ich sehe ihn morgen in der Lagebesprechung. Und jetzt Schluss. Schlaf gut, alter Mann.“
„Ich geb dir gleich alter Mann“, und weg war er.
Heinlein schaltete Toms Handy aus und verstaute es in der Schutzhülle, morgen würde er sich in den Chats noch mal umsehen.
Boule. Das war die Schlüsselfigur, auch wenn er nur kurz erwähnt worden war.
Die Lücke im System.
Bei der Staatsanwaltschaft, beim Richter.
Bei LKA und BKA.
Beim Verfassungsschutz.
Im Innenministerium.
In einem rechtsradikal infiltrierten Sicherheitsausschuss …

Die Staatsfeinde hockten in Oppositionsstärke in Bundestag und Landtagen, sie konnten auf ganz legale Weise an vertrauliche Informationen kommen. Sicher nicht an alle, aber doch an einige.
Bisher war immer nur von Einzelfällen die Rede gewesen, in der Summe jedoch ergaben sie ganz schön viele Fälle.
Was sich da in Deutschland zusammenbraut …
Das Gespräch mit Deckert von letzter Nacht fiel ihm ein. Hatte der schon mit ihrem alten Kumpel Gotthard vom SEK gesprochen? Hatte Gotthard bereits seine Fühler ausgestreckt und was zur Sicherheitsüberprüfung von Vanja Berger herausbekommen?
23 Uhr. Wahrscheinlich schlief Deckert schon. Dann morgen früh. Auch für Heinlein war es Zeit, er streckte sich nach der Fernbedienung, irgendwo unter der Dönerverpackung musste sie sein …

EILMELDUNG
+++ Attentäter des ICE-Anschlags als Farid K. identifiziert +++ Abgeschobener Marokkaner war den Behörden als Intensivtäter bekannt +++

Dazu das Bild eines Mannes in den Zwanzigern, dunkle Hautfarbe, kurze schwarze Haare, halb geschlossene Augen, als hätte er zum Zeitpunkt der Aufnahme unter Drogen gestanden, ein fein konturierter Bart, um den Hals eine Goldkette.
So einem Gangstergesicht wollte man nachts nicht begegnen.
Heinleins Verblüffung schlug um in Ärger, und je länger es dauerte, bis Deckert ans Telefon ging, auch Zorn über die sträfliche Nachlässigkeit.
„Warum erfahre ich in den Nachrichten davon?!“
Deckert stöhnte verschlafen. „Was ist denn los?“
„Der Attentäter ist identifiziert.“
„Was?“
„Schalt die Glotze an.“
Er hörte ihn durch die Wohnung tapsen, an den Schrank stoßen, das Klirren von Gläsern, dann endlich ging der Fernseher an.

„Verdammt! Keine Ahnung, woher das kommt“, verteidigte sich Deckert. „Ich hab vorhin noch mit dem Kollegen vom LKA gesprochen. Nichts, keine neuen Erkenntnisse.“

„Wie kann es dann sein, dass es jetzt in den Nachrichten ist?“

„Jemand muss es der Presse gesteckt haben.“

Die Lücke im System.

22 | Copkilla

Farid Koubani. Eine grandiose Symphonie des Scheiterns.
Im Juli 2016 nach Deutschland eingereist. Die erste Festnahme im August wegen Ladendiebstahls, die zweite im Oktober wegen Körperverletzung, die dritte kurz nach seiner Entlassung im Januar des folgenden Jahres wegen Drogenhandels.
Bis zu seiner Abschiebung, ein Jahr später, hatte er rund zwei Dutzend weitere Straftaten begangen. Darunter illegaler Waffenbesitz, Nötigung und Erpressung, Raub und Fahrerflucht.
Keine drei Wochen darauf tritt er im Zuge einer Identitätsfeststellung mit gefälschten Dokumenten in Düsseldorf erneut in Erscheinung. Erst im Frühjahr gelingt die erneute Rückführung, nachdem Marokko die Aufnahme zunächst verweigert hatte.
Im Juni findet sich sein Gesicht auf einem Überwachungsvideo einer Tankstelle in Marseille wieder. Mit vorgehaltener Waffe erbeutet er den Kasseninhalt und flüchtet mit einem gestohlenen Porsche.
Eine Kneipenschlägerei in Nizza, an der Farid beteiligt ist.
Aus dem Oktober stammt ein Youtube-Video einer Passantin, die ihn in einer Auseinandersetzung mit Polizisten in einem kleinen Ort nahe Straßburg zeigt. Er beleidigt die Beamten, bespuckt und verhöhnt sie in einem Kauderwelsch aus Arabisch und Französisch. Bei seiner Festnahme lacht er, schon morgen sei er wieder auf freiem Fuß.
Und tatsächlich wird seine Stimme Tage später in einem Telefonat mit einem vom Verfassungsschutz überwachten Salafisten identifiziert. Farid heißt nun Muhammar und schwört allen Ungläubigen den Tod. Besonders auf einen Polizisten habe er es abgesehen, der ihn beleidigt, verprügelt und auf seinen heiligen Koran uriniert habe.
Auf dem Parkplatz eines Fast-Food-Restaurants in Colmar stirbt ein Polizeibeamter im Kugelhagel, sein Kollege wird schwer verletzt. Augenzeugen berichten von einer Exekution. Einer der beiden Täter habe sich als Copkilla gerühmt, im Auto lief laut Rapmusik …

„Warum haben ihn die Franzosen nach seiner Festnahme in Straßburg wieder laufen lassen?", fragte Heinlein.
„Auf dem Überwachungsvideo der Tankstelle war sein Gesicht kaum zu erkennen", antwortete Deckert. „Erst nachdem der gestohlene Porsche in Saarbrücken gefunden wurde, konnte ihm ein Fingerabdruck zugeordnet werden."
„Und?"
Deckert zuckte die Schultern. „Mangelnde Abstimmung der Behörden diesseits und jenseits des Rheins. In Straßburg wies er sich", er manövrierte mit der Maus zu einer anderen Datei, die Kopie eines Ausweises poppte auf, „als Amar Karim Timoudi aus. Der hatte einen festen Wohnsitz und war nicht vorbestraft. Allerdings gab der wahre Timoudi an, sein Ausweis sei ihm gestohlen worden und er hätte den Diebstahl erst Wochen später bemerkt."
Und ja, mit müden Augen am Ende einer langen Schicht konnte Farid als Amar durchgehen.
„Kein Abgleich der Fingerabdrücke?"
„Nein. Aus welchen Gründen auch immer."
„Und wie identifizierte der Verfassungsschutz Muhammar als Farid?"
„Das Youtube-Video von Farid aka Amar ging viral, die Kollegen in Frankreich und Deutschland teilten es. Du kannst dir vorstellen, warum, die hatten so einen Hals. Schließlich landete es auf dem Handy des Verfassungsschützers, der gegen den Salafisten ermittelte. Nach dem Stimmenabgleich war klar: Farid war Muhammar."
„Der Mord an dem französischen Kollegen konnte damit nicht verhindert werden? Ist es wirklich Farid gewesen?"
Deckert lehnte sich zurück, verschränkte die Hände hinter dem Kopf und gähnte. „Schaut so aus. Ja."
Die kurze Nacht stand ihm ins Gesicht geschrieben, genauso wie Heinlein. Seit Stunden saßen sie zusammen vor dem Computer und studierten die vom LKA zur Verfügung gestellten Ermittlungsergebnisse. Bisher hatte niemand die Frage beantworten können, wer Farids Namen und Bild der Presse gesteckt hatte.

„Wo und wann taucht Farid bei uns auf?“, fragte Heinlein.
Deckert schnappte sich einen Zuckerwürfel und steckte ihn in den Mund, dazu einen Schluck Kaffee.
„Die Überwachungskamera vor dem Bahnhof Fulda fängt ihn um 17.55 Uhr ein.“ Er startete die Videoaufnahme.
Im schummrigen Licht hastet ein Mann mit Rucksack ins Bild und passiert die Eingangstür. Er trägt eine ärmellose Jacke, darunter einen Pullover. Das Gesicht verschwindet unter einer Kapuze und unter dem Schirm einer Baseballmütze.
In der Bahnhofshalle schaut er sich um, als wüsste er nicht, wohin. Niemand sonst befindet sich dort, den er fragen könnte. Eine Durchsage kündigt einen einfahrenden ICE an, der Mann eilt durch die nächstliegende Tür zu den Bahnsteigen.
Erneut scheint er nicht zu wissen, welchen Weg er nehmen muss, im Hintergrund ist der einfahrende Zug zu hören. Türen öffnen sich, die Durchsage verkündet Anschlussverbindungen.
Er rennt aus dem Bild und taucht in der Unterführung wieder auf, wo er das richtige Gleis zu finden sucht. Vor, zurück, dann die Treppe hoch.
Der ICE fährt aus dem Bild, der Mann kommt auf den Bahnsteig. Er ist unsicher, schaut sich um und endlich hoch zur Anzeige.
Kinn, Mund und Nase … das war’s.
„Kannst du das größer machen?“, fragte Heinlein.
Deckert präsentierte eine verschwommene, kaum erkennbare Verbesserung.
„Das ist alles?“
„So was funktioniert nur in Hollywood-Filmen. Im wahren Leben lässt sich aus Mist kein Gold spinnen.“
Weiter ging’s. Der Mann schaut auf seine Armbanduhr, dafür muss er die Fäustlinge, die er trägt, ein Stück zurückstreifen. Er geht zum Aushang der Fahrpläne, sucht die nächste Verbindung, rauf und runter, als wüsste er nicht, wo und wie er sie finden kann.
Zwei Reisende kreuzen, die eine telefoniert, der andere raucht.
„Sind sie befragt worden?“, fragte Heinlein.

„Ihnen ist nichts aufgefallen. Wer kann sich schon an das Gesicht eines Unbekannten erinnern, wenn es dafür keinen Grund gibt."
Der Mann gibt den Fahrplan auf und verschwindet in einem toten Winkel.
Bis 18.51 Uhr bleibt es dabei.
Die Durchsage für den einfahrenden Zug, die Türen gehen auf, Reisende steigen aus, andere ein. Kurz bevor sich die Türen schließen, huscht der Mann hinter einer Säule hervor und verschwindet im Wagen. Der Zug verlässt den Bahnhof.
„Halt mal an", sagte Heinlein, die Aufnahme stoppte. „Was ist in der Zwischenzeit passiert?"
„Nichts. Farid blieb außerhalb der Kamerareichweite."
„Hat er telefoniert?"
„Die Telefongesellschaften haben Hunderte Gespräche aufgelistet, die in der betreffenden Funkzelle geführt worden sind. Bis auf drei konnten alle geklärt werden."
„Und, wer sind die drei?"
„Alle von derselben Prepaidnummer, die einer ungarischen Telefongesellschaft zugeordnet werden konnte. Eine Identifikation des Inhabers ist nicht möglich, wahrscheinlich wurde die SIM-Karte im Supermarkt oder an einem Kiosk gekauft. Dito das Handy, ein gebrauchtes Teil, das zuletzt vor vier Wochen im slowenischen Kozina benutzt wurde, dann verliert sich seine Spur auf einem Wochenmarkt."
„Der damalige Besitzer?"
„Ein Student. Die Gespräche des neuen Besitzers dauerten ein, zwei Minuten und gingen zu einer Nummer, die sich zu diesem Zeitpunkt auf einem Parkplatz entlang der Autobahn Bratislava – Brünn aufgehalten hat. Dort treffen drei Landesgrenzen aufeinander. Die Zielnummer ist slowakisch, die Inhaberin wurde auch ermittelt: eine Prostituierte, die sich seit zehn Tagen in tschechischer Haft befindet. Sie hatte Streit mit einem Kunden, und dann kam eins zum anderen ..."
„Und ihr Handy wurde beschlagnahmt?"

„Nein, es verschwand aus den Aufzeichnungen, bevor es sich am letzten Freitag spätnachmittags an demselben Autobahnparkplatz wieder ins Netz einwählte."
„Aber da liegen mehrere Tage dazwischen", rätselte Heinlein. „Hat der Anrufer sich etwa die ganze Zeit dort aufgehalten?"
„Weiß ich nicht, das sind die vorliegenden Informationen."
„Gut", stöhnte Heinlein, „weiter."
Farid wird von den Kameras im ICE eingefangen, wo er sich die überwiegende Zeit der dreißigminütigen Fahrt auf dem Gang aufhält und zum Fenster hinausblickt.
„Dann erhält er einen Anruf", sagte Deckert, „wieder vom Autobahnparkplatz …"
„Dort gibt es doch bestimmt Überwachungskameras an jeder Zapfsäule, die …"
„Da nicht, nein. Der Anruf machte Farid Beine, plötzlich ändert er sein Verhalten."
Das Video zeigt Farid aufgeregt gestikulierend, er durchquert einen Wagen, geht auf die Toilette, kommt nach drei Minuten raus und verschwindet in der Ecke zum Ausstieg.
„Wieder ein Telefonat, wieder vom Parkplatz. Farid bleibt aber in der Ecke, leider, wir haben keine Bilder davon."
Die Durchsage für die nächste Haltestelle in Würzburg und die Anschlussverbindungen, der Tunnel, kurz darauf ruckelt das Bild, die Fahrgäste werden nach vorne geworfen, Laptops, Koffer und Becher fliegen umher. Erschrockene Gesichter, plötzlich mit der Todesgefahr konfrontiert, Rufe. Einige suchen Schutz in den Sitzen, andere erstarren, ein Mann flüchtet …
„Der Zug kommt zwischen Tunnel und Hauptbahnhof um 19.27 Uhr zum Stehen. Der Zugbegleiter eilt herbei, erkennt die Situation und benachrichtigt die Zugleitung, die die Bundespolizei. Nach sechs Minuten sind die Kollegen vor Ort. Sie holen die Leute aus den anderen Wagen und schaffen sie fort. Der Einsatzleiter informiert währenddessen die Einsatzzentrale und uns, er bittet um Unterstützung bei der Abriegelung des Geländes und der Straßen.

Er nimmt Kontakt zu Farid auf, bleibt auf Abstand, um ihn nicht zu reizen, der droht mit Zündung des Sprengstoffgürtels …"
„Der Kollege will ihn doch nicht verstanden haben."
„Richtig, jetzt wissen wir auch warum. Farid hat Arabisch gesprochen, und ein paar Brocken Englisch. *One hour bumm*, ein ums andere Mal. Den Rest kennst du."
Heinlein massierte sich die schmerzende Stirn, überlegte.
„Farid lebte zwei Jahre in Deutschland, er hätte mehr als das sagen können."
„Manche leben jahrelang hier, ohne auch nur zwei gerade Sätze auf Deutsch zustande zu bringen. Sie verweigern sich, bleiben unter sich, wollen von Sprachunterricht und Integration nichts wissen, vor allem wollen sie nichts mit Deutschen zu tun haben."
Die Alten vielleicht, nicht die Jungen.
„Das Videomaterial liefert kein verwertbares Bild von Farid Koubani", gab Heinlein zu bedenken, „es gibt weder Zeugen, die ihn beschreiben, noch Fingerabdrücke, die ihn identifizieren können, er hat die ganze Zeit Handschuhe getragen. Seltsam, oder?"
„Nicht Mitte Februar, nicht für einen Südländer, der andauernd friert. Ungewöhnlich ist eher, dass Farids Hände, besser, die bisher gefundenen Teile, völlig verbrannt, mit den Handschuhen derart verschmolzen sind, dass sich nichts damit anfangen lässt."
„Kunststoff?"
„Hat sich durch Haut und Fleisch gefressen. Die Spurensicherung wurde dann doch fündig, auf dem Akku seines Handys … steckte in der Verschalung des Wagens."
„Ein Fingerabdruck?"
„Der mit den Abdrücken aus dem Porsche und aus seiner Akte größtenteils übereinstimmt."
„Größtenteils?"
„Ausreichend für die Kriminaltechniker, sodass sie sagen können, Farid Koubani ist mit an Sicherheit grenzender Wahrscheinlichkeit unser Mann."
Schweigen.

„War's das?" Deckert gähnte. „Ich würde mich kurz aufs Ohr hauen."
Heinlein nickte. „Ruh dich aus. Ich schau mir das noch mal genauer an."
„Na dann, bis später." Er ging zur Tür. „Was ist mit dieser Sicherheitsfirma, die wir uns ansehen wollten?"
Stimmt, völlig vergessen. Der Besuch stand eigentlich heute auf der Agenda. „Ich geb dir Bescheid, okay?"
„Wann immer du willst." Deckert schloss die Tür, ließ mehr Fragen als Antworten zurück.
Das Telefondisplay blinkte, ein interner Anruf von Uschi, Heinlein drückte ihn weg.
Was für eine eigenartige Geschichte … von Farid, dem Dieb, Dealer, Schläger und Räuber, der sich urplötzlich zu Muhammar, dem Polizistenmörder und Attentäter gewandelt hatte.
Von einer ungarischen Prepaid-Nummer, obwohl sich Farid überwiegend im deutsch-französischen Grenzgebiet aufhielt.
Von Instruktionen aus dem schwer zu ermittelnden Dreiländereck Österreich, Tschechien und Slowakei …
„Bist du ansprechbar?" Uschi schaute nur mit dem Kopf herein.
„Sag alle Termine für heute ab", gab er ihr zur Antwort.
„In den Medien geht es drunter und drüber."
„Nichts Neues."
„Die Rechten rühren die Kriegstrommel wegen dem wieder eingereisten Intensivtäter und Islamisten Farid K."
„Sollen sie, wenn sie nichts Besseres zu tun haben."
„Claudia wettert gegen die Ermittlungsbehörden, gegen zahme Staatsanwälte, lasche Richter und linksversiffte Politiker … in diesem Zustand gehörten sie auf den Müll."
„Hat sie das tatsächlich gesagt?"
„Mehr oder minder."
Er überlegte. „Gut, dann sollten wir jetzt unbedingt mal die Handlungsfähigkeit der Staatsorgane unter Beweis stellen. Nimm eine Anzeige auf."
„Was?"

„Ich stelle Anzeige gegen Claudia Knorr wegen Beleidigung und Verbreitung einer Hetzschrift, dito gegen ihre Helfer. Namen und Adressen sind bekannt."

„Nicht dein Ernst, oder?"

„Aber so was von. Und jetzt raus. Keine Störung, keine Anrufe, ich muss nachdenken."

„Wie du willst", sie schloss die Tür.

Heinlein begann noch mal von vorn.

Farid. Was stimmte nicht mit ihm?

Korrektur. Was stimmte an der Geschichte über Farid nicht?

Außer ihm selbst hatte niemand persönlich Kontakt zu dem Mann im Dunkel gehabt, der Einsatzleiter war ihm nicht näher als zwanzig Meter gekommen und hatte außer dem *One-hour-bumm*-Gerede nichts von ihm erfahren … auch nichts von dessen Gemütslage oder Mission mitbekommen.

Außergewöhnlich für einen gottesfürchtigen Muhammar war auch, dass es keine Anzeichen oder Hinweise auf Allahu akbar oder ein Rachemotiv gab.

Stattdessen Unsicherheit. *Habibi?*

Und Angst. *No, no police.*

Dann Hoffnung. *Gallo?*

Immer wieder dieselben Worte und Bilder, derselbe Ablauf.

Was übersah er?

Was passte nicht zu diesem Farid, der nach zwei Jahren in Deutschland und in deutschen Gefängnissen keinen deutschen Satz sprechen konnte, für den der Zugfahrplan ein Rätsel blieb, der sich nicht getraute, Mitreisende um Hilfe zu fragen … andererseits aber in Frankreich Tankstellen überfiel und mit einem Porsche flüchtete, sich in Nizza und in Straßburg herumtrieb und sich prügelte, Polizisten verhöhnte, sich womöglich auch noch als Copkilla rühmte und Rapmusik hörte?

Farid, der Gangster.

Rauflustig, eine vorlaute Klappe, Drogen und Waffen, schnelle Schlitten, Schmuck, Markenklamotten und …

Markenschuhe.

Keine ausgelatschten Turnschuhe aus dem Container, zu keiner Zeit, an keinem Ort.
Heinlein rief die Dateien auf.
Das Video vom Überfall auf die Tankstelle in Marseille war von bescheidener Qualität, aber man konnte erkennen, dass Farid eine Kapuzenjacke mit fetter Aufschrift anhatte.
D&G.
Die Sonnenbrille. Könnte eine Ray-Ban sein.
Die Streifen auf der Hose. Adidas.
Die Schuhe … schwierig. Aber weiß waren sie, somit sauber.
Eine protzige Armbanduhr am Handgelenk, die Waffe auf den Kassierer gerichtet, Ringe an den Fingern.
Das Video von der Schlägerei in Nizza, aufgenommen von einer Überwachungskamera vor einem Klub in einer weitaus besseren Qualität. An der Côte d'Azur musste Farid richtig klotzen, um mithalten zu können. Der auffällige Trainingsanzug von Gucci kostete einer Internetrecherche zufolge um die 1700 Euro, und wenn das tatsächlich Dior-B22-Schuhe waren, klingelte die Kasse bei rund 800 Euro.
Auf dem Youtube-Video aus Straßburg trug er eine schwere Goldkette um den Hals, im Ohr einen glitzernden Edelstein und das T-Shirt protzte mit dem Aufdruck *Louis Vuitton,* er pöbelte in einem Kauderwelsch aus Arabisch und Französisch.
Der Bericht der französischen Kollegen beschränkte sich auf Identitätsfeststellung, Vorwurf der Beleidigung und des Widerstands gegen die Staatsgewalt. Auf der Dienststelle zeigte sich Farid von einer anderen Seite, war geständig und reuig, er habe zu viel getrunken, es tue ihm leid, er bitte um Nachsicht.
Ein echter Showman für ein paar Minuten Ruhm im Internet.
Der Augenzeugenbericht vom Mord an dem Polizisten in Colmar. Der Schütze sei in der Art eines Gangsters dahergekommen, wie man es aus zahlreichen Kinofilmen und Musikvideos kenne – Gangsterrapper in auffälligen Sportmarkenklamotten und mit Air Jordans für 1000 Euro an den Füßen. Irrtum ausgeschlos-

sen, der Augenzeuge war ein Kind seiner Zeit, er kannte sich mit Luxus-Sneakers aus.
Heinlein startete die Aufnahmen vom Bahnhof in Fulda und aus dem ICE. Der vermeintliche Farid hatte demnach innerhalb weniger Tage sein ausgeprägtes Bewusstsein für exquisite Sportkleidung und teure Markenschuhe verloren. Er trug nun Allerweltsklamotten und abgetragene Sportschuhe aus der Altkleidertonne.
Statur und Gangart von Farid und Muhammar waren aus der Perspektive der Kameras schwer zu vergleichen, Situationen und Gemütslagen ohnehin unterschiedlich. In der Bahnhofshalle, auf den Bahnsteigen, am Fahrplanaushang und im Wagen wirkte Muhammar seltsam verloren, abwesend, verstört bis verschreckt.
Keine Anzeichen von Coolness und Gangstergehabe.
Ein völlig anderer Typ von Mensch.
Heinlein wechselte zu polizeiinternen Datenbanken und startete Anfragen nach Farid Koubani.
Sein Bild und eine ellenlange Auflistung von Straftaten und Verurteilungen poppten auf. Manche Einträge waren mit weiterführenden Informationen hinterlegt, die interessant, aber nicht zielführend waren. Er suchte nach Verbindungen, Namen, Zeugen …
Und fand einen Komplizen.
Namdar al-Moulouya, gemeinschaftlich begangene Körperverletzung mit Farid Koubani an einem DJ in Mannheim, März 2018.
Die Akte al-Moulouya blieb auf die Verurteilung zu einer Bewährungsstrafe beschränkt, letzte Adresse: Frankfurt am Main, danach verschwand er aus den Aufzeichnungen deutscher Behörden, derzeitiger Aufenthaltsort unbekannt.
Unbekannt gibt es nicht im Zeitalter von Bits und Bytes, Heinlein gab den Namen in eine Suchmaschine ein. Die Trefferanzahl blieb überschaubar und die Links zu sozialen Medien endeten auf dem Friedhof gelöschter Konten.
Bis auf einen Blogeintrag.
Der Bericht eines Zeugen von der Körperverletzung des DJ 2018 in Mannheim, der Streitapfel: Farids und Namdars gemeinsames

Werk war angeblich eine schlechte Kopie eines bereits veröffentlichten Songs, der DJ hatte sich geweigert ihn zu spielen, es war zur Auseinandersetzung gekommen.
Ein Link startete ein Video. Verzerrte Töne, eine schräge Melodie, verwackelte Bilder von Stacheldraht, Gittern und Graffiti auf einem verlassenen Industriegelände, eine unscharfe Handyaufnahme bei schlechtem Licht.
Ein Mann mit Glatze und nacktem Oberkörper schiebt sich ins Bild, von Tätowierungen übersät, protzt mit Bizeps und Faust, in der Nike-Sporthose steckt eine Waffe, er zieht sie und zielt auf den Zuschauer.
Copkilla. Copkilla. Copkilla.
Ein anderer springt ihm zur Seite, und im Gegensatz zum Vorgänger agiert der wirklich überzeugend, rappt in bestem Deutsch.
Tränen sind das Blut der Seele.
Farid.

19.50 Uhr. Ein Parkplatz in einem Wald über der Stadt.
Im Tal die beleuchtete Mainuferpromenade, auf Brücken und Straßen wenig Verkehr, die Eisenbahngleise lagen in orangefarbenem Licht. Der zerstörte ICE-Wagen war verschwunden und behinderte nicht länger die Rangierarbeiten. Ein Zug kam aus dem Tunnel und fuhr in den Bahnhof ein, Durchsage der Station und der Anschlüsse.
Alles ging seinen gewohnten Gang.
Deckert atmete durch, als hätte er soeben erfahren, dass er jahrelang betrogen worden war.
„Ich weiß echt nicht, was ich dazu sagen soll." Er gab Heinlein das Handy zurück, auf dem Display Farids eingefrorene Gangsterrapper-Visage.
Die Rauschgiftfahndung ist korrupt, so wie der Zoll …
„Wollen die Meisterdetektive vom LKA uns verarschen?", erregte sich Heinlein. „Was spielen die da für ein Spiel?"
„Ich … weiß es nicht. Aber nach der krummen Nummer werden Köpfe rollen."
Heinlein bremste. „Nicht so schnell."
„Warum?"
„Bisher wissen nur du und ich davon. Wir sollten den Vorteil nicht ohne Not verspielen."
Deckert zog die Augenbrauen hoch. „Was hast du vor?"
„Irgendwas ist da am Laufen, eine riesengroße Sauerei. Wieso geht keiner der Sache richtig auf den Grund, wieso lässt man Fake News durchsickern?"
Deckert steckte sich eine Zigarette an und kurbelte das Fenster ein Stück herunter. „Du meinst, es ist politisch motiviert?"
Ein Schulterzucken. „Würde es dich überraschen, nach all dem Scheiß der letzten Jahre? Von der Spitze des Verfassungsschutzes bis hinunter in die kleinste Dienststelle, überall sprießen braune Pilzköpfe aus den Gräbern, als wär's wieder so weit."

„Einzelfälle“, beruhigte Deckert.
„Wie Glieder einer Kette, in treuer Kameradschaft miteinander verbunden. KSK, MAD, BND, Polizei, Streitkräfte, Parteien …“
„Du übertreibst.“
„Hoffentlich!“
Schweigen.
„Die Menschen machen sich große Sorgen“, erklärte Deckert, „das Erreichte zu verlieren, die Heimat, Wohlstand und Identität, sie haben Angst vor Katastrophen, Internetwahnsinn, Flüchtlingswellen … jetzt auch noch dieser Corona-Mist. Gnade uns Gott, wenn das so weitergeht.“
„Noch lange kein Grund, nach Adolf zu schreien.“
„Ja, klar, aber es gibt Ungerechtigkeiten, die manche nicht länger hinnehmen wollen.“
„War die Welt jemals anders? Wir haben sie so gemacht.“
„Wir können sie wieder ändern. Sagt doch auch dieses Zuckerbübchen: *Let's make the world a better place*, und alle legen sich mit ihren Smartphones mächtig ins Zeug.“
„Ich mach mir die Welt, wie sie mir gefällt …“
Lachen.
„Tut mir leid“, seufzte Heinlein, „zurzeit schwillt mir der Kamm, wenn ich nur dran denke. Ich hab echt kein gutes Gefühl. Irgendwas brodelt da im Sumpf. Ich kann es hören, schmecken und riechen, aber nicht greifen. Es ist zum Haareraufen.“
„Mir geht's genauso“, stimmte Deckert zu. „Noch etwas, eigentlich wollte ich es dir erst morgen sagen …“
„Leg los.“
„Gotthard hat sich gemeldet.“
„Und, was hat er rausgekriegt?“
„Mit aller gebotenen Vorsicht, du kennst ja Gotthard, er hat sich nicht geändert, macht sich immer noch bei jeder Bagatelle in die Hose. Ich musste ihm versprechen, dass die Info streng geheim bleibt. Wenn's rauskommt, stellt er sich dumm.“
„Herrgott, red endlich.“

„Es gibt Verdachtsfälle …"
„Wer? Wo?"
„Hat er nicht präzisiert. Ermittlungen laufen, Kollegen, Freunde und Nachbarn werden befragt, Beweise gesichert. Stand heute: Der Kollege, der die Sicherheitsüberprüfungen durchgeführt hat, ist sauber. Alles korrekt."
„Mist!", platzte es aus Heinlein heraus und er schlug aufs Lenkrad. „Dann ist die Berger also doch ein faules Ei."
„Sieht so aus, ja."
„Beweise?"
„Es gibt da wohl ne Aufnahme, die sie mit einem Mafioso …"
„Marco Gentile?"
„… in einem Restaurant zeigt, aufgenommen von italienischen Ermittlern, die Gentile observierten."
„Weswegen?"
„Amphetamine, Koks, Menschenschmuggel …"
„Haben sie ihn erwischt?"
„Die italienischen Kollegen nicht, aber ne konkurrierende Mafia. Drive-by, peng peng, kurz bevor sie ihn hopsnehmen wollten."
„Schade, ich hätte ihn gerne befragt."
„Gotthard hat sich bezüglich der Berger noch mal genauer umgehört und ist dabei auf einen Kollegen vom Zoll gestoßen. Der war dabei, als sie in einem Container mit Pflanzen und Baumaterial, aus Holland kommend, fünfzig Kilo Kokain gefunden haben."
„Wann war das?", unterbrach Heinlein.
„Kürzlich, im Frachthafen von Frankfurt … die Ermittlungen dauern an. Der Zoll verschließt den Container also wieder und wartet auf den Abholer. Ein Lkw kommt und nimmt ihn mit. Der Fahrer hält auf seiner Route mehrmals, löscht einen Teil der Fracht, nimmt neue auf, alles in Ordnung, kein Problem. Dann Pause an einer Raststätte, Auftritt Berger …"
„Wie bitte?!"
„Hockt mit dem Fernglas im Auto und beobachtet."
„Ist sie an derselben Sache dran wie der Zoll?"

„Das solltest du wissen, nicht ich. Sie spricht mit anderen Lkw-Fahrern, telefoniert und wartet, bis es weitergeht. Der Fahrer verlässt die Autobahn und kurvt über Landstraßen …"
„Die Berger folgt ihm die ganze Zeit?"
„Offensichtlich, denn kurz vor der tschechischen Grenze beenden die Zöllner die Fahrt, nehmen den Fahrer fest und konfrontieren die Berger. Sie weist sich aus und gibt an, einem Insidertipp nachgegangen zu sein. Sie bittet um Diskretion, damit ihre Ermittlungen nicht gefährdet werden, die Zöllner stimmen zu und lassen sie gehen. Ende der Geschichte."
Ein langes Seufzen von Heinlein. „Das hat alles der Gotthard rausgefunden?"
„Als bei seinen Erkundigungen der Name Vanja Berger fiel, hat der Kollege vom Zoll seine Verwunderung zum Ausdruck gebracht, dass ihr Einsatz nicht mit ihm abgestimmt war. Allerdings wollte er deswegen kein Fass aufmachen, im Grunde war ja nichts weiter passiert, als …"
„Morgen wird sie mir Rede und Antwort stehen", unterbrach Heinlein, „und dann bin ich gespannt, was für eine Geschichte sie mir dieses Mal auftischt."
„Keine voreiligen Schlüsse, vielleicht ist sie wirklich nur nem Tipp nachgegangen. Das ist schließlich ihr Job."
„Ja, wenn die Sache mit Gentile nicht gewesen wäre."
„Stimmt auch wieder."
Deckert streckte sich und gähnte.
„Was machen wir mit dem angebrochenen Abend? Schlafen oder auf einen vorgezogenen Absacker gehen?"
Zu früh für beides, außerdem juckte es Heinlein in den Fingern. Er war von den vielen seltsamen Ereignissen in seiner unmittelbaren Umgebung wie angefixt, alles in ihm drängte nach Aufklärung, sodass er sich sich das Handy schnappte und Toms Nummer wählte.
„Hast du schon was über VS herausbekommen?"
„Bin dran, nichts Spruchreifes."
„Sag, was du hast."

„Na gut“, willigte Tom schließlich ein, „ich schick dir gleich ein Video, das hier im Kameradenkreis die Runde macht. Völlig abgefahrene Geschichte. Darauf ist ein Kerl zu sehen, der in Verbindung mit der italienischen Mafia stehen soll, Name unbekannt.
Zuvor Folgendes: Was VS auf der Website offiziell anbietet, entspricht den Tatsachen. Ja, sie machen Trainings, Beratungen, entwerfen Sicherheitskonzepte und verkaufen Ausrüstung an Polizei und Streitkräfte, alles im gesetzlichen Rahmen. Aber da gibt es noch eine andere Seite, Gerüchte, keine Beweise.“
„Ich höre.“
„VS dient sich Leuten an, die viel Wert auf Diskretion und Schutz ihrer Geschäfte legen, sie unterhalten quer durch Europa ein Transport- und Verteilernetz, über das Drogen, Waffen und Menschen geschmuggelt werden …“
„Flüchtlinge?“
„Anzunehmen. Die Transporte werden von bewaffneten VS-Trupps begleitet, sie machen den Weg frei, sorgen für Aufklärung und Verteidigung, wenn es mal eng werden sollte. Als Gegenleistung winken fette Berater- und Ausbildungsverträge für Spezialeinheiten und Personenschützer von Politikern, Geschäftsleuten oder auch Kriminellen … Ist das Video durch?“
Eine Benachrichtigung auf dem Display verkündete den Eingang.
„Ist angekommen.“
„Na dann, viel Spaß.“ Tom legte auf.
„Beschäftigt …“, wollte Heinlein noch fragen. Beschäftigte VS auch Frauen?
Vanja Berger, zum Beispiel.
„Was hat er gesagt?“, fragte Deckert.
Heinlein startete das Video.
Aus dem Schwarz formte sich ein silbernes Schwert, von Eichenlaub umrankt, dann eine geschwungene Banderole unter dem Griff, darauf zwei lateinische Worte: *Omni Vi.*
Das Bild verblasste, ein Text schob sich herein.
EVACUATION. Bari/Andria, February 2020.

Rauch quoll auf und lichtete sich vor steiniger Kulisse, ein Fahrzeug brannte, Verletzte lagen am Boden, Schüsse peitschten. Eine rostige Wellblechhütte …

Am Ende der Vorführung Händeschütteln, im Hintergrund ein schwarzer Geländewagen, ein Mann telefonierte an der Wagentür, darauf die Buchstaben VS.

„Nicht schlecht", urteilte Deckert nach einer Weile gemeinsamen Schweigens, „aber wir waren besser."

„Lange her", erwiderte Heinlein sehnsüchtig. Kurz bevor er das Handy zur Seite legen wollte, schob sich noch eine Aufnahme aufs Display. Ein Gruppenbild der Kämpfer, jetzt in sauberer Montur vor einer mittelalterlichen Burg, das Logo von Omni Vi, ein Stempelaufdruck: *Mission accomplished.*

Heinlein schaute sich die Kerle genau an, kannte aber keinen.

Deckert zoomte das Bild auf, betrachtete ein Gesicht nach dem anderen. „Nee … wahrscheinlich Söldner. Was meinst du?"

Ja, so sahen die Ganoven tatsächlich aus.

Zurück zum Ende der Vorführung im Steinbruch, zum Händeschütteln.

„Der Anzug von dem Typen war bestimmt nicht billig", stellte Deckert fest, „und die goldene Armbanduhr auch nicht."

„Arabisch, nordafrikanisch?"

„Möglich."

Wieder vorwärts zum Logo der Kampfeinheit. „Omni Vi …", sinnierte Heinlein, „wer oder was soll das sein?"

„Ich tipp auf Spezialkräfte."

„Wie dieser Verein der Ehemaligen, auch mit irgendeinem lateinischen Namen?"

„Ist jetzt in der Schweiz abgetaucht."

„Mit Schwert und Eichenlaub", rümpfte Heinlein die Nase, „halten sich für Elite, treu in Kameradschaft und Korpsgeist vereint."

„Wie wir damals auch."

„Wir haben uns nie Diktatoren angedient, standen immer auf dem Boden von Recht und Gesetz."

„Quatsch nicht, wir waren hochgerüstete Müllmänner, haben unser Leben riskiert."
„Bereust du's?"
Ein langes Stöhnen. „Hätte bestimmt was Besseres mit meiner Zeit anfangen können."
Apropos Zeit. Die Uhr auf dem Armaturenbrett zeigte gerade mal 20.11 Uhr an.
„Lust auf ne Spritztour?", schlug Heinlein vor.
„Hm, weiß nicht."
„In ner Stunde sind wir wieder zurück."
„Von wo?"
„VS."
„Um diese Uhrzeit ist da keiner mehr."
„Eben drum. Wir können uns den Laden ungestört anschauen."
„Eigentlich hatte ich Ina versprochen …"
„Eine Stunde."
Deckert seufzte. „Weil du's bist", und holte sein Handy hervor.
„Wen rufst du an?"
„Ina." Es klingelte. „Hallo Schatz, wart nicht auf mich. Ich zieh mit Schorsch noch ne Stunde um die Häuser … Ja, zwei Schoppen max, versprochen."

21.15 Uhr. Ein Bürogebäude in einem Gewerbegebiet bei Nacht. Hinter einem Fenster im zweiten Stock brannte Licht, ein Geländewagen mit italienischem Kennzeichen parkte unter dem Firmenschild von VS.
Stille. Gefrorene Zeit. Nichts regte sich.
Die Autobahn auf der einen Seite, der Bahnhof auf der anderen, dazwischen gähnende Tatenlosigkeit. Kein streunender Hund, nicht einmal Jogger oder Radfahrer, die man über die Firma hätte befragen können.
Im Auto stand Zigarettenqualm, Deckert öffnete das Fenster und schnippte den glimmenden Stummel hinaus.
„Die Spritztour hatte ich mir anders vorgestellt."

„Geduld“, Heinlein am Handy. „Hier hab ich's. Omni Vi heißt *mit aller Kraft*.“
„Die nehmen die Backen ganz schön voll, ne Website?“
„Hab gefunden, wo die das aufgenommen haben.“ Er zeigte Deckert das Bild von der Burg bei Andria, dem Castel del Monte, und las vor. „Die steinerne Krone Apuliens, im Lichtstrom wird die Zeit zum Raum …“
„So so.“
„… von vollkommener Symmetrie, gleich einem geschliffenen Kristall, den man immer wieder bewundernd dreht. Erst in der Bewegung erschließt sich die Form …“
„Gute Idee.“ Deckert öffnete die Tür und stieg aus.
„Wo willst du hin?“
„In der Bewegung erschließt sich die Erleichterung.“ Er pinkelte ins Gebüsch.
Was waren das für Spinner, fragte sich Heinlein, die sich als Kreuzritter gebärdeten? Konnte VS, eine Sicherheitsfirma, die weltweit um die Gunst von Geschäftsleuten und Politikern buhlte, es sich leisten, mit so einem Spuk in Verbindung gebracht zu werden?
Deckert schob den Kopf durch die Wagentür herein. „Entweder gehen wir jetzt da rein und knöpfen uns den Spätarbeiter vor oder wir …“
Ein Transporter bog in die Straße. Der Motor heulte auf, der Fahrer blieb auf dem Gas, bis er vor dem Gebäude bremste, ausstieg und die Klingelleiste am Eingang malträtierte.
Ein Surren, er stapfte hinein.
Kurz darauf erschien er am Fenster im zweiten Stock, gestikulierte, der Schatten seines Gegenübers hob beruhigend die Hände.
„Mal hören, worum's geht“, schlug Deckert vor. „Bleib hier und gib mir ein Zeichen, wenn er rauskommt.“
Heinlein stimmte zu und sah ihn im Schutz des Transporters zur Hauswand schleichen, aufs Kiesbett treten, wo ein Wasserrohr der Dachrinne endete, eine Kletterhilfe von Fenster zu Fenster, ein abenteuerliches Unterfangen.

Wäre Deckert auf das Dach des Transporters von *Baustoffhandel Guiluliani* gestiegen, hätte er es leichter gehabt.
„Guil-ul-iani …"
Ein wahrer Zungenbrecher, der für ortsansässige Bauherren kaum auszusprechen und zu merken war.
Die Auseinandersetzung im zweiten Stock hielt an, die Streithähne würden Deckerts Bemühen als Klettermaxe nicht bemerken.
Noch fragwürdiger als dessen Akrobatik war allerdings, worüber sich ein Baustoffhändler mit einem Mitarbeiter eines internationalen Sicherheitsunternehmens eigentlich stritt. Über eine Alarmanlage, die nicht richtig funktionierte, blinde Überwachungskameras, ein unzureichendes Sicherheitskonzept für Geschäft und Betriebsgelände, wo teures Baumaterial lagerte …
Von Lkw geliefert.
Aus Containern.
Unter den Augen des Zolls.
Beschützt von bewaffneten VS-Leuten.
Von der Autobahn über Landstraßen …
Ein dumpfes Aufkommen, Deckert war wieder auf den Füßen.
„VS hat irgendeine Rechnung nicht bezahlt", berichtete er, „der andere droht mit dem Anwalt."
Und da kam er auch schon heraus, startete den Wagen.
Heinlein tat es ihm gleich.
„Was hast du vor?", fragte Deckert.
„Baustoffe, Baustoffhandel?"
„Was ist damit?"
„Der Lkw, der Zoll, das Kokain aus Holland." Heinlein nahm die Verfolgung auf.
„Das war über hundert Kilometer entfernt, an der Autobahn."
„Bis der Fahrer sie verließ und über Landstraßen Richtung tschechischer Grenze fuhr, deine Worte."
„Ja … aber das ist jetzt wirklich weit hergeholt."
„Finden wir's heraus."
„Schorsch, es ist spät, ich bin müde."

Sein italienisches Temperament musste mit Signore Guiluliani durchgehen, er missachtete jedes noch so gut gemeinte Straßenschild, als hätte er mit Gegenverkehr nicht zu rechnen. Und tatsächlich war das Verkehrsaufkommen gleich null, bis auf zwei Lichter in Heinleins Rückspiegel.
Folgte ihnen etwa der Spätarbeiter von VS?
Für eine Antwort blieb keine Zeit, der Transporter nahm die Kurven in einem Höllentempo und wirbelte Schmutz von der Straße auf, sodass die Scheibenwischer schmierten. Um ein Haar hätte Heinlein den Feldweg verpasst, in den der Transporter einbog.
Bäume und ein Graben begrenzten die Fahrbahn, ein Waldstück tat sich seitlich auf, dann lag der Betriebshof vom Baustoffhandel Guiluliani vor ihnen.
Heinlein ließ den Wagen bis kurz vor die Einfahrt ausrollen.
Auf dem Hof sprangen drei Bewegungsmelder an, sie erhellten ein Wohnhaus und zwei Lagerhallen. Ein Hund wütete gegen das Gitter seines Zwingers, lief aufgeregt hin und her, doch den aufgebrachten Herrn Guiluliani scherte es nicht. Er öffnete die hohe Tür der Lagerhalle, Licht sprang an, er ging hinein.
„Deine legendäre Spürnase“, murrte Deckert. „Wahrscheinlich gibt es in der Gegend ein Dutzend Baustoffhändler.“
„Aber keinen, der bei VS vorgefahren ist.“
Die Bewegungsmelder schalteten sich schließlich ab und auch der Wachhund sah keinen Grund mehr für Alarm, nur ein schmaler Lichtkegel aus der Lagerhalle fiel noch auf das Gelände.
„Okay“, seufzte Deckert, „was jetzt?“
„Warten, bis er wieder rauskommt.“
„Um was zu tun? Ihn wegen zu schnellen Fahrens zu verwarnen?“
„Wäre ein Anfang. Womit handelt er überhaupt?“
„Steine, Fliesen, Holz?“
Das Licht in der Lagerhalle erlosch.
„Hast du ihn rauskommen sehen?“ Heinlein versuchte durch die Windschutzscheibe etwas zu erkennen, während Deckerts Handy eine neue Nachricht meldete.

„Ina fragt, ob es uns gutgeht."
„Ja, und jetzt komm mit." Das Türschloss klackte auf, er stieg aus, Deckert tippte noch an seiner SMS.
Die Augen gewöhnten sich nur langsam an die Dunkelheit, Umrisse der Gebäude taten sich auf, unter den Füßen knirschten Sand und Steine, Heinlein wechselte vom Weg auf das Gras am Wegrand.
„Alex, wo bleibst du?"
„Komm ja schon." Deckert maulte weiter über den Nachteinsatz mit unzureichender Ausrüstung, ohne Waffe, Taschenlampe und wasserdichtes Schuhwerk und tappte in eine Pfütze.
„Verdammt."
„Nicht so laut."
„Der Köter kann mich mal."
Ein entferntes Geräusch schräg vor ihnen, wo Heinlein das Wohnhaus erinnerte. Der Hund schlug an, ein Bewegungsmelder ebenfalls, grelles Licht flutete das Gelände, sodass Heinlein die Hand schützend vor die Augen halten musste.
Standen dort ein Polizeiwagen und ein …?
Das Stakkato eines Sturmgewehrs, das Sirren von Projektilen.
Deckert schrie auf.

Währenddessen um 21.58 Uhr in Hanau, Hessen.
Ein Mann betritt eine Shisha-Bar am Heumarkt. *Midnight* steht über der Tür.
Er ist Sportschütze und ganz legal im Besitz einer Waffe.

Arena Bar & Café, die nächste Station.

24 | Juju

Eine Tür fiel ins Schloss. Schritte auf knarrenden Holzdielen.
Kilian öffnete die Augen. Ein stickiger, dunkler Raum, in dem eine auf dem Boden stehende Lavalampe farbige Lichtkegel an die Wand pumpte, die an alte Kinofilme erinnerten.
In Rot: Sophia Loren. Matrimonio all'italiana.
Blau: Anita Ekberg. La dolce vita.
Grün: Monica Belucci. Malèna …
Er hörte Stimmen.
Dazu dumpfe Musik und eine benommene Wahrnehmung von Erwachen, im Mund ein schaler Geschmack, ihm war übel, ein stechender Schmerz zog von Schläfe zu Schläfe.
Auf einem schäbigen Tisch vor ihm stand eine halb volle Plastikflasche mit Wasser, daneben zerknülltes Einpackpapier eines Hamburgers, Fritten und Ketchup. Etwas weiter ein Aschenbecher und zwei heruntergebrannte Kerzen in geschwungenen Ständern, erstarrte Wachsnasen auf dem Flor.
Seine Blase machte Druck, Kilian richtete sich von der durchgelegenen Matratze auf, die nach Bier und Marihuana stank, die rechte Hand stoppte ihn mitten in der Bewegung.
Mit einer Handschelle am Heizkörperrohr festgemacht.
Er rüttelte daran, das Handgelenk antwortete ihm mit noch mehr Schmerz.
„Hallo?!", rief er und sein Kopf drohte zu zerspringen. „Hallo!"
Niemand antwortete, obwohl das Wummern eines Basses allgegenwärtig war.
Er streckte sich, versuchte, mit dem Fuß den Aschenbecher zu angeln, schaffte es und zog ihn heran.
Dann atmete er tief durch, der nächste Schritt würde ihn um den Verstand bringen. Er hämmerte mit dem Aschenbecher auf den Heizkörper und schrie, was seine Stimmbänder hergaben.
Die Tür knarrte auf, im Gegenlicht kam eine Gestalt auf ihn zu und ging vor ihm in die Hocke.

Pumuckl, der Kerl aus der Disko, und er grinste.
Kilian stieß ihm den Fuß entgegen, zu kurz.
„Reg dich ab“, flüsterte Tomaso heiser, vermutlich von zu viel Gras-Rauchen. „Andrà tutto bene. Okay?“
Noch ein Versuch, und erneut geriet er zu kurz. „Du elendes Stück Scheiße. Mach mich los …“
„Bist du wieder klar? Weißt du, wer du bist?“
Was sollte die Frage?
„Ich hab's mit der Dosierung echt verkackt.“ Tomaso setzte sich im Schneidersitz, zog an einem Stummel, der Rauch stieg ihm in die Augen, er rieb sie und hustete.
„Was hast du mir gegeben?“, knurrte Kilian.
„Was man Unbekannten gibt, die blöde Fragen stellen.“
Roofies, K.o.-Tropfen.
Trink nichts, das du nicht selbst zubereitet hast. Trink niemals aus einem Glas, nur aus der Flasche, die du selbst geöffnet hast.
„Wie lange war ich weg?“
„Einen Tag, zwei Nächte.“
Kilian konnte sich an nichts erinnern. Das Letzte, das ihm einfiel, war, dass ihn ein Taxi vor einer Diskothek abgesetzt und er das Gebäude betreten hatte.
Danach: Filmriss.
„Ich musste dich festmachen, zu deinem eigenen Schutz“, entschuldigte sich Tomaso. „Du hast nicht gewusst, wer du bist, woher du kommst und wohin du willst. Du wärst dem erstbesten Penner in die Hände gefallen. Im Tiber schwimmen Tausende von deiner Sorte.“ Er breitete die Arme aus, grinste blöde und übte sich im Schwärmen. „Bella Italia.“
„Mach mich los.“
„Versprich mir, dass du friedlich bleibst.“
Konnte er haben. „Ich verspreche es.“
„Ich hab Shefkije angerufen, er sagt, du bist okay.“ Er suchte seine Hosentaschen ab.
Shefkije … „Wie geht es ihm?“

„Er kann wieder sprechen, muss die Scheiße abarbeiten, die ihr angerichtet habt. Sie wissen jetzt, wie du aussiehst. Wer dich zuerst erwischt, darf sich über ne Belohnung freuen."
Den Schlüssel für die Handschelle fand er an einer Halskette, er löste ihn und warf ihn Kilian zu.
Einen Klick später war er frei. Kilian rieb sich das wunde Handgelenk, mühte sich auf die Beine. Sachte, noch war er nicht bei Kräften. Doch das Wenige genügte, um Tomaso zu packen, an die Wand zu drücken und ihm die Luft zu nehmen.
„Gefällt dir das?!"
Tomaso wehrte sich, schlug und trat … saft- und kraftlos, diese Helden der Nacht.
„Sind Amers Leute schon im Nebenzimmer?!"
Kopfschütteln.
„Auf dem Weg?"
„Weiß … nicht."
„Wo dann?!"
Die Antwort kam von der Tür her. „Let him go!"
Eine junge Frau, barfuß, mit einem T-Shirt bekleidet, das ihr bis zu den Oberschenkeln reichte, darauf eine Faust und *Freedom!*
Das krause Haar zu einem Ballon frisiert, wie ihn Schwarze in den Siebzigerjahren getragen hatten.
Afrolook. Große Kreolen. Stolzer Blick.
„Wer bist du?", fuhr Kilian sie an.
„Lisha … Extasy."

I have a dream.
Lishas Odyssee hatte vor zwei Jahren im westafrikanischen Benin begonnen, da war sie gerade vierzehn Jahre alt und zu Besuch bei ihrem Onkel in der Hauptstadt. Er wisse Mittel und Wege, um seiner Nichte ein besseres Leben zu ermöglichen … in Europa, wo alle reich und schön seien. Viel Geld sei notwendig, um sie dort hinzubringen, er wäre bereit, es ihr zu leihen, und Lisha versprach, ihm jeden Cent zurückzuzahlen, wenn sie erst mal dort war und arbeitete.

Damit der Schwur Bestand hatte, brachte er sie zu einer Madame, einer mächtigen und gefürchteten Juju-Priesterin.
„Was ist Juju?", fragte Kilian.
„Voodoo", antwortete Tomaso, der neben Lisha auf der Couch lümmelte, Tabak und Marihuana portionierte, Blättchen aneinanderklebte.
„Musste Madame schwören", fuhr sie in einem Mix aus Englisch und Italienisch fort, „dass ich Schulden zurückzahle, nicht weglaufe und niemals, niemals mit Polizei rede … sonst macht Juju-Zauber mich tot."
Kilian massierte sich derweil die schmerzenden Schläfen.
„Viele gestorben", versicherte Lisha, „wenn mit Polizei gesprochen oder weggelaufen. Juju groß und stark", und sie breitete die Arme aus, als spende sie den Ostersegen Urbi et Orbi.
Auch eine Form von Juju, wenn es Kilian recht bedachte.
Die Madame habe sie mehrmals mit einer Rasierklinge oberhalb von Brust und Scham in die Haut geritzt, darin ein schwarzes Pulver verrieben und sonstigen Hokuspokus veranstaltet, der den Pakt unwiderruflich schloss. Zum Beweis zeigte sie die Narben, Kilian winkte ab, weiter, und Tomaso fuhr mit der Zunge über den Klebestreifen, rollte das Ding zu einem beachtlichen Joint zusammen.
Mit fünfzig Frauen, Kindern und Männern wurde sie in einen Container gepfercht und auf ein Schiff verladen, mehrere Tage dauerte die Reise in absoluter Dunkelheit, wenig Wasser, kein Essen. Im Hafen von Civitavecchia erwarteten sie Brüder und Schwestern aus der Heimat, sie teilten die Ankömmlinge auf, Lisha kam zu einer Madame in ein Haus. Dort war es schön und auch die Madame war nett zu ihr. Sie zeigte ihr Kondome und einen Gummipenis, fragte, ob sie wisse, wie man damit umgeht.
„Nein, nein", wehrte Lisha ab, „schmutzig Arbeit."
Die Madame erinnerte sie an ihre Schulden und an ihren Schwur.
„Juju groß, du sterben, wenn nicht arbeiten."
Bevor sie weitere Details ihrer schmutzigen Arbeit darlegte, kam Kilian auf den Punkt. „Shefkije sagte, du kennst Gallo."

„Später, zuvor weggelaufen, oft. Shefkije getroffen, hat mich versteckt. Aber Juju groß, sieht alles …“
„Ich hab's verstanden“, bekräftigte er. „Wo kann ich Gallo finden?“
Tomaso reichte ihr den Joint, sie inhalierte und überließ die Verhandlungsführung ihrem Dealer.
„Die Information hat einen Preis.“
Natürlich, schließlich wartete der Onkel in Benin auf sein Geld.
„Wie viel?“
„Kein Geld.“
„Sondern?“
„Lisha will, dass du sie nach Deutschland bringst.“
Ausgeschlossen, die Kleine war illegal und mit falschen Papieren unterwegs, er dachte nicht im Traum daran.
„Ich gebe ihr Geld für ein Zugticket“, schlug Kilian vor.
„Zu unsicher, sie spricht kein Wort Deutsch.“
„Ihr Problem. Was will sie überhaupt dort?“
„Mannheim“, sagte Lisha und gab den Joint zurück. „Juju-Priester macht Zauber weg.“
Nein, auf keinen Fall würde er seine Zeit mit dem Blödsinn verplempern. „Dann mit dem Flugzeug.“
„Sie kommt nicht durch die Passkontrolle“, schnaufte Tomaso. „Mietet ein Auto, die Grenzen sind offen.“
„Ihr Zuhälter sucht sie.“
„Und Amers Leute suchen mich!“, den geraubten Schatz, den sich Amer stillschweigend unter den Nagel gerissen und dafür Kilian beschuldigt hatte.
Er brauchte frische Luft und öffnete das Fenster, ein neuer Tag kündigte sich an, wandelte das Schwarz der Nacht zwischen den Häusern zu Blau und schickte die Ersten zur Arbeit.
Lisha trat neben ihn, bot ihm den Joint an, er lehnte ab.
„Gallo“, sagte sie, „kenne Mann. Nur ich.“
Ein Déjà-vu.
Shefkije hatte ihn bereits damit reingelegt, das würde ihm nicht noch mal passieren.

„Du weißt nichts."
„Schau", sagte sie, „Beweis", und schnappte sich ihr Handy, startete ein Video. „Gallo, hier", sie hielt ihm das Display hin.
Nach der Perspektive zu urteilen, war die Szene mit einer versteckten Kamera aufgenommen, die neben der Handtasche auf einem Stuhl platziert worden war.
Der alte Trick: Doppelt abkassieren. Zuerst mit Sex, später mit Erpressung, denn der Kunde verging sich an einer Minderjährigen. Ein ausgesprochen unappetitliches Zeugs, das Kilian nicht länger ansehen wollte.
„Warte …", insistierte sie, die Aufnahme lief weiter.
Das Bimmeln eines Handys, der Schweinehund überhörte es, war mitten im Rausch seines Tuns – in der versprochenen Extase. Lisha krümmte sich vor Schmerzen, winselte und flehte, da nahm er genervt das Gespräch entgegen.
Pronto!
Nackt, verschwitzt und mit dem Rücken zur Kamera setzte er sich auf den Bettrand, sprach undeutlich ins Handy, bis er aufstand und zum Fenster eilte, die Gardinen hektisch beiseite schob und auf die Straße blickte.
Wo bist du? Ich kann dich nicht sehen …
Lisha nutzte die Chance und stahl sich vom Bett.
Gallo … wirklich? Der Freier war elektrisiert.
Dazwischen das Schniefen Lishas, ihr Weinen, während sie ihre Klamotten aufsammelte und sich anzog.
Ja, ich bin sofort unten. Sag Gallo, dass er es nicht bereuen wird, mit mir Geschäfte zu machen.
Affari, noch ein Déjà-vu.
Lisha packte die Kamera in die Tasche, das Bild wurde dunkel, der Ton lief weiter. Hastige Schritte zur Tür, auf Gang und Treppe, sie weinte, verfluchte ihren Peiniger, ein Lichtschein mit ihrer Hand und dem verweinten Gesicht, die Aufnahme brach ab.
Kilian nahm ihr das Handy aus der Hand, spulte zurück, hielt es nah ans Ohr.

Gallo … sag Gallo, dass er es nicht bereuen wird …
Zweimal *Gallo* ganz deutlich. Irrtum ausgeschlossen.
Pures Amphetamin für Kilians schmerzenden Kopf und Körper.
Doch halt, nicht voreilig sein. War das auch der richtige Gallo, der Mafioso, und nicht der nächste Kindervergewaltiger gleichen Namens?
„Das reicht nicht“, zweifelte er.
Lisha musste es erwartet haben, sie zeigte ihm ein Bild, das sie nach dem Vorfall auf der Straße gemacht hatte.
Ihr Kunde steigt in eine schwarze Luxuslimousine.
Der Mann, der ihm die Tür aufhält ist … Amer!
Auf dem Rücksitz ein Schatten.
„Wer ist das?“
„Gallo.“
„Woher willst du das wissen?“
„Shefkije gesagt.“
„Ruf ihn an. Ich will es von ihm hören.“
„Geht nicht“, mischte sich Tomaso ein.
„Warum?“
„Weil Shefkije Angst hat. Sie werden ihn beim nächsten Fehler töten.“
„Omertà“, sagte Lisha. „Groß wie Juju.“
„Zum Teufel damit!“
Was sollte er mit der Information anfangen, wenn er sie nicht überprüfen konnte? In Bari durfte er sich nicht mehr blicken lassen, Amers Augen hatten ihn schon auf Ponza aufgespürt.
So blieb nur eine Person übrig.
„Wer war dein Kunde?“
Lisha wedelte mit einem zerbeulten Männerportemonnaie, darin fand er Bewirtungsbelege, Quittungen, ein Bild von einer Frau und zwei Kindern vor der malerischen Kulisse eines schneebedeckten Gipfels, kein Bargeld und natürlich auch keinen Ausweis.
„Den haben wir verkauft“, grinste Tomaso blöde, sodass ihn Kilian erneut an die Wand hätte klatschen mögen.

„Wie heißt der Typ? Wo finde ich ihn?“
„Irgendein Tonio aus Soundso, weiß nicht mehr.“
„Soll ich deiner Erinnerung auf die Sprünge helfen?“
„Nicht nötig.“ Tomaso nickte Richtung Lisha, die ein Kärtchen an die Flamme einer Kerze hielt. „Sie hat Namen und Adresse. Mach's mit ihr aus.“
„Deutschland“, forderte sie, „bring mich.“
„Das geht nicht, unmöglich.“
„Lüge.“
„Hör zu, Lisha …“
„Nein, du!“
Ein Rauchfähnlein züngelte.

SCHWACHER STAAT UND FINDIGE GAUNER

Zu Beginn des 19. Jahrhunderts, lange bevor der italienische Staat gegründet wurde, lösten sich die bis dahin bestimmenden aristokratischen Strukturen auf. Land konnte von nun an ver- und gekauft werden, die Zahl der neuen Landbesitzer stieg rapide.

Kleine, nicht so begüterte Bauern mussten ihr Getreide zu entfernten Mühlen transportieren, was gefährlich war, Räuber lauerten entlang der Wege.

Da der Staat für Schutz nicht sorgen konnte, übernahmen ortsansässige Gruppen die Aufgabe, später transportierten sie gegen Bezahlung das Getreide gleich selbst zu den Mühlen und boten ihren Kunden weitere Dienstleistungen an.

Wer das Angebot nicht annehmen wollte, sah sich nachdrücklich daran erinnert, und wer dann immer noch nicht überzeugt war, wurde bedroht.

Unaufgeforderter privater Schutz von Leben und Besitz entwickelte sich zu einem erfolgreichen Geschäftsmodell – die Mafia war geboren, der *Handel mit Illegalität* wurde ihr Prinzip.

In verdreckten, blutverschmierten Klamotten wartete Heinlein auf die erlösende Nachricht. Ina und die Kinder saßen ihm vorwurfsvoll gegenüber.
„Was hattet ihr da überhaupt verloren?“, zischte sie.
Er wagte es kaum, ihr in die Augen zu sehen. „Wir sind einer Spur nachgegangen.“
„Mitten in der Nacht?“
„Ja.“
„Warum wusste ich nichts davon?“
Weil … er Deckert dazu gedrängt hatte.
Die Tür ging auf, eine Frau in weißem Kittel. „Frau Deckert?“
Ina erhob sich mit den Kindern und folgte ihr auf den Gang, Heinlein schloss sich an.
„Was ist mit meinem Mann? Geht es ihm gut?“
„Ein glatter Durchschuss, keine Verletzungen der inneren Organe. Der hohe Blutverlust macht ihm momentan noch zu schaffen. Das sollte sich aber in zwei, drei Tagen legen.“
Eine Last fiel von Heinleins Schultern.
„Können wir ihn sehen?“, fragte Ina.
„Kommen Sie“, forderte die Ärztin sie auf, „er ist gerade aufgewacht. Erwarten Sie aber nicht zu viel.“
Während sich Ina und die Kinder Schutzkleidung anzogen, war für Heinlein, der sich die schmutzigen Schuhe vorm Betreten der Intensivstation abgestreift hatte, an der Glasscheibe dennoch Schluss.
Deckert lag benommen im Bett, an Schläuche und Geräte angeschlossen, die Kurven und Zahlen meldeten. Sein Kopf zur Seite gewendet, die Augen halb geöffnet.
Heinlein lächelte und winkte ihm aufmunternd zu, keine Reaktion. Nicht das erste Mal, dass er ihn so daliegen sah. In ihrer gemeinsamen Zeit beim SEK waren Verletzungen aller Art und Schwere ein fast schon beiläufiger Bestandteil ihres Jobs gewesen. Deckert hatte

sie stets ohne Wehklagen weggesteckt, und auch Ina wusste, dass so etwas immer passieren konnte.
Doch die Zeit der Rambos lag lange hinter ihnen.
Eine Stunde waren sie durch den Wald geirrt, auf der Flucht vor dem Schützen, der aus dem Nichts aufgetaucht war. Hätte es diesen winzigen Augenblick zwischen Licht und Geblendetsein nicht gegeben, in dem er ein Polizeifahrzeug und einen Mann neben dem Wohnhaus stehen sah, er würde es nicht glauben.
War es der wie vom Erdboden verschluckte Signore Guiluliani gewesen, der mit einem Sturmgewehr auf sie geschossen hatte, oder doch ein Polizist?
Wie war er ungesehen und ungehört dort hingekommen?
Unerklärlich.

Uschi wartete im Auto, Heinlein stieg ein.
„Wie geht es ihm?"
„Gut", den Umständen entsprechend.
Doch was waren die Umstände?
Während der Fahrt ging er sie noch einmal durch.
Warten vor VS. Guiluliani kommt. Streit im zweiten Stock. Guiluliani prescht davon. Die Bewegungsmelder fluten das Gelände, das Wohnhaus, zwei Lagerhallen, dazwischen der Zwinger mit dem Hund, Gebell.
Guiluliani verschwindet in der Lagerhalle und kommt nicht mehr heraus … Heinlein hatte ihn nicht zum Wohnhaus gehen sehen, und dort stand auch kein Fahrzeug, schon gar kein Polizeiauto.
„Was geht dir durch den Kopf?", fragte Uschi.
„Ich frage mich, wer uns verarschen will."
„Du weißt, was letzte Nacht in Hanau passiert ist?"
Ja, von der Berichterstattung auf dem Fernseher im Wartebereich der Klinik, die ewig gleichen Bilder von Anschlagsort und Umgebung, von schockierten, weinenden Menschen, empörten Stellungnahmen, Vorwürfen, und zu diesem frühen Zeitpunkt, ersten Erklärungen und Hintergrundanalysen auf der Basis von Mutmaßungen.

Verirrung auf allen Kanälen.
Verwirrung im ganzen Land.
Fassungslosigkeit und Empörung.
Dem Wahnsinn Einhalt gebieten.
Seit Jahren, und jetzt wieder.
Was sich da in Deutschland zusammenbraut …
Sie bogen auf den Betriebshof ein, der Transporter Guilulianis stand immer noch dort, wo der ihn gestern abgestellt hatte. Spurensicherer suchten und archivierten, uniformierte Kollegen standen zusammen, redeten und verfolgten die Ankunft ihres Chefs.
Heinlein stieg aus, Wiegand, der Dienststellenleiter, eilte herbei und begrüßte ihn per Handschlag.
„Herr Polizeipräsident, geht es Ihnen gut?"
„Ja, alles gut. Können Sie mir schon was sagen?"
Sein Blick ging zu den beiden anderen, ein junger Kollege und ein etwas erfahrenerer, bleich wie die Wand, als müsse er sich gleich übergeben.
„Ein amerikanisches Sturmgewehr." Wiegand präsentierte eine Plastiktüte mit Patronenhülsen. „Am Wohngebäude fünfzehn Hülsen, am Waldrand zwölf."
Während Heinlein mit Deckert durchs Unterholz floh, waren ihnen die Kugeln nur so um die Ohren geflogen. Wenn der Schütze ihnen gefolgt wäre, hätte er leichteres Spiel gehabt.
„Weitere Spuren?"
„Fuß- und Reifenabdrücke en masse. Eine eindeutige Zuordnung wird schwierig."
„Und am Wohnhaus?", wo das Polizeifahrzeug gestanden hatte.
„Gras und Schotter."
„Gibt es Überwachungskameras?"
„Dort und dort", Wiegand zeigte auf das Wohngebäude und auf die zweite Lagerhalle. „Die Bilder werden gerade ausgewertet. Eine Kamera ist defekt, die Kabel hängen raus."
Der Schütze hatte demnach vorgesorgt.
„Welcher Kollege traf letzte Nacht als Erster ein?"

Wiegand befahl den jungen Polizisten heran. „Polizeimeister Ludwig." Der grüßte und erstattete Bericht. „Um 21.54 Uhr kam die Meldung rein: Schüsse auf oder am Baustoffhandel Guiluliani. Wir befanden uns in der Nähe und fuhren auch gleich los ..."
„Polizeimeister Ludwig alleine", korrigierte Wiegand. „Kollege Singer war zu dem Zeitpunkt unpässlich."
„Was heißt unpässlich?"
„Auf der Toilette. Eine verschleppte Magen-Darm-Geschichte."
„Ich hätte das nicht tun dürfen", entschuldigte sich Ludwig, „aber ich dachte, es geht um Leben und Tod."
Das tat es zweifellos.
„Und dann?"
„Um 21.57 Uhr erreichte ich die Einfahrt, sah den geparkten Wagen dort stehen", er meinte Heinleins Auto, „es befand sich niemand darin. Auf dem Betriebshof war es dunkel, der Hund bellte. Ich ging weiter und die Bewegungsmelder schalteten sich ein ..."
„Haben Sie ein anderes Polizeifahrzeug gesehen, gleich vorm Haus?"
„Nein, da war nichts. Ich habe geklingelt und gerufen, niemand antwortete, es war auch kein Licht hinter den Fenstern zu sehen. Dann bin ich zu den Lagerhallen. Die eine war verschlossen und dunkel, die andere stand offen. Ich habe das Licht angemacht und gerufen, ob sich hier jemand befindet."
„Und?"
„Als mir niemand antwortete, habe ich die Halle durchsucht. Nichts, da war keiner."
„Wie sorgfältig haben Sie gesucht?"
Ein Anflug von Unsicherheit. „Gründlich, überall."
„Haben Sie in jede Ecke geschaut, auch wenn sie unbeleuchtet und verstellt war, Türen und Fenster überprüft, ob sie verschlossen waren?"
„Wenn da jemand gewesen wäre, hätte ich ihn finden müssen."
Vielleicht hatte Guiluliani die Chance zur Flucht erst nach den Schüssen ergriffen, sofern er nicht selbst der Schütze gewesen war.
„Ist Ihnen auf dem Weg hierher ein Fahrzeug entgegengekommen?"

„Nein."
„Auch keine Scheinwerfer eines davonfahrenden Autos?"
„Nein, nichts."
„Gibt es noch eine andere Zufahrt?"
„Von der Hauptstraße geht ein Weg ab", wies Wiegand zu den Feldern und einer Anhöhe, „der hinter dem Wohnhaus vorbeiführt und ein Stück weiter im Wald endet. Bauern und Waldarbeiter nutzen ihn hauptsächlich."
Den musste das Polizeiauto unbemerkt genommen haben, vermutlich war es ohne Licht und mit abgestelltem Motor von der Anhöhe heruntergerollt.
Die zwei Augen im Rückspiegel.
Von VS.
„Fahren Sie zur Sicherheitsfirma VS im Gewerbegebiet", ordnete Heinlein an. „Finden Sie heraus, wer sich in den Räumen im zweiten Stock gegen 21.30 Uhr aufgehalten und wo sich die betreffende Person gegen 21.50 Uhr befunden hat. Nehmen Sie Spuren von ihrer Kleidung, durchsuchen Sie die Büroräume und ihre Wohnung."
„Ihr habt es gehört", gab Wiegand den Befehl an die beiden Polizisten weiter. „Beeilung!"
Heinlein schaute zur Lagerhalle, rieb sich den Nacken.
„Wo kann er nur geblieben sein?"
„Wer?"
„Guiluliani."
„Von dem hat man seit Jahren nichts gesehen und gehört."
Wie bitte?
„Wer war dann gestern Abend mit dem Transporter unterwegs?"
„Der Betrieb wird von einem einzigen Angestellten geführt, einem jähzornigen Kerl, der kaum Deutsch spricht und sich nur ab und zu in einem Supermarkt sehen lässt. Er ist auf den Namen Nenad Hodžić gemeldet, ein Bosnier, wegen Körperverletzung vorbestraft. Keine Spur von ihm, weder auf dem Gelände noch auf den Feldern oder im Wald."

Wie vom Erdboden verschluckt, und nicht nur er.
„Hat jemand den Hund rausgelassen?", fragte Heinlein.
„Davon ist mir nichts bekannt."
Der Zwinger war verriegelt, das Gitter im Boden fest verankert, kein Schlupfloch.
Abrakadabra. Schon wieder hatte sich jemand in Luft aufgelöst.
„Lassen Sie ihn suchen." Weiter ging's zur Lagerhalle. „Was wissen Sie über den Baustoffhandel, über Guiluliani?"
Die Halle präsentierte sich aufgeräumt, in den hohen Regalen Paletten mit Dämmstoffen, Fliesen, Gipsplatten und Säcken, am Boden Steine, Ziegel, Kies und Holz, im Grunde alles, was man bei einem Händler für Baustoffe erwarten durfte.
Allerdings in einer überschaubaren Menge.
„Guiluliani hat kaum Kunden hier in der Gegend", erzählte Wiegand, während er Heinlein durch die Halle folgte. „Er liefert und verkauft auswärtig, auch übers Internet. Laut Bürgermeister lohnt sich der ganze Aufwand eigentlich nicht, er zahlt gerade mal ein paar Euro Gewerbesteuer."
„Und was wissen Sie über Guiluliani selbst?"
Die glatten Wände reichten gut fünf Meter hoch, bevor die umlaufende Fensterfront begann, aber am hinteren Hallenende gab es eine Tür, von der aus man ungesehen in den angrenzenden Wald hätte verschwinden können. Die Klinke ließ sich nur schwer bewegen, war eingerostet, sie öffnete nicht.
„Guiluliani wurde das letzte Mal vor drei, vier Jahren gesehen", fuhr Wiegand fort, „hat wohl noch andere Geschäfte laufen, keine Ahnung, was und wo."
„Hat er oder sein Mitarbeiter etwas mit VS zu tun?"
„Nein, soviel ich weiß, aber …"
„Aber was?"
Ein Schnaufen. „Aber einige von unseren Leuten."
„Wie das?"
„Sie kaufen bei VS ein, was nicht oder nicht in der gewünschten Qualität auf dem Dienstweg zu beziehen ist."

Eine Überprüfung, nicht nur von VS, sondern auch von den Einkäufern, war überfällig.
„Woher haben sie das Geld?"
„Sie erhalten Rabatt für jede Empfehlung." Und noch etwas hatte Wiegand auf dem Herzen. „Da ist so ne Sache … ich weiß nicht, wie ich es sagen soll ... schwierig."
„Raus mit der Sprache, auch wenn's weh tut."
„Ein paar Kollegen verdienen sich nebenbei was dazu, auf Veranstaltungen, wo sie für Sicherheit sorgen …"
„Was für Veranstaltungen?"
„Konzerte, Feiern, Zeltlager … Dort wird mit allen möglichen Waffen geschossen, Pokale werden verliehen und Fahnen an Lagerfeuern gehisst, die man als Polizist eigentlich nicht dulden darf. Ein Fall ist besonders kritisch. Laut Urlaubsantrag wollte ein verdienter Kollege nach Mallorca reisen, ist aber bei einer Übung in der Schweiz gesehen worden … als Personenschützer neben einer kugelsicheren Limousine."
„Wie ist er dazu gekommen?"
„Der Geschäftsführer von VS soll die Finger im Spiel haben."
„Den sollten wir uns als Nächstes vorknöpfen."
„Hab ihn heute Morgen das Auto beladen und wegfahren sehen, gewöhnlich kommt er erst Tage später wieder zurück."
„Beobachten Sie ihn etwa?"
„Nicht offiziell. Aber er pflegt auffallend gute Kontakte zu Soldaten und Offizieren, geht in der Kaserne ein und aus, als ob's sein zweites Büro wäre."
„Schicken Sie mir, was Sie über ihn haben."
Wiegand versprach es, und gemeinsam verließen sie die Halle.
Auf dem Gelände packten die Spurensicherer ein und traten den Weg ins Labor an.
„Und wie steht es mit Polizeimeister Ludwig", fragte Heinlein, „irgendwelche Auffälligkeiten?"
„Welcher Art?"
„Was Ihnen einfällt."

„Ein junger, hochmotivierter Kollege, aufmerksam, korrekt und erfolgreich. Letzte Woche hat er einen Schleuser aus dem Verkehr gezogen, der vier illegal eingereiste und mit falschen Papieren ausgestattete Flüchtlinge im Wagen hatte. Normalerweise wäre der unerkannt durchgekommen, nichts wies daraufhin, aber Ludwig hatte die feine Nase."
So eine feine Nase hatte Heinlein auch in seiner Dienststelle – Schäfer.
„Lassen Sie Ludwigs Fahrzeug auf Spuren einer Langwaffe und dazugehöriger Munition untersuchen, und wenn Sie schon dabei sind, Hände und Ärmel auf Schmauchspuren."
„Sie glauben doch nicht …"
„Außerdem brauche ich den Standort jedes einzelnen Fahrzeugs Ihrer Dienststelle gestern Abend zwischen 21 und 23 Uhr."
Heinlein blickte sich im weiten Rund des Betriebshofs um.
„Wo ist nur der verdammte Hund geblieben?"

Pozzuoli | 26

Jeder Ort hat seine Zeit.
Für Rom ist es die Morgendämmerung, wenn das eine Laster zu Bett geht und das andere noch ruht. Dann scheint es für einen ewig wiederkehrenden Moment, als ob die Toten aus den Gräbern zur Buße riefen, die Sünder Besserung gelobten und der Tiber ihre Tränen aus der Welt schaffte.

Via, via … vieni via di qui. Los, weg hier!
Kilian nahm die Ponte Garibaldi, die Maschine spuckte und lamentierte wegen der zusätzlichen Last, sodass Tauben aufstoben und sich im weiten Bogen hinter dem Krankenhaus auf der Tiberinsel verloren. Lisha drückte sich fest an ihn und träumte von der Befreiung aus dem faulen Zauber.
In Mannheim.
Nur vereinzelt behinderten Frühaufsteher und Spätheimkehrer die freie Fahrt den Lungotevere dei Vallati und Tebaldi hinauf, St. Peter, die Engelsburg und der Palazzo Borghese flogen an ihnen vorbei.
Non vedo l'ora, ich sehe die Stunde nicht.
Nach all den Rückschlägen und falschen Fährten der letzten Wochen hatte er endlich wieder einen vielversprechenden Namen.
Antonio Bellario.
Mit Bild und Stempel der Partei versehen, wies das Emblem eines Kämpfers mit Schwert, Schild und Helm gen Norden.
Nach Turin.

Eine lange Fahrt stand ihnen bevor, und während die Verkehrsschilder am Straßenrand die Kilometer herunterzählten, gesellten sich Erinnerungen dazu, wie eins zum anderen gekommen war.
Nachdem Heinlein ihm damals weitere Unterstützung bei seinen Ermittlungen versagt hatte, war Kilian nach Leipzig zurückgekehrt und hatte sich in der Szene nach Marco Gentile umgehört. Niemand wollte Näheres über den stadtbekannten Gastwirt wissen, bis

Kilian von zwei Schlägern in einen Hinterhof gedrängt wurde und eine Frage beantworten sollte, auf die er keine Antwort geben wollte.

Was willst du von Marco Gentile?

Von Schmerzen gebeugt, war er ihnen zu einem italienischen Restaurant gefolgt und hatte sich auf die Lauer gelegt.

Tage verstrichen.

Wenn du etwas über den Herrn wissen willst, frag seinen Diener.

Der hieß Valon und stammte aus dem Kosovo. Sein linker Arm hing herab wie nach einem Schlaganfall. Die Haut an Wange und Hals teilweise aufgeworfen, vernarbt, der Bereich ums Ohr haarlos, von den darüberliegenden schwarzen Strähnen leidlich verdeckt.

Beim Fußballspielen passiert. Ein Freund auf ne Mine getreten, ich daneben.

Der knochenharte Küchenjob brachte Valon weniger Geld als erhofft, dafür viel Ärger mit dem Restaurantbesitzer ein, und von dem knappen Lohn schickte er auch noch die Hälfte in die Heimat.

Bei einer Flasche Schnaps kam Kilian mit ihm ins Gespräch.

Valon konnte einiges vertragen, er schimpfte und verfluchte die ganze Brut von Verbrechern, Mördern und Vergewaltigern, die im Krieg gegen seine Leute gekämpft hatten. Sein Chef, ein Montenegriner, ein Sadist und Menschenschinder, kein Stück besser als sein Vorgänger Marco Gentile …

Gentile? Klingt überhaupt nicht montenegrinisch.

Die Mutter, der Vater Italiener.

Woher?

Aus irgendeinem Bergdorf an der Küste.

Welche Küste?

Bari … Foggia, was weiß ich.

Ist Gentile noch in Leipzig?

Nein, weg … Duisburg oder so. Zieht dort das nächste Ausbeuter-Restaurant hoch. Im Grunde alles Lüge, Tarnung …

Wofür?

Mafia, und jetzt lass mich in Ruhe.

Nicht so schnell.

Ich stech den Drecksack ab, Valon kramte betrunken in der Hosentasche nach einem Messer.
Kilian nahm es ihm ab.
Wie heißt Gentiles Restaurant in Duisburg?
Ga … Gallo nero.
Und Valon verlor die Kontrolle über seinen Magen.

Orvieto.
Obwohl Lisha warm eingepackt war, fror sie und musste etwas Warmes trinken. Er steuerte eine Raststätte an.

Kilian beobachtete das *Gallo nero* in Duisburg so lange, bis er nachvollziehen konnte, welche Verbindung zwischen dem Wirt Marco Gentile, einem Kellner und einer Wohnung im zweiten Stock des Nachbargebäudes bestand.
Der Kunde orderte und bezahlte bei Gentile eine Pizza, der informierte den Kellner. Am Fenster stehend gab der ein Zeichen, während der Kunde mit der Pizzaschachtel die Straßenseite wechselte und im Vorgarten die eigentliche Bestellung, das Koks, aus dem zweiten Stock zugeworfen bekam.
In Untersuchungshaft gab sich Gentile unwissend, Kilian besuchte ihn täglich und befragte ihn nach Gallo. Außer Spott, dass Kilian auf ein Märchen hereingefallen sei, gab er nichts preis. Dafür gestanden der Kellner und der Drogenlieferant aus dem Nachbarhaus umso bereitwilliger.
Für zwei Jahre saßen sie ein.
Da hatte Gentile Deutschland bereits Richtung Österreich verlassen, und Kilian klebte sich an seine Fersen.

Florenz.
Lisha übergab sich. Nichts, nur die Aufregung.

Zwischen Salzburg und Villach machte Gentile an Raststätten Halt, wo sich überwiegend Lkw-Fahrer einfanden. Er sprach mit dem

einen oder anderen Fahrer, sodass Kilian schlussfolgerte, sie seien miteinander bekannt.
Der Eindruck verstärkte sich, nachdem Gentile den schummrigen Karawankentunnel hinter sich gebracht hatte und an der ersten Kontrollstation auf slowenischer Seite hielt. Er kam einem Lkw-Fahrer zu Hilfe, der sich im Disput mit einem Zöllner befand. Nach fünf Minuten war der Konflikt gelöst, der Lkw wurde neu verplombt und durfte den Tunnel passieren.
Nächste Station: Ein Motel an der Stadtgrenze von Ljubljana. Gentile schlichtete einen Streit zwischen dem Manager, einem Lkw-Fahrer und einer sündhaft jungen Prostituierten. Das Geld, das Gentile ihr anbot, akzeptierte sie, der Lkw-Fahrer wurde hingegen mit ein paar saftigen Ohrfeigen bedacht.
Offensichtlich traute Gentile dem Fahrer nicht, denn er folgte ihm bis hinter die slowenisch-kroatische Grenzstation. Danach trennten sich ihre Wege, Gentile steuerte Rijeka an, wo er eine Schiffswerft aufsuchte, mit einem Arbeiter ein langes Gespräch führte und sich noch in der Nacht auf den Weg zurück nach Slowenien machte.

Modena.
Kilian verließ die Autobahn, um eine Apotheke aufzusuchen. Erhöhte Temperatur, aber noch kein Fieber. Entzündungshemmende Schmerztabletten und Bettruhe seien angebracht.
Und Turin war noch 295 Kilometer entfernt.

Im Frachthafen von Koper wurden dem Problemlöser Gentile Grenzen gesetzt, der Kapitän eines Frachters ließ sich einfach nicht beruhigen. Vorwürfe und Drohungen flogen hin und her, Gentile hastete zum Parkplatz, telefonierte, gestikulierte, ließ seinem Frust freien Lauf.
Im Wagen dahinter saß eine schwarzhaarige Frau, das Fenster heruntergelassen, auch sie telefonierte, doch wider Erwarten störte sie sich nicht an Gentiles Gezeter, obwohl der vor ihrem Fenster auf

und ab ging. Sie wurde erst aktiv, als Gentile sein Auto bestieg, wendete und sich in den Verkehr Richtung Norden einreihte – nach Triest.
Sie folgte ihm, und Kilian ihr.
Pier the roof nannte sich eine hübsche Terrassenbar am Ende einer weit in das Hafenbecken von Triest reichenden Mole, unter ihrem Schilfdach konnte man die ein- und ausfahrenden Passagier- und Containerschiffe bei einem Glas Wein bestaunen und sich von einem Stadtrundgang erholen.
Gentile wählte einen Platz am Ende der Bar, nahe einer Treppe zur Mole, die unbekannte Frau setze sich direkt hinter ihn, sodass er sie nicht sehen, sie aber hören konnte, worüber er am Handy sprach. Kilian nahm am Eingang Platz, im Kommen und Gehen der Gäste fiel er nicht weiter auf. Er war soeben im Begriff, eine Bestellung aufzugeben, als sich die Situation unerwartet änderte.
Ein Motorboot fuhr in den Hafen ein und machte an der Mole Halt. Gentile erhob sich, wählte aber die Treppe statt des Haupteingangs und bestieg das Boot. Unter Vollgas legte es ab und fuhr der Küste entlang, wo Containerschiffe kreuzten.
Übertölpelt eilte Kilian zu seinem Motorrad, ein kurzer Blick zurück, von der Schwarzhaarigen war nichts zu sehen, sie musste aufgegeben haben.
Nicht aber er, der rote Ampeln missachtete und Parkplätze entlang des Hafens als Abkürzungen nutzte, um das Boot im Auge zu behalten. Das gelang ihm auch bis kurz vor Beginn des riesigen Industriegebietes tief im Süden der Stadt. Einmal falsch abgebogen, und schon war alles umsonst gewesen, das Boot war wie vom Meer verschluckt.

Zwischen Parma und Asti.
Lisha hatte Schüttelfrost und hustete, sodass sie vom Bock zu fallen drohte. Mit der einen Hand hielt er ihren Arm fest vor seiner Brust, mit der anderen steuerte, bremste und beschleunigte er.
Turin 113 km.

Auf dem Parkplatz vor dem *Pier the roof.* Das Licht schwand, in einer halben Stunde wurde es dunkel, aber noch immer stand Gentiles Wagen dort. Irgendwann würde er zurückkommen, Kilian durfte nur nicht den Moment verpassen. Die ersten Abendgäste fuhren vor, die Scheinwerfer der Autos blendeten, die unterschiedlichen Geräusche irritierten und viel zu viele Gesichter zogen an Kilian vorbei, sodass er Mühe haben würde, Gentile kommen zu sehen. Ein Motorboot tuckerte heran, ein Mann betrat die Mole und näherte sich dem Wagen. Die Blinker blitzten zweimal auf, der Mann stieg ein, die Innenbeleuchtung sprang an.

Gentile.

Scheinbar gut gelaunt schaltete er das Radio an, startete den Motor und scherte aus dem Parkplatz aus. Entlang der breiten Uferstraße ging es nördlich zur Stadt hinaus, das erste Autobahnschild verortete Venedig in 162 Kilometern Entfernung.

Danach Bologna, 153 Kilometer, immer weiter gen Süden.

In den Morgenstunden erreichten sie Neapel, Gentile checkte in einem Hotel am Hafen von Pozzuoli ein.

Ereignislose Tage an der Uferpromenade, in Bars und Restaurants. Gentile zelebrierte Dolcefarniente, telefonierte hin und wieder, traf aber niemanden, sodass Kilian entschied, ihn erneut zu konfrontieren. Auf der Terrasse eines Restaurants am Lungomare Pertini, mit wunderbarem Blick aufs Meer und die dort ankernden Boote, bestellte Gentile eine Flasche Rotwein, die regionale Spezialität Papacelle und als Hauptgericht Polpo alla Luciana, einen Oktopus mit Tomaten und Petersilie.

Kilian begnügte sich mit einem Espresso an der Bar und wartete auf die passende Gelegenheit, wenn Gentile ausreichend getrunken hatte und angeheitert war. Er sah ihn mit dem Kellner scherzen und lachen, ein zweites Gedeck wurde aufgetragen. Gentile verrenkte sich den Hals nach parkenden Autos, schaute auf die Uhr, trank und überprüfte die Nachrichten auf seinem Handy.

Ein Wagen stieß in eine Parklücke, eine Frau stieg aus, rückte die Sonnenbrille zurecht und überquerte die Straße. Unter dem breit-

krempigen Strohhut fielen blonde, halblange Haare auf die Schultern, das luftige Sommerkleid unterstrich im Gegenlicht eindrucksvoll den Segen bewusster Ernährung und regelmäßigen Sports.
Auf der Höhe von Gentiles Tisch glitten ihr die Autoschlüssel aus der Hand, der Gentleman bückte sich danach, sie drückte etwas an die Unterseite der Tischplatte.
Grazie, ein Lächeln, das Wünsche weckte.
Ein Glas Wein, Signorina?
Später gerne, sie müsse noch ein Gespräch führen.
Er ja auch, und versprach hier zu warten.
Als sie an Kilian vorüberging, glaubte er, dieses unter Hut, Brille und Lippenstift sorgsam verborgene Gesicht schon mal gesehen zu haben, er roch ihr Parfüm, blumig und frisch …
Ein Motorroller fuhr vor.
Vorne der Fahrer, hinten der Schütze.
Mehrere kurze Feuerstöße.
Gentile sackte getroffen zur Seite.

Turin.
Entkräftet lehnte Lisha an Kilians Rücken, sie reagierte nicht mehr, und an eine langwierige Suche nach einem diskreten Ferienappartement seiner Kunden war nicht zu denken.
Sie musste umgehend ins Bett.
Er entschied sich für eine Absteige, der nicht nur die Sterne fehlten, sondern auch ein Buchstabe im neonstrahlenden Namen.
Para iso.
Der Kerl hinter dem Tresen zeigte sich mit Blick auf Lisha alles andere als begeistert, er forderte die Pässe ein und gab ihnen ein Zimmer im ersten Stock. Der modrige Gestank war unerträglich, Kilian öffnete das Fenster, tauchte das einzige Handtuch ins Wasserbecken, wrang es aus und legte es Lisha abwechselnd auf Beine, Arme und Stirn.
Vor einer Erkältung wollte er sich hüten, so achtete er auf Abstand und wählte gegen Mitternacht, als das Fieber endlich gesunken

war, einen Schlafplatz am Fenster, wickelte sich in eine Decke und schloss die brennenden Augen.
Die Müdigkeit hielt sich nicht lange mit dem Vorspiel auf, das Stöhnen und rhythmische Quietschen im Nachbarzimmer verstummte zugunsten eines Traums von Sommer, Sonne und Meer.
Pozzuoli …
Es war der letzte warme Tag des Jahres gewesen, ein sehnsüchtiger, fast schon melodramatischer Sonnenuntergang zu einer Abrechnung mit einem Mafioso.
Und der Duft einer Femme fatale.

Wahnsinn und Taumel auf allen Kanälen.
Zehntausende Jecken feierten den Karnevalsauftakt, eine Sturmwarnung unterbrach das fröhliche Treiben, die Veranstalter hofften auf Fortsetzung.
In der Ukraine wurden Rückkehrer aus Wuhan mit Steinen angegriffen.
Ein LKA hatte 700 Kilo Kokain in einem Container gefunden.
Der Attentäter von Hanau fabulierte in einem Bekennerschreiben und einem Video über geheime Gesellschaften, Gedankenkontrolle und moderne Sklaverei. Er propagierte Massenmord zur Säuberung der Welt, selektierte Menschen nach Reinheit der Rasse.
Ein Opfer, das überlebt hatte, schilderte den Angriff unter Tränen vom Krankenhausbett aus.
Der Generalbundesanwalt sprach von einer zutiefst rassistischen Gesinnung, möglichen Kontakten ins In- und Ausland … gar einem Netzwerk?
Die Bundeskanzlerin von Hass und Gift.
Der Schützenverein, in dem der Täter Mitglied war, hielt ihn für *total unauffällig*.
Vom politischen Arm des Rechtsterrorismus war die Rede, von Polemik und Hetze, von Nazis in dessen Reihen.
Die Vorwürfe wurden empört zurückgewiesen, die Instrumentalisierung der Tat eines Geistesgestörten sei schäbig und habe nichts mit den Bundestagsreden der rechten Kameraden zu tun.
Ein weiteres Schlachtfeld in den sozialen Medien. Auf Empörung und Schuldzuweisungen reagierten manche mit Verständnis: *Problemlösung auf andere Art. Seit diese Versager-EU alle Grenzen geöffnet hat, haben wir solche Zustände.*
Einer wollte einen inszenierten Angriff erkannt haben, ein Täuschungsmanöver, um etwas anderes zu verschleiern.
False Flag, nannte er es. Unter falscher Flagge.
Was für ein Blödsinn …

Und dann noch diese schräge Nummer, die seit zwei Wochen jedem Dienststellenleiter die Tränen in die Augen trieb.
Bis zum heutigen Tag hatten rund zweitausend Polizisten das Krankenhaus in Hannover bewacht, in dem ein mutmaßlicher Mafioso aus Montenegro seine Schussverletzungen von einem international begehrten Spezialisten für heikle Verwundungen behandeln ließ. Das Honorar in Höhe von 90000 Euro zahlte er selbstredend, für die umfangreichen Schutzmaßnahmen hatte er hingegen kein Verständnis. Auf den Kosten von rund einer Million Euro würden wohl Stadt und Land sitzen bleiben.
Das Handy klingelte. Vera.
Mit sieben Anrufen befand sie sich an erster Position der gescheiterten Versuche, ihn zu erreichen, Heinlein antwortete besonnen und knapp.
Danke, alles gut. Wie ist der Karneval am Rhein?
Jinjin und Yingtao lieben ihn, Tian macht sich Sorgen wegen Corona in Europa.
Seid vorsichtig. Gruß an Tian und die Kinder.
Tom hatte eine SMS geschickt. *Alles klar? Deckert?*
Auf dem Weg der Besserung, tippte Heinlein. *Neues von Morgentau oder Boule?*
Dann die Aufgaben für Uschi: Termin mit Oberstaatsanwalt und LKA wegen Farid Koubani machen.
Verfassungsschutz um Bild von Vanja Berger mit Gentile bitten.
Berger einbestellen und … er gähnte.
00.40 Uhr. Alles weitere morgen. Ab ins Bett.
Während er sich die Zähne putzte, schwand sein Gesicht im Spiegel, Bildfetzen aus der letzten Nacht poppten auf.
Der Polizeiwagen neben dem Wohnhaus, die Umrisse einer Gestalt, eines Mannes, aufblitzendes Mündungsfeuer, Deckerts Aufschrei, die Flucht durchs Unterholz …
Was machte ihn eigentlich so sicher, dass es sich bei dem Schützen um einen Mann handelte? Es hätte genauso gut eine Frau sein können, die im Gebrauch eines Gewehrs geschult war, die bei schlech-

ten Sichtverhältnissen und binnen weniger Augenblicke zielgenau schießen konnte.
Eine wie Vanja Berger …
Unsinn. Er traute ihr einiges zu, aber nicht das.
Die Lagerhalle, Baustoffe in den Hochregalen und keine Fluchtmöglichkeit für den Fahrer des Transporters, ohne von jemandem gesehen zu werden.
Der leere Zwinger … der verdammte Köter konnte sich doch nicht in Luft auflösen!
Wer hatte ihn wann befreit, und vor allem: Warum musste das Mistvieh verschwinden?
Als Heinlein die Bettdecke über die Schulter zog, versickerten Worte und Bilder im Treibsand der Erschöpfung eines langen und ereignisreichen Tags.
Bis auf eines: False Flag.
Komisches Wort.

28 | Dottore

Turin, einst der glorreiche Maschinenraum Italiens, heute ein Sanierungsfall.
Lisha hatte nach einem Cappuccino und zwei Sfogliatelle mit Vanillecreme verlangt, sie fühlte sich besser, trotz der noch immer erhöhten Temperatur, und versprach im Bett zu bleiben, solange Kilian das Frühstück besorgte.
An der Rezeption forderte er die Pässe zurück, der misstrauische Kerl willigte schließlich ein, verlangte aber die Zahlung des Zimmers im Voraus, was einen Abstecher zum Geldautomaten erforderlich machte.
Sie wissen, wie du aussiehst, hatte Tomaso gewarnt.
Kilian hielt sich an die bewährten Sicherheitsmaßnahmen und drehte eine großzügige Runde. Er zog ausreichend Geld für die nächsten Tage, tankte, erwarb ein Dutzend Prepaidkarten und das gewünschte Frühstück. Zu Hauptverkehrsstraßen, Kreuzungen und Plätzen hielt er Abstand, wählte für den Rückweg stattdessen Nebenstraßen.
Als er an einem Gebäude vorbeikam, vor dem eine Fahne wehte, wie er sie auf der Fahrt durch die Stadt in anderen Vierteln schon bemerkt hatte, fiel ihm auf der Eingangstür ein Plakat ins Auge.
Prima gli Italiani! Italiener zuerst!
Mit Bild und Namen von Antonio Bellario.
Kameras überwachten die vergitterten Fenster im Erdgeschoss, an der Fassade blätterten Putz und Farbe ab.
Sekretariat für den Bezirk Piemont, verkündete eine zerbeulte Blechtafel. Kaum vorstellbar, dass ein geltungssüchtiger Lebemann vom Format eines Bellario hier residierte, aber die Adresse stimmte mit der auf dem Parteiausweis überein, den Lisha ihrem Freier in jener Nacht gestohlen hatte.
Vielleicht konnte ein Mann mit abgewetzter Ledertasche unterm Arm die Frage beantworten, der soeben das Nachbarhaus verließ und nach den Autoschlüsseln in der Jacke fischte.

„Antonio Bellario, kann ich ihn hier finden?"
„Dottore Bellario", kam es brüsk zurück. „Der Herr Abgeordnete hat seine Kanzlei im Zentrum."
„Wo?"
„Schauen Sie ins Telefonbuch." Er sperrte einen alten, verrosteten Fiat auf, der widerspenstig ansprang und sich qualmend in Bewegung setze.
Um die Kanzleiadresse des Herrn Abgeordneten würde sich Kilian nach dem Frühstück mit Lisha kümmern, er gab Gas und folgte der schmalen Straße zur nächsten, von Viertel zu Viertel, die sich keinen Deut attraktiver präsentierten als in der Nacht zuvor.
Turin ... man musste hier geboren sein, um Zuneigung zu der spröden Metropole empfinden zu können, oder man schöpfte sie aus Neid auf die strahlende Showbühne Mailand, für Kilian war Turin nie mehr als ein Pausenstopp gewesen.
Eine Schmierei an einer Hauswand fiel ihm ins Auge, so ungeheuerlich und unfassbar, dass es ihm den Atem verschlug.
Ein Davidstern.
Darüber die deutschen Worte: JUDEN HIER.
Passanten gingen achtlos daran vorüber, entweder sahen sie die Schweinerei nicht oder sie wollten sie nicht sehen.
Nein, unmöglich, das konnte er nicht stehen lassen.
An einer Kirche endete die Suche nach einer Polizeistation.
An der Tür ein Plakat.
JUDEN HIER und auf italienisch *Qui abita un ebreo: Gesù!*
Hier wohnt ein Jude: Jesus!
Kilian stellte die Maschine ab und stürmte in die Kirche, zwei Frauen knieten in den Bänken, im Chorraum wechselte ein schwarz gekleideter Mann die Kerzen an den Leuchtern.
„Sind Sie für diesen Dreck da draußen verantwortlich?"
Der Mitfünfziger mit grauen Haaren musterte Kilian einen Moment lang, dann bat er ihn vor die Tür.
„Ich bin Don Pasquale", stellte er sich vor, „der Pfarrer der hiesigen Kirchengemeinde ..."

„Ja, und ich bin gespannt, wie Sie mir das erklären wollen." Er schlug mit dem Handrücken auf das Plakat.
„Jesus war Jude, also ein Jude in unserer Kirche, in einer katholischen, verstehen Sie?"
Kilian hatte es geahnt. „Was wollen Sie damit erreichen?"
Don Pasquale seufzte. „Lassen Sie uns einen Espresso trinken."
Kilian biss sich auf die Lippen, eigentlich hatte er überhaupt keine Zeit für diesen Mist, Lisha wartete.
„Ich sehe doch, dass es Ihnen wichtig ist", legte Don Pasquale nach. „In zehn Minuten können Sie wieder Ihres Wegs gehen."
Na gut, sollte er seine Chance bekommen.
Nach ein paar Schritten fanden sie ein kleines Eckcafé. Ein raumgreifender Tresen, zwei unbequeme Tische mit Stühlen, wo nur Touristen Platz nahmen, ein Fernseher im Dauerbetrieb zwischen Decke und Wand und ein mürrischer Wirt vor schlecht gekleideten Gästen, die sich zur frühen Stunde noch nichts zu sagen hatten. An den Wänden die Fahne von Juventus, ein Selfie mit dem Nationalheiligen Gianluigi Buffon und die billige Kopie eines Europapokals.
„Zwei Espressi", orderte Don Pasquale und wählte ausgerechnet das Touristeneck gleich neben der Toilettentür und einem glücklosen Spielautomaten, auf dem sich Staub angesammelt hatte.
„Was wollen wir hier?", knurrte Kilian.
„Fällt Ihnen was auf?", flüsterte Pasquale und nickte zum Tresen, wo die Gestalten einen nachträglichen Spielbericht über Atalanta Bergamo gegen FC Valencia im Fernsehen verfolgten.
Kilian schaute, suchte und stellte nichts Bemerkenswertes fest, außer dem Geräusch der Espressomaschine, die schwindsüchtig hustete.
„Die Tür …"
Darüber war die Fahne angebracht, die Kilian zuvor in Fenstern, auf Balkonen und am Sitz des Parteisekretariats gesehen hatte, an der Wand Bilder, auf denen sich italienische Partisanen vor den Leichen deutscher Soldaten aufreihten, ein anderes dokumentierte die Vergeltung an den Kollaborateuren der Nazis.
Ein Mahnmal.

„Sollten Sie es nicht wissen“, sagte Pasquale, „die Faschisten hatten es im Piemont niemals leicht, hier war ein Zentrum der Resistenza“, des Widerstands gegen Mussolinis Faschismus und Hitlers Nationalsozialismus.
„Um so mehr frage ich mich, was die Schmierereien an ihrer Kirche und an Häuserwänden verloren haben.“
Der Wirt unterbrach mit den Espressi und zwei Gläsern Wasser, im Fernsehen erzielte Bergamo kurz vor der Pause das 2:0.
Unfassbarer Jubel im Stadion, Eiseskälte am Tresen.
„Danke, Edoardo“, sagte Pasquale, und der maulfaule Wirt antwortete mit einem kaum merklichen Nicken, schleppte sich hinter den Tresen und wünschte dem Schützen die Pest an den Hals.
„Not und Sorge sind in den letzten Jahren gewachsen, die Menschen fühlen sich von der Politik verraten, die Regierungen wechseln schneller als das Wetter und jeder nimmt, was er kriegen kann. Da blickt man bewundernd nach Deutschland …“
„Ganz so rosig ist es bei uns auch nicht“, warf Kilian ein, „aber ja, verglichen mit Italien geht es den Meisten gut.“
„Vielen ist der gesunde Menschenverstand abhanden gekommen, aus der Not sind Verzweiflung und Hass erwachsen, der von einer ganz bestimmten Politik geschürt wird. Die extremen Rechten expandieren in ganz Italien und sie versuchen, mit Tabubrüchen Anhänger zu gewinnen, wo sie historisch gesehen auf wenig Gegenliebe stoßen. Gerade hier im Piemont soll jede Schmiererei Aufmerksamkeit und neue Anhänger bringen. Täglich werden es mehr.“
„Und die Leute fallen darauf rein?“
„Genauso wie bei euch in Deutschland.“
„Aber an einer Kirche?“
„Ich halte dagegen. Ich will zum Dialog aufrufen, zu Toleranz und zu mehr Verständnis für Minderheiten und Flüchtlinge. Die Hetze muss aufhören und Frieden einkehren.“
Ein Spieler Valencias stürmte aufs Tor, die Zuschauer am Tresen rissen die Arme hoch, den Torjubel auf den Lippen … und fielen in die gewohnte Lethargie zurück.

„Antonio Bellario“, fragte Kilian, „kennen Sie ihn?“
„Sicher, das ist sein Wahlkreis.“
„Was können Sie mir über ihn sagen?“
„Ohne mich wiederholen zu müssen, er gehört zu den besonders lauten Wirrköpfen, die lieber heute als morgen einen Stacheldrahtzaun um mein Land ziehen und der EU einen Tritt in den Hintern verpassen möchten. Seine Kunden findet er ausgerechnet in den Firmen, die die Hälfte ihrer Erzeugnisse nach Deutschland und Frankreich liefern. Ist das nicht grotesk?“
„Und die andere Hälfte?“
„Man sagt“, er schlürfte den Espresso, „Russland und China seien unsere neuen Freunde.“
„Hat Bellario Kontakte zur Mafia?“
Pasquale grinste schief. „Er ist die Mafia und die Mafia ist er.“
„Welche Mafia?“
„Nach seinem Charakterbild zu urteilen, heute die, morgen jene. Alles, was ihn nach Rom bringen kann, ist herzlich willkommen.“
„Hat er so große Pläne?“
„Er hat mächtige Unterstützer.“
„Zum Beispiel?“
„In der Armee und der Waffenindustrie. Sie sehen in ihm den neuen starken Mann, den Italien dringend braucht. Forza azzurri!“
„Wo kann ich ihn finden?“
„Tagsüber in seiner Kanzlei an der Piazza Vittorio Veneto“, ein weitläufiger Platz am Ufer des Po, „abends lässt er sich im Parteibüro mal blicken, am Wochenende eher nicht.“
„Privatadresse?“
„Müsste ich nachschauen.“
Tor! 3:0 für die Nachbarn aus Bergamo. Die Fans im Stadion lagen sich in den Armen. Aber was für eine Katastrophe hier.
„Edoardo!“, rief Pasquale zur Bank der Verlierer, „weißt du, wo Dottore Bellario wohnt?“

Der Polizeipräsident war nicht amused.
Wollten sie mit der Lügengeschichte über Farid Koubani tatsächlich an die Öffentlichkeit?
„Sie haben die Pressekonferenz vorverlegt", hatte Uschi gerade von ihrem Telefonat mit der Oberstaatsanwaltschaft und dem LKA berichtet, „auf 18 Uhr, und somit genau rechtzeitig für die Abendnachrichten."
„So ein Wahnsinn", Heinlein griff zum Telefon. „Herrn Oberstaatsanwalt Müller, bitte."
„Tut mir leid, der ist außer Haus. Montag ist er wieder erreichbar, ab acht Uhr. Kann ich etwas notieren?"
Heinlein bat um sofortige Benachrichtigung und Rückruf, es sei dringend.
Als Nächstes das LKA.
„Polizeidirektor Fuhrmann, bitte."
„Der leitende Polizeidirektor ist im Gespräch. Kann ich …"
„Er möge mich bitte zurückrufen, dringend." Er legte auf.
„Was ist so eilig", fragte Uschi, „dass es nicht bis zur PK warten kann? Da triffst du sie doch eh."
Heinleins Finger trommelten Morsezeichen auf die Tischplatte, zum Innenminister führte eine Kurzwahltaste des Telefons.
Sollte er oder sollte er nicht?
In beiden Fällen würde es gehörig Ärger geben.
„Schorsch?"
„Was ist?"
„Du! Was treibt dich denn um?"
Er schnaufte. „Nichts. Hat sich Wiegand schon gemeldet?"
„Hat angerufen. In deinem Posteingang würden sich die gewünschten Informationen befinden."
Er klickte auf den Anhang. Die Akte Degenhardt öffnete sich.
Thomas Degenhardt, als Geschäftsführer der VS GmbH im Handelsregister eingetragen, hundertprozentiger Ableger der in Turin

eingetragenen VS società a responsabilità limitata, zwei geringfügig Beschäftigte und was Wiegand sonst noch über die Firma hatte zusammentragen können, für die Steuerfahndung sicherlich interessant.
Degenhardt stammte aus Waiblingen in Baden-Württemberg, geschieden, drei Kinder, die bei der Mutter aufwuchsen.
Ende der Achtziger Verpflichtung als Zeitsoldat. Ausbildung zum Fallschirmjäger und Einzelkämpfer, Übertritt zum Kommando Spezialkräfte KSK. Bis zu seiner Verabschiedung aus dem Dienst kein weiterer Eintrag.
Logisch, KSK-Leute unterlagen der Geheimhaltung.
Nach kurzzeitigen Beschäftigungen bei Sicherheitsdiensten wird er externer Berater einer italienischen Firma, die Handfeuerwaffen weltweit exportiert, und geht ins Ausland. Drei Jahre darauf wechselt er zu VS Turin und eröffnet die Niederlassung in Hammelburg. Keine Vorstrafen, geordnete finanzielle Verhältnisse, lebt zurückgezogen in einer Zweizimmerwohnung, reist viel und unterhält gute Kontakte zu Angehörigen in- und ausländischer Streitkräfte.
Aus dem letzten Jahr datierte ein Unfallbericht. Sein Firmenwagen war auf regennasser Fahrbahn in ein ausscherendes Fahrzeug gerutscht. Bilder dokumentierten die Situation am Autohof Wertheim, in die auch ein Lkw mit ausländischem Kennzeichen involviert war.
Ein Kollege sprach mit Degenhardt … Polizeiobermeister Schäfer, der Glückspilz mit der feinen Nase für versteckte Drogen.
Schäfer und Degenhardt, was für ein seltsamer Zufall.
Heinlein startete eine Suche in der Datenbank, ob sich deren Wege noch einmal gekreuzt hatten.
Fehlanzeige.
Zurück zum Unfallbericht. Degenhardt hatte sein Fehlverhalten sofort eingeräumt, die Unfallteilnehmerin wurde verletzt ins Krankenhaus gebracht, es folgte eine juristische Auseinandersetzung wegen Schmerzensgeld, Verdienstausfall …
Unterzeichnet von Polizeioberkommissar Hoffmann, noch ein Zufall, dem ewig Überstunden schiebenden Kollege. Der hatte an

der Unfallstelle eigentlich überhaupt nichts verloren gehabt, nicht sein Gebiet.
Suche: Hoffmann und Degenhardt.
Kein Treffer.
Suche und verknüpfe Dienstpläne: Hoffmann und Schäfer.
25 Treffer in den letzten zwölf Monaten.
Im Grunde nicht auffällig, wenn es zu größeren Einsätzen gekommen war, bei denen Kräfte aus verschiedenen Dienststellen zusammengezogen wurden oder wenn, wie so oft, Krankheitsfälle und Urlaubszeiten überbrückt werden mussten.
Klopfen an der Tür.
„Petersen", begrüßte Heinlein den Dezernatsleiter für Organisierte Kriminalität. „Ich hatte die Berger erwartet."
„Deswegen bin ich hier", antwortete der und nahm Platz. „Vanja ist seit gestern auf Dienstreise ..."
„Wo?"
„In Hannover. Sie befragt einen gewissen Igor Kr ... Krsch ..., unaussprechlicher Name, im Krankenhaus. Der Fall geht zurzeit durch die Presse."
„Der Mafiaboss aus Montenegro, der seine Schussverletzungen behandeln lässt?"
„Richtig. Ob es sich tatsächlich um einen Mafiaboss handelt oder nur um einen Kontakt zur Mafia, will Vanja herausfinden."
„Was hat das mit uns zu tun?"
„Ein Anfangsverdacht, etwas delikat und noch lange nicht spruchreif."
„Na, da bin ich mal gespannt." Heinlein griff zum Telefon und wählte Uschis Nummer. „Ist das angeforderte Bild von der Berger schon da, und die Akte Marco Gentile?"
„Sollte jede Minute eintreffen."
„Was für ein Bild", fragte Petersen, „und wieso interessieren Sie sich für den Fall Gentile?"
„Eins nach dem anderen." Heinlein verschränkte die Arme und lehnte sich zurück. „Also, ich bin ganz Ohr."

Petersen sammelte sich, suchte nach dem Anfang für eine lange Geschichte, die er kurz fassen musste. „Mit den großen Flüchtlingsbewegungen vor fünf Jahren hat sich für die Mafia ein neues, lukratives Geschäftsfeld aufgetan …"
„Schleuser und Schlepper, ist mir bekannt."
„Es sind auch Privatleute auf eigene Rechnung unterwegs, die mit ihren Pkw vier, fünf Leute über die Grenzen schaffen. Familienangehörige, Bekannte oder wen auch immer, auf jeden Fall in überschaubaren Zahlen. In viel größerem Umfang nutzt aber die Mafia ihre bestehenden Transportmöglichkeiten und -wege von England, Holland, Frankreich über den Balkan bis in den Mittelmeerraum und darüber hinaus …"
„Kommen Sie auf den Punkt, Petersen."
„Die Mafia weiß von der privaten Konkurrenz und nutzt sie für ihre Zwecke. Sie lässt uns anonym Zeit, Namen und Kennzeichen eines Transports zukommen, wir schlagen zu und freuen uns über den Erfolg. Doch während wir mit Kleinvieh beschäftigt sind, rauscht ein Zwanzigtonner mit hundert Flüchtlingen hinter unserem Rücken vorbei …"
„Das ist doch nichts Neues."
„Es gibt Hinweise, aber noch lange nichts Konkretes, dass einige Kollegen dabei aktiv mitmischen, und das seit Jahren."
Aha.
„Wer?"
„Helmbrecht könnte so ein Kandidat gewesen sein."
„Sagt wer?"
„Eine anonyme Quelle, wir überprüfen das gerade. Nach bisherigen Erkenntnissen diente er als Netzwerkknoten für die Mafia, schützte und leitete deren Aktivitäten, während er unsere Ermittlungen sabotierte. Dafür hatten sie ihn eigens von Leipzig nach Würzburg geschafft."
„Langsam, Petersen. Wie sollte das der Mafia gelungen sein?"
„Genau das und noch ein paar andere Dinge will Vanja in Hannover herausfinden."

Eine Nachricht poppte auf dem Monitor auf, im Anhang das angeforderte Bild von Marco Gentile mit Vanja Berger, von dem sie behauptet hatte, dass es ihr untergeschoben worden sei.
Das Bild zeigte eine Frau mit Strohhut und Sonnenbrille, ihr gegenüber ein braungebrannter Mann mit grauen Schläfen, im Hintergrund das Meer, Boote und die untergehende Sonne.
Heinlein drehte den Monitor. „Ist das die Berger? Ist das Marco Gentile?"
Petersen zeigte sich überrascht. „Ja … woher haben Sie das?"
Als Quelle war eine italienische Finanzbehörde angegeben.
„Sie kennen die Aufnahme nicht?", fragte Heinlein zweifelnd, ob er Petersen noch länger trauen konnte, der die Berger kumpelhaft beim Vornamen nannte.
„Sie hat zwar von Gentile berichtet, aber nicht, dass sie ihn je persönlich kennengelernt hätte."
„Trauen Sie ihr?"
„Natürlich, sonst hätte ich sie nie zu diesem Landsmann fahren lassen."
„Wieso Landsmann? Sie ist doch gebürtige Serbin."
„Die eine über den Balkan verstreute Verwandtschaft hat. Ein Onkel lebt in Montenegro, in der Hafenstadt Kotor, wo sich zwei rivalisierende Clans befehden."
Kotor … Darüber hatte Heinlein gerade was gelesen.
„Die gehen sich mittlerweile auch in Deutschland an die Kehle, letztes Jahr der Doppelmord in Brandenburg."
Der Unfall am Autohof Wertheim, Heinlein rief die Aufnahme mit dem Lkw auf.
Kotor Trans.
„Kennen Sie das Unternehmen?"
„Es gehört einem steinreichen Montenegriner", bestätigte Petersen, „Luka Škaljar, der in Verdacht steht, im Schatten der beiden sich bekämpfenden Clans eine dritte Organisation auf die Beine gestellt zu haben, die mit allem handelt und alles Mögliche quer durch Europa befördert. Genaueres wissen wir noch nicht, die mut-

maßlichen Mitglieder sind verschwiegen und gehen äußerst brutal vor, deshalb sind sie gefürchteter als andere, was uns wiederum die Ermittlungen erschwert."
„Wie heißt diese Organisation?"
„Gallo rosso."
„Wie bitte?" Über Gallo hatte Heinlein auf Betreiben Kilians doch ergebnislos versucht, etwas herauszufinden. Gallo, so hieß es, sei nichts weiter als ein Mafia-Märchen à la Hollywood.
Und jetzt kam der Leiter der OK damit.
„Wir wissen erst seit einem Jahr davon, dank Vanjas Ermittlungen", rechtfertigte sich Petersen, „Gallo rosso, bis zum heutigen Tag nahezu unbekannt, ein Gespenst, ein Mythos, der geschickt eingesetzt wird, um sich selbst im Reich der Fabel zu verorten und andere der Lächerlichkeit preiszugeben."
„Was macht Sie sicher, dass Gallo rosso tatsächlich existiert?"
„Vanja versucht, das durch den angeschossenen Mafioso in Hannover zu verifizieren. Sie hat einen anderen Zugang zu ihm, spricht die Sprache und kennt die örtlichen Verhältnisse, die Familien und Verknüpfungen, die Geschäfte. Sie ist extrem wertvoll für uns."
Ja, das ergab Sinn, aber stimmte es auch?
„Könnte die Berger ein doppeltes Spiel spielen?"
War sie der neue Helmbrecht?
„Niemals", echauffierte sich Petersen, „ich lege meine Hand für sie ins Feuer."
Und Petersen für sich selbst natürlich auch. Heinlein überlegte, wann er ihn zuletzt hatte überprüfen lassen.
„Was hat die Berger von diesem Igor bislang erfahren?" Er rief eine Nachrichtenseite aus Hannover auf und fand eine Stellungnahme vom Anwalt des Montenegriners, der die bevorstehende Abreise seines Mandanten ankündigte, der kein Mafioso sei, sondern nur den Namen mit einem örtlichen Mafioso teile.
„Vanja hat sich seit ihrer Ankunft in Hannover nicht mehr gemeldet", musste Petersen gestehen. „Ihr Handy ist abgeschaltet, übers Krankenhaus ist sie auch nicht erreichbar."

So viel zum Hand-ins-Feuer-legen. Saß sie etwa bereits mit dem montenegrinischen Mafia-Onkel in der Maschine?
„Ihr Dienstwagen steht aber noch in Hannover", beruhigte Petersen, „sie kann also nicht weit sein."
„Woher wollen Sie das wissen?"
„Die GPS-Ortung des Wagens ist unverändert."
Das GPS … natürlich!
Der Einbau in die Dienstfahrtzeuge hatte hohe Kosten und Streit mit der Gewerkschaft verursacht.
Datenschutz, Überwachung und Gängelung auf der einen Seite, schnelle Hilfe in jeder Situation auf der anderen, weil die Fahrzeuge und ihre Fahrer zu jeder Zeit an jedem Ort ausfindig gemacht werden konnten.
Wie das Polizeifahrzeug am Baustoffhandel Guiluliani.
Heinlein griff zum Telefon. „Uschi, der IT-Mann für die GPS-Ortung der Dienstfahrzeuge soll sich umgehend bei mir melden, und nach der Berger gibst du eine Fahndung raus."

30 | Caffè Vittorio Veneto

Lisha hatte vierzig Grad Fieber bekommen, der böse Juju-Zauber entfaltete seine Wirkung.
Im leeren Wartebereich der Notaufnahme flimmerte der Fernseher stumm, bunt und grell, Kilian verfolgte das immer gleiche ineinanderfließende Wechselspiel von Nachrichten, Sport, Show und Werbung. Italien mochte das tollste Land der Welt sein, aber der überwiegende Teil seiner Medien und Macher gehörte definitiv in die Psychiatrie. Seitdem der Gauner Berlusconi die Medien infiltriert, übernommen und auf Kurs gebracht hatte, war das Land in eine orwellsche Bespaßungs- und Manipulationsdiktatur getaumelt, der man sich nur entziehen konnte, indem man dem Elend ein Ende setzte.
Kilian probierte Taste um Taste am Fernsehgerät, hell, dunkel, leise, laut, ein Kanal vor, ein Kanal zurück, bis er auf eine überraschend schmucklose Nachrichtensprecherin stieß, die kein dekolletiertes, hautenges Kleid und nicht den Brustumfang und die aufgespritzten Lippen einer Pornodarstellerin zu bieten hatte, sondern eine ausgewogene Seriosität in Erscheinung und Vortrag, wie er es schon lange nicht mehr gesehen hatte.
Ein Bericht wurde eingespielt, der von Betroffenheit, Schmerz und Leid zeugte, von wütenden Reden und Gegenreden, von Einschusslöchern, der gesplitterten Frontscheibe eines Autos und vom unscharfen Bild eines Mannes, dessen Augenpartie unkenntlich gemacht worden war.
„Das ist vorgestern in Deutschland passiert", erklärte eine Stimme, ein Arzt im weißen Kittel, übernächtigt und blass. „Ein Attentat auf zwei Shisha-Bars in einer Stadt namens Hanau, neun Tote. Deutsche mit türkischen Wurzeln, der Täter ein Deutscher."
„Das Motiv?" Auch wenn es sich Kilian denken konnte.
„Ausländerhass … oder die Deutschen bringen sich zum Karneval mittlerweile selbst um." Er seufzte und blätterte in den Seiten, die er in der Hand hielt. „Es schaut nicht gut aus mit ihrer Freundin."
„Eine entfernte Bekannte", korrigierte Kilian. „Was ist mit ihr?"

„Die Symptome, die Werte … ich kann es noch nicht mit Sicherheit sagen, so was habe ich noch nie gesehen, aber ich muss Sie bitten, sich untersuchen zu lassen."
„Warum? Es geht mir gut."
„Ich nehme an, Ihrer Bekannten ging es bis vor Kurzem auch noch gut. Wissen Sie, zu wem sie Kontakt hatte, wo sie sich angesteckt haben könnte?"
Himmel, nein, er kannte Lisha nicht.
„Ich hörte, dass sie in Rom war, einen Freund besuchen."
„Name, Anschrift?"
„Keine Ahnung."
Der Arzt notierte es.
„Darf ich Sie nun bitten?" Er wies zum Behandlungszimmer, aus dem er gekommen war.
„Hören Sie. Ich fühle mich gut, rundum gesund."
„Sie wissen, was zurzeit in der Welt vor sich geht?"
„Diese Erkältung aus China?"
Ein Nicken.
„Ich bin Einzelgänger, ich meide den Kontakt zu Menschen."
„Sehr gut", beschied der Arzt, „dann haben Sie das in einer Minute hinter sich. Ich messe Temperatur, höre mir die Atmung an …"
Sicher nicht, nicht jetzt.
„Okay", lenkte Kilian ein, „ich gehe kurz zur Toilette, dann gehöre ich Ihnen."
„Dritte Tür links. Den Becher halb voll machen und mitbringen."
Kilian versprach es, ließ alle Türen links liegen und fand nach dem Ausgang einen Zeitung lesenden Taxifahrer in seinem bereits laufenden Wagen.
„Wohin?"
Wo er schon längst hätte sein sollen.
„Piazza Vittorio Veneto."

Dottore Bellario befindet sich im Klientengespräch.
Nein, nicht hier. Er kommt auch heute nicht mehr ins Büro.

Gut, wenn es so dringend ist, probieren Sie es im Parco del Valentino, er geht dort gerne spazieren.
Oder später im Café um die Ecke.

Turins ältester Park, über 50 Hektar groß, ans Westufer des Po grenzend. Früherer Besitz des Königshauses Savoyen mit dem barocken Castello del Valentino, heute beherbergt es die Fakultät für Architektur der polytechnischen Universität.
Botanischer Garten der Universität.
Borgo medievale, ein im mittelalterlichen Stil 1884 errichtetes Dorf mit Ritterburg.
Für ein paar Jahre Rennstrecke des Gran Premio del Valentino.
Die Lieblingsbank von Enzo Ferrari verwaist.
Und FIAT firmierte mittlerweile in Amsterdam.
Wo zum Teufel steckte Bellario?

15.30 Uhr. Zurück an der Piazza Vittorio Veneto.
Feuchte Kälte im schwindenden Licht eines anbrechenden Freitagabends, endlich Wochenende.
Auf dem riesigen Platz fuhren Busse und Straßenbahnen ein und weg, gestresste Turiner bahnten sich einen Weg durch den Verkehr, hasteten, riefen, wurden nicht erhört und verwünschten den Busfahrer.
In Bellarios Kanzlei reagierte niemand auf die Klingel, die Fenster unbeleuchtet, aus der Eingangstür strömten Krawatten und Pumps auf die Straße.
Auf einen schnellen Drink?
Das nächste Mal, gerne.
Kilian überlegte, was er nun anstellen sollte. Im Telefonverzeichnis nach Bellarios Privatnummer suchen, Don Pasquale noch mal bitten, im Parteisekretariat fragen?
In den Arkaden sprang die Beleuchtung an.
Ein Kiosk, ein Café, Gelächter.
Kilian ließ es langsam angehen und bestellte einen einfachen Piemonte bianco im Caffè Vittorio Veneto.

Ein dezent beleuchtetes Gewölbe mit sparsamen Verzierungen, die rehbraune Holztäfelung und die hohen Fenstertüren verliehen dem Café Wiener Charme. Etwas verwinkelt und unübersichtlich, aber mit Stil. Die Küche servierte ein Büfett mit Antipasti, Nudel- und Mehlspeisen, die ersten Abendgäste hatten sich an den Tischen eingefunden, er konnte in den Gesichtern lesen, worum es in den Gesprächen ging.
Geschäfte. Geld. Hin und wieder ein schmutziges Detail.
Kilian nahm das Glas mit vor die Tür und steckte sich ein Zigarillo an. Die Tageszeitungen am Kiosk warben mit fetten Schlagzeilen um Käufer. Was in Bella Italia und der Welt vorging, interessierte ihn im Moment nicht sonderlich, er ließ sich leichtfertig von dem Lied entführen, das aus dem Radio im Kiosk klang.
Eine bezaubernde Melodie am Klavier, eine unaufgeregte, einladende Stimme und ein Refrain, der Körper und Seele zur kalten Winterzeit wärmte.
Oh eh oh, quando mi dicon: Vai a casa!
Ihnen schmeichelte.
Oh eh oh, rispondo: Sono già qua.
Sie in Bewegung setzte.
Oh eh oh, io t.v.b. cara Italia …
Bis ein schwerer Geländewagen heranfuhr, einparkte.
Ein Mann kam aus dem Café und begrüßte den Fahrer überschwänglich mit Umarmen und Schulterklopfen.
„Da isser ja, der Hühner-Erschregger."
„Mann, Alter. Schön dich zu sehen."
„Hast du meinen Bölkstoff mit?"
„Logo. Das Spaghetti-Gesöff ist ja für'n Arsch."
Zwei Kerle in Jeans, Lederjacken und Stiefeln, stämmig, kräftig, kurz geschorene Haare.
Der Jüngere, ein Typ wie Dolph Lundgren, der ältere … der Truppführer aus dem Steinbruch in Andria, der Hohepriester unter der Fahne von Omni Vi im Castel del mundo.
„Ist der Dottore schon da?"

„Yep, sogar in Begleitung. Mann, was für 'n Feger. Komm!"
Sie stapften an Kilian vorbei ins Café, zu einem Tisch im hinteren Bereich, wo ein Mann im eleganten Anzug saß, gut frisiert und gebräunt. An seiner Seite eine Frau, schwarze, halblange Haare, in einem eleganten, smaragdgrünen Kostüm à la Fendi, sie ließ sich von den beiden Affen die Hand küssen.
Und lächelte.
Wie die blonde Schönheit vor dem Restaurant in Pozzuoli.

Weder Oberstaatsanwalt Müller noch der Staatsschützer Fuhrmann vom LKA hatten zurückgerufen.
Heinlein passte sie auf dem Weg zu einem Raum ab, in dem sie sich ungestört auf die bevorstehende Pressekonferenz vorbereiten wollten.
Es gibt Hinweise, dass Farid Koubani nicht der Attentäter ist.
Welche?
Die Aufnahmen vom Bahnhof in Fulda, Farids Musikvideo …
Was für ein Video?
Auf dem er fehlerfrei Deutsch spricht. Er könne es ihnen zeigen.
Was würde das beweisen?
Dass Farid nicht der Mann ist, dem er vor dem ICE gegenübergestanden und der nur gebrochen Englisch gesprochen hat.
Und der Fingerabdruck?
Keine Ahnung, wie der dort hingekommen ist.
Und die DNA-Spur?
Was für eine DNA-Spur?

Heinlein brauchte frische Luft.
Ein bissiger Wind pfiff um die Ecke, und er in Uniform, mit dem goldenen Abzeichen eines Polizeipräsidenten auf den Schulterklappen und über dreißig Dienstjahren auf dem Buckel.
Wie um alles in der Welt war Farids DNA an den Tatort gekommen?
Das widersprach jeder Logik.
Unmöglich!

Der Stuhl zwischen Müller und Fuhrmann war für den Polizeipräsidenten reserviert, an der Wand dahinter das Bild vom Videobeamer, der die Beweise für Farids Täterschaft den Journalisten, Amtsträgern und Gästen vor Augen führen würde.
Heinlein nahm Platz, räusperte sich, ein auffordernder Blick durch die Reihen, das Murmeln verebbte, er konnte beginnen.

„Sehr geehrte Damen und Herren. Ich begrüße Sie …“, und während er seinen Sermon aufsagte, Müller und Fuhrmann vorstellte, die Fragen der Journalisten auf das Ende der Präsentation verlegte, blitzte unter dem grellen Scheinwerferlicht immer wieder ein Gesicht in der zweiten Reihe auf, das ihn zu verspotten schien.
Claudia.
Selbst als er längst geendet und die Ausführungen Müllers und Fuhrmanns geduldig über sich hatte ergehen lassen, hörte sie nicht damit auf, sie schmerzte wie ein Stachel im Fleisch.
Die Fragen der Journalisten und die Antworten kommentierte sie mit zynischen Zwischenbemerkungen.
Staatlich geduldete und finanzierte Intensivtäter.
Das Versagen der Behörden, eine lasche Justiz, jeder anständige Bürger ist seines Lebens nicht mehr sicher.
Das Ungeziefer hat überhand genommen.
Heinlein forderte sie auf, sich in Ton und Wortwahl zu mäßigen.
Claudia scherte sich nicht drum, machte schamlos weiter.
Mäßigen Sie sich! Nur Fragen zum Sachverhalt, bitte.
Der Saustall muss umgehend ausgemistet werden …
„Genug!“
Heinlein drückte das Kreuz durch. „Meine Damen und Herren, ich habe begründete Zweifel, dass Farid Koubani der Täter ist …“
Müller zischte von der Seite, den Mund zu halten, und Fuhrmann starrte ihn an, als hätte er den Verstand verloren.
Aber Heinlein scherte sich nicht darum, er berichtete von seinen Nachforschungen, analysierte das Verhalten des Attentäters auf dem Bahnsteig in Fulda und im ICE, verwies auf die Widersprüche, die sich im Hinblick auf die kriminelle Historie des Intensivtäters Farid daraus ergaben, und schilderte schließlich seine Eindrücke von der Person, der er gegenübergestanden hatte.
Schweigen.
Dann flog ihm alles um die Ohren.
Der Fingerabdruck.
Koubanis DNA.

Stehen Sie noch unter Schock, Herr Polizeipräsident?
„Das wird ein Nachspiel haben“, prophezeite Müller.
Und Fuhrmann: „Sie sind so was von Geschichte.“
„Ich würde Ihnen gerne ein Video zeigen“, sagte Heinlein und rief die Internetadresse des Blogs auf, wo er den Link zu Farids Musikvideo gefunden hatte.
Er scrollte vor und zurück.
Kein Eintrag, kein Link.
„Kein Problem, ich habe es auch auf meinem Handy.“
Die Anspannung wuchs, Murmeln und Getuschel.
Wo war das verdammte Video?
Weg, wie von Geisterhand gelöscht.
Juju.
Und Claudia kriegte sich nicht mehr ein vor Lachen.

32 | ITDEX

„Hallo! Aufwachen!"

Kilian brachte kaum die Augen auf, öffnete die Tür.

Der Kerl von der Rezeption, unrasiert, fettige Haare, am Hemd klebte Marmelade, Krümel im Mundwinkel.

„Was ist?", knurrte Kilian ihn an, kurz davor, ihm an den Hals zu gehen.

„Ihre Freundin, wo ist sie?"

Der Typ glotzte an ihm vorbei ins Zimmer, aufs zerwühlte Bett, die verstreuten Klamotten am Boden, auf dem Sessel und Tisch am Fenster, zur offenstehenden Toilettentür.

„Was geht Sie das an?"

„Ist sie gesund?"

„Was wollen Sie?"

„Im Fernsehen haben sie von einer zweiten Toten berichtet, heute morgen gestorben, letzte Nacht ein Mann in Padua … an dieser neuen Krankheit."

Corona.

„Sie ist im Krankenhaus, lässt sich untersuchen."

Unbedachte, voreilige Worte.

Die Furcht und Schrecken auslösten.

Als hätte sich ein Pestgrab aufgetan.

„Verschwinden Sie. Sofort. Ich will Sie hier nicht länger haben."

Er stapfte die Treppe hinunter, schimpfte über die Ausländer, die Seuchen und Kriminalität ins Land brachten, verfluchte die Regierung, die EU, all die Schmarotzer und Mafiosi in den Parteien, die das zuließen und sich bereicherten, am Volk, an den einfachen Menschen, an ihm, der sein Leben lang gearbeitet und Steuern gezahlt habe.

Basta! Basta EU! Prima gli italiani!

Der Rausschmiss kam nicht ungelegen, im Grunde war er überfällig. Jeder Cent für die stinkende Bruchbude war zu viel.

Während Kilian seine Klamotten aufklaubte und sich anzog, schaute er sich die Bilder von letzter Nacht auf dem Handy an.

In der Bar, dann in der Villa am Stadtrand, in die er den Vieren gefolgt war. Nach seinem Dafürhalten ein Gästehaus der Mafia. Ausschweifender Luxus, Wachen am Tor und auf dem Gelände, für die deutschen Kämpfer Nutten und Koks im sprudelnden Jacuzzi, vor dem Kamin Dottore Bellario und die unbekannte Schöne bei einer Flasche Rotwein.

Ein Zugriff war unmöglich gewesen.

Die Beschattung hatte jedoch eine interessante Information erbracht: Obwohl die Frau im Fendi-Chic überraschend gut Italienisch sprach, kommunizierte sie mit den Deutschen in deren Sprache. Noch in der Bar zeigte sie sich bei den vielen Trinksprüchen peinlich berührt, was Kilian sympathisch fand, doch aus heiterem Himmel streifte sie ihre vornehme Zurückhaltung ab, wie man ein Halstuch aus dem Dekolleté entfernt, und platzte mit der Frage dazwischen, wer oder was das sei…

Boule.

Die von Bier und Schnäpsen benebelten Kämpfer ließen zur späten Stunde in der fast menschenleeren Bar alle Vorsicht fahren und stimmten einen Lobgesang an.

Auf den Treuesten der Treuen: Boule! Nie mehr Halle! Hanau forever!

Bellario mahnte sie, leiser zu sprechen, so mancher Ober mochte durchaus Deutsch verstehen, doch die beiden kümmerte es wenig. In Turin, an seiner Seite, hätten sie doch nichts zu befürchten. Und wenn morgen auf der ITDEX alles nach Plan lief, müsse man eher sie fürchten, den Stoßtrupp für die neue Zeit …

Den Tag X!

Bellario hatte dazu freundlich genickt, dann den Ober um die Rechnung gebeten.

Anders als tags zuvor drängten sich Erkrankte und Besorgte in der Notaufnahme. Sie harrten im überfüllten Wartebereich und in den Gängen aus, bis sie aufgerufen und in ein Behandlungszimmer gebracht wurden. Krankenschwestern, Ärzte und das Personal an der Rezeption trugen Gesichtsmasken und Schutzkleidung, eine nervöse Spannung lag in der Luft sowie in jeder Geste, sodass es nur ein falsches Wort gebraucht hätte, um Panik auszulösen.

„Ich möchte zu Lisha", sagte Kilian zu der Person am Empfangstresen, die an einen Katastrophenarzt aus einem Hollywoodfilm erinnerte, so maskiert war sie.

„Vor- oder Nachname?"

Gute Frage, und Kilian kannte die Antwort nicht.

„Eine junge, schwarze Frau, die gestern Nachmittag eingeliefert wurde. Mit einer Erkältung, vermutlich Grippe."

Sie befragte den Computer und ihre Augen huschten hinter der Schutzbrille hin und her.

„Sind Sie ein Angehöriger?"

„Ein Bekannter."

„Hatten Sie näheren Kontakt mit ihr?"

Darauf würde sich Kilian nicht noch einmal einlassen.

„Nein, nur von Balkon zu Balkon über die Straße."

„Sonst jemand?"

„Weiß nicht, möglich, aber nein, sie lebt zurückgezogen."

„Geben Sie mir bitte die Adresse, unter der sie in Turin wohnte."

Kilian ahnte, worauf es hinauslief, und es bereitete ihm gar Vergnügen, die Bruchbude einer gründlichen Überprüfung unterziehen zu lassen, sollten sie das Rattenloch ausräuchern und zur Läuterung den Nazi gleich mit.

„Kann ich Lisha nun sehen?"

„Ihre Bekannte liegt auf der Intensivstation und ringt um ihr Leben, sie hat sich mit dem Coronavirus infiziert. Also, noch mal: Hatten Sie oder jemand anderer Kontakt zu ihr in den letzten Tagen?"

Um Himmels willen.

„Sie war kürzlich in Rom bei Tomaso, einem Freund und DJ in einem Klub."

Während er ihr die Adresse in die Tastatur diktierte, fragte er sich, wie er schnellstens diesem Albtraum entkommen konnte.

Shutdown | 33

Im Dunkeln auf der Couch.
Die Vorhänge zugezogen und die Tür verschlossen.

Die Mattscheibe des Fernsehers gesprungen, das Telefon mitsamt Router aus der Wand gerissen, die Uniform zerknüllt in der Ecke.

Eine nicht für möglich gehaltene Stille.

Heinlein entkorkte die nächste Flasche und setzte sie an.
Den schmerzenden Rücken – das Kreuz – spürte er nicht mehr.

Das Kreuz …
Was für eine amüsante Metapher.

Zum Wohl.

34 | Ruggiero

Wenn er Fieber und trockenen Husten bekomme und plötzlich unter unerklärlicher Müdigkeit leide, solle er sich untersuchen und einen Test auf SARS-CoV-2 machen lassen.
Nein, nicht jetzt und auch nicht vorsorglich, Sie sehen doch, was hier los ist. Suchen Sie einen Arzt oder ein Krankenhaus auf, das noch über freie Kapazitäten verfügt.
Tut mir leid. Der Nächste, bitte.

Die Messehalle ähnelte einem Fußballstadion, das mit dem Emblem der Heimmannschaft beflaggt war, man hätte sie sich aber auch am Roten Platz während einer Militärparade vorstellen können.
ITDEX. Irgendwas mit Italien, Verteidigung und Ausstellung. Kurz: eine Showbühne der italienischen Waffenindustrie, die in der aktuellen Tabelle der weltweit exportierenden Länder vom vierten auf den neunten Platz abgerutscht war.
Forza azzurri!
An den Eingängen brauchte es Kilian gar nicht erst zu versuchen – nur für Fachbesucher –, und wenn die Kontrolleure bewaffnet wären, hätte es ihn nicht überrascht. Taschen wurden durchsucht, ein Metalldetektor musste durchschritten werden, bevor man in der Ausstellungshalle die neuesten Errungenschaften der Militärtechnologie bewundern und die Ware ordern durfte.
Auf der Rückseite des Gebäudes fielen die Sicherheitsvorkehrungen eher lax aus. Caterer karrten Speisen und Getränke heran, Veranstaltungstechniker wuchteten Boxen, Scheinwerfer und Stative von den Transportern durch die offenstehenden Türen, eine Reinigungsfirma entsorgte Müll und lieferte Seife und Handtücher.
Kilian beobachtete das Treiben, taxierte, wer als Kandidat für einen leicht verdienten Hunderter infrage kam. Auf einen Mann mit vorderasiatischem Aussehen, der die Begeisterung für Kampfhubschrauber und Sprengköpfe offenbar nicht teilte, fiel die Wahl. Overall, Schirmmütze und Messeausweis wechselten die Seiten,

ab jetzt stand Kilian im Dienst von *Fair Clean*, mit Eimer und Wischmopp bewaffnet, passierte er problemlos den Torwächter.
Aus der Deckung betrachtet, tat sich da eine völlig andere Welt auf, die mit krisseligen Fernsehbildern aus Kriegsgebieten nichts zu tun hatte. Hier gab's keine staubigen Explosionswolken, keine zerfetzten Körper und auch das Leid der Hinterbliebenen fehlte. Alles blitzsauber, auf Hochglanz poliert, bunt, verheißungsvoll, problemlösend und natürlich hundertprozentig zielgenau.
Flugzeug-, Hubschrauber- und Schiffsmodelle funkelten neben Kommando- und Kontrollsystemen, Lenkkörpern, Sprengköpfen und dem neuesten Hot Shit der digitalen Kriegsführung am Computer und im Orbit: autonome Kampfroboter, Satellitenkiller und KI-gestützte Aufklärung.
Kilian legte seine Putzwaffen nieder, stellte den Kragen auf und machte sich auf die Suche nach dem Stand von VS, an dem er Bellario zu finden hoffte. Je weiter er um die Ecken schlich, desto augenscheinlicher wurde, dass in der italienischen Kampfarena längst nicht nur Lokalmannschaften aufliefen. Hinter dem Kürzel RWM Italia verbarg sich ein deutscher Konzern, der über seine Tochter unlängst ein Embargo umgangen hatte. Die eigentlich für Saudi-Arabien bestimmten Waffensysteme waren gegen Zivilisten im Jemen eingesetzt worden.
Beretta. Der schlanke Megaseller made in Italy, als Accessoire für den gediegenen Armaniträger im Tausend-PS-Boliden von Ferrari oder auch als Erstwaffe für den angehenden Straßenganoven mit Vespa und Gucci-Sonnenbrille.
Weitere *Small Arms* und *Light Weapons*.
Die Verharmlosung der größten Plage des Planeten schlug Kilian endgültig aufs Gemüt. Sogenannte *Kleinwaffen* waren weltweit für die meisten Opfer verantwortlich, ein nahezu unersättlicher Markt, in dem sich auch Deutschland zunehmend profilierte, die Nachfrage immens, effektive Kontrollen schwierig oder unmöglich. Small Arms und Light Weapons wurden in osteuropäische Länder gebracht und zwischengelagert, bis jede nachvollziehbare Spur ver-

sickerte, um sie dann ungestört und nicht selten mit Amtshilfe korrupter Regierungen an die Besteller zu liefern.
Kalaschnikow, die AK-47.
Eine Lizenz zum Nachbau gefällig? Credit cards & Bitcoins accepted. Wait here to be seated.
Dann endlich VS, ein vergleichsweise schlichter Auftritt im Hightech-Wunderland von Toys R Us der Sternenkrieger von morgen, mit einem Regal voller Broschüren, einer Ledercouch und einem Tisch mit Stühlen vor einer gewölbten LED-Leinwand. Die zwei deutschen Ballermänner steckten in schwarzen Anzügen, von der durchzechten Nacht sichtlich gezeichnet, und haderten mit der Technik. Der Ton brummte und auf der Leinwand spottete ein *No Signal.*
Der Omni-Vi-Mann eilte nach hinten, schimpfte mit jemandem in einem Mischmasch aus Italienisch und Englisch, während Dolph Lundgren die Fernbedienung öffnete und die Batterien checkte.
Die Technik am Nachbarstand funktionierte weitaus besser. Bilder von Überwachungskameras in einer Einkaufsstraße flimmerten über die Monitore, Tausende Gesichter in einer überraschend schlechten Qualität bei Nacht, Schnee und Regen, und dennoch identifizierte das System viele der ahnungslosen Passanten mit Namen, Adressen, Sozialstatus und etwaigem Strafregister, selbst wenn sie eine Kopfbedeckung, Brillen und Bärte trugen oder nur im Profil eingefangen werden konnten.
99% correct match!
Die Sicherheitskräfte fischten daraufhin die gesuchte Person zielsicher und ohne großes Aufsehen zu erregen aus der Masse.
In Peking. Jerusalem. London. Nizza. Berlin …
„Biometrische Datenbanken, verknüpfbar mit jeder anderen nationalen oder internationalen Datenbank. Sprechen Sie uns an!“
Mit einem Interkom am Ohr betraten der Omni-Vi-Mann und Bellario die Bühne.
Eine Sprechprobe, kein Ton auf den Boxen, dafür ein Bild.
Das VS-Logo auf einer Weltkarte. Special Operations, Training & Consulting.

Der Omni-Vi-Mann rief nach hinten, Bellario schaute auf die Armbanduhr, schüttelte den Kopf und seufzte. Er beauftragte Lundgren mit etwas, der verschwand im Zug der vorbeischlendernden Messebesucher.
Der Vorhang zum Funktionsraum wurde von einem Mann im Overall zur Seite geschoben, er nahm sich die Funkmodule vor, wechselte die Frequenzen, forderte zur erneuten Sprechprobe auf und entfernte sich von der Bühne, um die Lautstärke einzustellen.
Seltsam ungelenke Bewegungen.
Vernarbte Haut an Hals und Wange …
Leipzig, in einer Kneipe vor ein paar Jahren, eine Flasche Schnaps, zu viel zu schnell getrunken, er hatte sich übergeben.
Wie hieß er noch? Ein Name, den man nur selten hörte.
V … Va …
„Valon", der Küchenjunge aus dem Mafia-Restaurant, der sich so bitter über seinen Chef beschwert hatte, den Nachfolger Gentiles, „bist du das?"
Verblüffung. Nachdenken. Erinnern und Leugnen, alles binnen einer Sekunde.
100% correct match!
„Sie müssen mich verwechseln", erwiderte er und hastete zur Bühne, überprüfte noch mal alles, dann konnte es losgehen.
Bevor er den Vorhang hinter sich schloss, ein Blick zurück in die Vergangenheit, doch die Zufallsbekanntschaft war nicht mehr da.
„Was machst du hier?" Kilian im Halbdunkel, von Kartons, Kabeln und Getränkekisten umstellt, zog Valon herein.
„Sie dürfen hier nicht sein … Sie verwechseln mich."
„Ich will nur wissen, was du hier verloren hast."
Kilian schob den Vorhang einen Spalt auf, Bellario begrüßte die Fendi-Frau vom Abend zuvor. Dem Anlass entsprechend und nicht weniger stilsicher, war sie heute ganz buisnesslike im dunkelblauen Hosenanzug unterwegs.
„Ich bin für einen kranken Kollegen eingesprungen. Wenn Sie ein Problem mit VS haben …"

„Für wen arbeitest du sonst?“
„Kotor Enterprises.“
Die zweite Überraschung.
„Sind das dieselben wie Kotor Trans und Kotor alles Mögliche?“
„Ja.“
Ein weiterer Gast, ein gepflegter und offensichtlich erfolgreicher Geschäftsmann in den Fünfzigern, grau meliertes Kurzhaar, goldene Manschettenknöpfe und Rolex am gebräunten Handgelenk.
Bellario begrüßte ihn mit einem leichten Bückling, also musste er tatsächlich wohlhabend und einflussreich sein, sonst würde der Rechtsverdreher ihm nicht die Füße küssen. Die deutschen Krieger hingegen warfen sich in die Brust, fast schon in Habacht.
„Wer ist das?“, fragte Kilian, während Bellario dem Businessmann die Businessfrau vorstellte.
„Luka Škaljar, der Boss von Kotor Enterprises.“
Lishas heimliche Videoaufnahme mit Bellario im Hotel, das Bild davor mit der Limousine, Amer und …
„Ist das Gallo?“
„Wer … ich verstehe nicht.“
Wäre auch zu schön gewesen.
In dessen Gefolge zwei Männer, der eine in einem ähnlich guten Anzug wie sein Chef, aber ohne Krawatte, leger und relaxt, er erinnerte mit seinem rotblonden Lockenschopf an den Sänger von Simply Red.
Im Gegensatz dazu der andere: blasse Haut, knochige Konturen, Pferdeschwanz und ein Jackett, das die Bezeichnung nicht verdiente.
„Wer ist in seiner Begleitung?“
„Sein jüngerer Bruder Niko mit den Locken, neben ihm der Chef der IT, Ruggiero.“ Die beiden interessierten sich mehr für Gesichtserkennung, verknüpfte Datenbanken und künstliche Intelligenz als für Bellario und die Businessfrau, die Luka Škaljar ihre Visitenkarte überreichte.
„Ruggiero, ein Italiener?“

„Früher, jetzt hat er nen Diplomatenpass aus Montenegro."
„Warum?"
„Hat die italienische Finanzbehörde gehackt."
„Und dann traut er sich noch hierher?"
Bellario bot den Gästen ein Getränk auf der Couch an, er müsse sich kurz entschuldigen.
Zur Toilette.
Die Gelegenheit ließ sich Kilian nicht entgehen.

Im hell gekachelten Raum arbeitete sich gerade ein hagerer Schreibtischgeneral mit manikürten Nägeln am Seifenspender ab, und als er den Fair-Clean-Mitarbeiter sah, fuhr er ihn an.
„No soap, idiot!"
Kilian war nicht in Manöverstimmung, es musste schnell gehen. „Verpiss dich!", und der Held mit den schmutzigen Händen trollte sich. Er war mit Bellario allein.
Um weiteren Missverständnissen vorzubeugen, spielte Kilian Lishas Hotelvideo ab – die Schläge, Demütigungen und Bellarios Gestöhne hallten wider, der blickte nicht ganz so überrascht wie vermutet am Pissoir stehend über die Schulter.
„Was soll das?"
„Es liegt an Ihnen, wie unser Meeting läuft", schlug Kilian vor, „ich will nur eine Sache wissen: Wer ist Gallo?"
Bellario trat ans Waschbecken, und während er sich die Hände wusch, betrachtete er amüsiert die Aufnahme.
„Damit werden Sie meine Frau kaum beeindrucken ..."
Sein Kopf knallte gegen den Spiegel, die Nase knackte und spritzte Blut, er wankte.
Kilian hielt seinen Nacken fest und ihm das Handy vor die Augen. Am Fenster, zwei Mal *Gallo*, klar und unmissverständlich.
„Gallo!"
„Ich ... weiß nicht", stöhnte Bellario.
Dann ein Finger, ein markerschütternder Schrei.
„Ist Škaljar Gallo?!"

Wimmern, ein Kopfschütteln.
Der nächste Finger, die Hand würde so schnell niemanden mehr schlagen, Bellario sank auf die Knie.
„Noch eine Lüge“, drohte Kilian, „und deine Frau wird sich eine lange Zeit definitiv unbeeindruckt von dir zeigen. Ist Luka Škaljar Gallo?“
Die Tür ging auf, und bevor er dem Störenfried raten konnte, sich schnellstens zu verkrümeln, blaffte ihn die Businessfrau im dunkelblauen Hosenanzug an.
„Sie verdammter Idiot machen alles zunichte.“
Auf Deutsch.
„Wer sind Sie?“
„Die beiden Ledernacken sind unterwegs. Verschwinden Sie!“
„Ich bin noch nicht fertig.“
Sie lachte spöttisch. „*Sie* sind so was von fertig.“
Die Tür stoppte an ihrem Fuß und die dämliche Fratze des Omni-Vi-Manns schob sich durch den Spalt.
Sie warf sich mit aller Kraft gegen Tür und Kopf, der Krieger taumelte nach vorne, Kilian direkt in die Faust.
„Wer sind Sie?“, fragte er die Frau. „Warum tun Sie das?“
„Um die Ecke ist der Notausgang.“
„Kennen wir uns?“
„Ja, und jetzt los!“ Sie zog Papierhandtücher aus dem Spender und kümmerte sich um Bellario am Boden.
Auf dem Gang Messebesucher, nicht das eigentliche Problem, aber ein Reinigungswagen verstellte den Ausgang aufs Gelände.
„Hier!“, winkte Valon ihm zu.
Aus einer Besenkammer, vollgemüllt mit Putzgeschirr, Behältern und Kisten, aber mit einem Oberlicht.
„Ruggiero besucht seinen Vater in Codogno. Er weiß alles über Gallo.“
Für Dank und ein Warum blieb keine Zeit.

DIE LEGENDE VON DER OMERTÀ

Schon lange bevor sich die Mafia das Schweigegelübde zu eigen machte, herrschte unter den Sizilianern eine tiefe Ablehnung gegen staatliche Gewalt und deren Organe.
Die Menschen antworteten auf jahrhundertelange Unterdrückung, Korruption und Ausbeutung mit Schweigen und einem Gesellschaftsvertrag, den sie Omertà nannten – ein männlich-archaischer Ehrbegriff, demzufolge der *uomo* seine Dinge selbst regelt, für Gerechtigkeit, Ehre und Rache sorgt.
Sein Schweigen wurde mit der Verteidigung von Familie und Gruppe gleichgesetzt, es machte ihn zum *uomo d'onore*, zum Ehrenmann.
Die Omertà stellte andererseits jene bloß, die mit der Justiz zusammenarbeiteten, und gab sie der Verachtung preis.
Mit der Zeit glaubte so auch der Anständigste gerecht gehandelt zu haben, wenn er einem gesuchten Mörder Unterschlupf gewährte oder nicht gegen ihn aussagte.
Selbst von einem unschuldig Verurteilten oder einem Nicht-Mafioso wurde erwartet, dass er seine Strafe geduldig absaß und den wahren Täter nicht an die Polizei verpfiff.

Mit einer Ausnahme:
La virità si dici a lu cunfissuri.
Die Wahrheit sagt man (nur) dem Beichtvater.

35 | Minerva

Ein kühler, wolkenverhangener Sonntagmorgen, grau in grau. Völlig spaßfrei.
Während die Karnevalsumzüge in Nordrhein-Westfalen Sturm und Regen zum Opfer fielen, ließen sich die mainfränkischen Narren den Wind nicht aus den Segeln nehmen. Der Faschingszug mit 3000 Aktiven und 50 Motivwagen würde stattfinden, 70000 mehr oder minder alkoholisierte Gäste standen am Wegrand bereit und wurden von einem Großaufgebot der Polizei begleitet.
In Heinleins beschaulichem Eisenbahnerhäuschen herrschte da bereits Kehraus. Vorhänge auf, Frischluft rein, einen klaren Kopf kriegen.
Uschi räumte auf, Tom reparierte die herausgerissene Telefondose und Heinlein trug schwer an einem Kater.
„Aber wie konnten sie ein Video von meinem Handy löschen?"
„Sie können alles, jederzeit, an jedem Ort, mit jedem Gerät. Spätestens seit Snowden sollte das auch bei dir angekommen sein."
„Das ist das Ende unserer Privatsphäre", rief Uschi aus der Küche herüber. „Fürchterlich."
Tom lachte sarkastisch. „Schon klar, aber einen Sack voll hirnrissiger Apps auf dem Handy. Echt praktisch und natürlich kostenlos … weil ja im Internet alles umsonst ist."
„So doof bin ich auch wieder nicht", wehrte sich Heinlein.
„Hast du grad doof zu mir gesagt?" Uschi in Spülhandschuhen verschränkte die Arme vor der Brust.
„Anonymität ist eine Illusion, solange ihr mit euren Taschenspionen nicht sorgsamer umgeht." Tom nahm eine Schale und ging damit rum. „Handys, alles, was senden und empfangen kann. Wer unbedingt telefonieren muss, geht in den Garten."
„Kommt jetzt die Kühlschranknummer?", spottete Heinlein und warf achtlos sein Diensthandy hinein, als sei es Schrott.
„Nein, Operation Minerva. Hol deine alten Scheiben raus."
„Warum?"

„Da du dich selbst abgeschossen hast, gehe ich zwar nicht davon aus, dass du länger ein Ziel bist, aber so einfach wollen wir es ihnen auch nicht machen."
„Du glaubst, sie hören mich ab?" Heinlein stöberte in seinen Lieblingsplatten von früher.
Maffay, Westernhagen, Fendrich …
„Was ist das?", fragte Tom mit Blick auf Uschis Handgelenk.
„'ne Smartwatch, hab ich zu Weihnachten von meiner Tochter bekommen", verkündete sie stolz, „mit Gesundheits- und Fitnessfunktionen."
„Red ich Chinesisch? Rein damit!" Er platzierte die Schale vor einem Lautsprecher.
Sonne in der Nacht … '86 in einer einsamen Bucht auf Kreta, Claudia und er, wie Gott sie erschaffen hatte.
„It's all over now, baby blue."
„In fünf Minuten am Esszimmertisch", ordnete Tom an „Wo ist dein Notebook?"
„Oben im Büro. Uschi, bist du so nett?"
Sexy, was hast du bloß aus diesem Mann gemacht …
Geschenkt, bitch!
Tom packte seinen Zauberkasten aus. Gehärtete Hardware, die man nicht in der Fußgängerzone kaufen konnte, Messgeräte mit kleinen Antennen und ein vorsintflutlich aussehender, gar nicht lustig-bunter Router, den er mit der Telefondose verband.
BAP, das passte. Heinlein legte die Scheibe auf den Plattenteller, führte die Nadel an den ersten Song und drehte an der Lautstärke.
Verdamp lang her, dat ich fast alles aehnz nohm.
Da war noch Leben in den morschen Knochen, und auch Uschi kam beschwingt daher.
„Tanztee ist später", rief Tom sie am Esstisch zusammen, der mit allerlei Hardware, Kaffee und Selbstgebackenem gedeckt war. „Fangen wir an … Was wissen wir sicher und haben es selbst überprüft, und was ist uns von wem zugetragen worden?"

Heinlein verwies auf Uschi. „Was sie mir vorgelegt hat", und Uschi auf ihre zahlreichen Informationsquellen.
„Was mir zur Auskunft gegeben worden ist."
„Wenn ich LKA und Verfassungsschutz nicht trauen kann, wem dann?"
„Das ist der entscheidende Punkt", sagte Tom. „Mein Kommandeur trifft Entscheidungen aufgrund meiner Informationen. Sind sie richtig, scheint die Sonne, sind sie falsch, schaut er dumm aus der Wäsche. Vertrauen und Arbeitsteilung sind anfällig für Faulheit, Manipulation und Scheitern. Wir sollten uns daher genau ansehen, welche Informationen zu deinem Scheitern geführt haben. Ich werde nämlich das Gefühl nicht los, dass da einiges Hand in Hand gegangen ist."
„Zum Beispiel?", fragte Heinlein.
„Der Blog mit dem Link zu Farids Video, der Server, auf dem es sich befand. Um Einträge zu löschen und Spuren zu verwischen, braucht es Staatsgewalt … oder eine Hintertür."
„Woher haben Sie überhaupt gewusst, dass ich das Video gefunden habe?"
„Die Frage solltest du deinem Systemadministrator stellen", und zu Uschi: „Oder hast du auch so ein schickes Fitnessprogramm auf dem Rechner?"
„Du kannst einem auch jede Freude verderben."
„Was schlägst du jetzt vor?", fragte Heinlein.
„Während du Youtube-Videos auf deinem Notebook abnudelst, um etwaige Mithörer zu beruhigen, geht ihr beide noch mal alle Schritte durch, die zu dem Fiasko geführt haben. Wer hat euch welche Informationen zugespielt und wie lassen sie sich nachträglich überprüfen."
„Das ist eine ganze Menge", stöhnte Uschi. „Ich weiß nicht, ob ich heute beim LKA oder sonst wo jemanden erreiche."
„Probier's", ermutigte Heinlein sie, und zu Tom: „Was machst du?"
„Ich nehme mir die WLAN-Netze in der Nachbarschaft vor, wir brauchen mehrere voneinander getrennte Kanäle, damit uns niemand so schnell aufspüren kann."

„Das darfst du nicht", bemerkte Uschi.
„Exakt, aber ich tu's trotzdem. Weil sie ihre Haustür sperrangelweit offen stehen lassen. Danach rufe ich zu einer diskreten Konferenzschaltung mit Verfechtern des anderen politischen Spektrums auf. Die sind, was unsere Sache anbelangt, mitunter besser informiert, als es manche Behörden und Nachrichtendienste überhaupt sein wollen."
„Wer, bitteschön, soll das sein?"
„Die Antifa."

36 | Zona rossa

Über Nacht hatte sich die Lage im Land grundlegend verändert, nachdem sich über hundert Menschen mit dem neuen Coronavirus infiziert hatten und zwei daran verstorben waren. Am heftigsten hatte es die Lombardei erwischt, ihr folgten Venetien, das Piemont, die Emilia-Romagna und schließlich Rom.

Rund ein Dutzend Städte und Dörfer wurden unter Quarantäne gestellt, um die Ausbreitung des Virus auf die Millionenstadt Mailand und den Touristenmagnet Venedig zu verhindern, Milliarden Euros und tausende Arbeitsplätze standen auf dem Spiel.

Weitere Opfer: der weltberühmte Karneval in der Lagunenstadt.

Ein Spiel von Inter Mailand.

Giorgio Armanis Modenschau.

Universitäten und Schulen.

Der Friedensgruß in den Kirchen, sogar von Schließung der Gotteshäuser war die Rede.

Funkstille zwischen Himmel und Erde.

Das Sperrgebiet, die Zona rossa um die betroffenen Corona-Hotspots wurde von Polizei und Carabinieri kontrolliert, Züge und Busse durften dort nicht mehr halten. Wer das Gefahrengebiet verlassen oder betreten wollte, benötigte eine Ausnahmegenehmigung, über *sterile Korridore* gelangten Lebensmittel und Medikamente hinein, aber nur zu bestimmten Zeiten und wenn die Lieferanten Atemmasken und Schutzkleidung trugen.

Oder einen Diplomatenpass vorweisen konnten.

Wie Ruggiero, der IT-Mann von Kotor Enterprises.

In den Morgenstunden hatte dessen Limousine den Kontrollpunkt passiert und war hinter den fernen Häuserreihen von Codogno verschwunden.

Mitten in diesem feuchtkalten, nebelgrauen Nirgendwo, an der Straße, die die beiden Käffer Casalpusterlengo und Codogno mit der Außenwelt verband, hockte Kilian auf seiner Maschine und studierte die Situation.

An den Polizeisperren war nicht vorbeizukommen, vereinzelte Versuche, sich andernorts daran vorbeizustehlen, scheiterten an dem flachen, weit einsehbaren Gelände. Kaum ein Busch oder Baum, hinter dem man für eine Schleichfahrt ausreichend Deckung hätte finden können. Hin und wieder hörte man die Rotoren eines Hubschraubers, sah ihn aber am Wolkenhimmel nicht, er konnte überall sein.

Ein Sanitätswagen rauschte unter Sirenengeheul an der endlosen Staureihe vorbei und wurde von den Polizisten in die Zufahrt nach Codogno gewunken, dem Wohnort von *Patienta zero*, wie wartende Autofahrer munkelten.

Wie mochte es Lisha gehen? Hatte sie die Intensivstation inzwischen verlassen? Tomaso und all jenen, die mit ihr Kontakt gehabt hatten? Kilian fühlte seine Stirn. Kein Fieber, auch kein Husten, aber müde war er von der langen Fahrt und der kurzen Nacht in einer Unterkunft nahe der Autobahn bei Piacenza. Nichts Ungewöhnliches, schon gar nichts Besorgniserregendes, er hatte sich nicht angesteckt. Würde Ruggiero den gleichen Weg aus Codogno nehmen, auf dem er hineingefahren war?

Die Karte zeigte sechs weitere Zu- und Ausfahrtstraßen, Kilian konnte nicht alle überwachen. Wenn er die Spur verlor, würde er ihn in dem sich anbahnenden Wahnsinn eines Ausnahmezustands verlieren.

Valon fiel ihm ein, das unverhoffte Echo aus der Vergangenheit. Wie war der Küchenjunge eines italienischen Mafia-Restaurants in das Umfeld von Kotor Enterprises, VS und dieser obskuren Kriegervereinigung Omni Vi geraten?

Und wie passte die rätselhafte Fendi-Businessfrau ins Bild, die Gentile jahrelang verfolgt hatte und sich nun über den rechten Lokalpolitiker Antonio Bellario an den Boss von Kotor Enterprises, Luka Škaljar, heranmachte?

Sie machen alles zunichte.

Kennen wir uns?

Ja, und jetzt los!

Die halbe Nacht hatte er sich den Kopf zerbrochen, woher er sie kennen mochte, dabei die Fotos aus der Bar in Turin studiert und letztlich einsehen müssen, dass er ohne Hilfe weder die Frau noch die beiden deutschen Krieger würde identifizieren können.
Er brauchte eine Polizeidatenbank.
Oder jemanden mit Zugriff.

Fragen über Fragen, die Liste der ungeprüften Informationen schier endlos.

Heinlein hing an seinem Handy und Uschi an ihrem, ihre Wege kreuzten sich im Vorgarten. Tom hatte inzwischen fünf benachbarte WLAN-Netze ohne große Probleme angezapft und eine Konferenz in den Tiefen des Darknets einberufen. Keiner von den vermummten Gestalten war Heinlein geheuer, er misstraute ihren Worten wie ihren Motiven und wirren Verschwörungstheorien, wenngleich sie über Informationen verfügten, die, sofern sie sich als wahr herausstellten, im höchsten Maß besorgniserregend bis alarmierend waren. Sie konkretisierten die Warnung des Innenministers – *Was sich da in Deutschland zusammenbraut* – mit Bildern und Beobachtungen von Befürwortern rechten Gedankenguts bis hin zu geheimen Treffen, Waffenlagern und ganz konkreten Anschlagsplänen auf Einrichtungen und Personen des öffentlichen Lebens.

Sicher gab es Spinner und vollmundiges Kampfgeschrei, das sich regelmäßig in Berichten des Verfassungsschutzes und der Nachrichtendienste über die extremen, gewaltbereiten Linken und Rechten spiegelte, doch in den Äußerungen dieser Hobby-Agenten schimmerten Erkenntnisse durch, die Heinlein Gänsehaut bereiteten.

Wutbürger-Terrorismus.

Unauffällige, stinknormale Leute, die die Woche hindurch ihren beruflichen Tätigkeiten nachgingen, sich am Wochenende aber als Verteidiger des Germanentums zu Schießübungen mit Bogen und Armbrust im Wald verabredeten.

Davon zeugten nicht allein Berichte, die sicherlich politisch eingefärbt waren, sondern auch Aufnahmen von Familienzeltlagern unter verbotenen Nazi-Emblemen und Fahnen, Treueschwüre mit Waffenprahlerei an Lagerfeuern, verfassungsfeindliche Hetzreden vor einer kampfbereiten Menge, die mit Hitlergruß die Gefolgschaft schwor. Infiltration und Unterwanderung von Behörden, Parteien und Vereinen … und die Sehnsucht nach einem Tag X.

Dem Tag des Umsturzes.
„Gottwald?", endlich hatte Heinlein ihn ausfindig machen können. „Hier ist Heinlein. Erinnerst du dich?"
„Heinlein, ja klar. Gevatter Hein! Mensch, schon lange nichts mehr gehört. Wie geht es dir?"
„Gut", log er und gab ihm einen kurzen Abriss der letzten Jahre, erkundigte sich nach diesem und jenem aus der alten Truppe, ob Gottwald Kinder habe und all dem Zeugs, das man entschuldigend ausbreitete, wenn man den Kontakt hatte abreißen lassen.
„Wir müssen uns unbedingt mal treffen", schlug Gottwald vor.
„Machen wir", versprach Heinlein, „eine Sache noch … Deckert hat sich doch wegen einer Sicherheitsüberprüfung bei dir gemeldet, die ich beim Verfassungsschutz angefordert habe …"
„Von dem habe ich mindestens genauso lange nichts gehört wie von dir. Ist er immer noch in Nürnberg?"
Deckerts Warnung. Gottwald würde es abstreiten, um sich keinen Stress einzuhandeln.
„Du kannst mir vertrauen, Gottwald, das Gespräch bleibt unter uns, hat nie stattgefunden."
„Im Ernst, es gibt nichts zu verheimlichen. Ich habe Deckert nicht gesprochen."
„Gottwald, bitte, es ist wirklich wichtig."
„Um was soll es denn gegangen sein?"
Heinlein schilderte die Umstände, die Frage nach der Vertrauenswürdigkeit des Verfassers der Sicherheitsüberprüfung.
„Keine Ahnung, echt. Ich kenn den Typen noch nicht mal und zum Verfassungsschutz habe ich nur Kontakt, wenn es um technische Unterstützung geht."
Schweigen.
„Und was ist mit Vanja Berger?"
„Wer soll das sein?"
„Du hast doch einen Bekannten beim Zoll ...?"
„Könnte ich gut gebrauchen", scherzte Gottwald, „aber nein, Fehlanzeige."

Schweigen.
„Sag mal", hakte Gottwald nach, „habt ihr beide Zoff?"
„Nein … wahrscheinlich ein Missverständnis. Danke, Gottwald, wir hören uns", und drückte ihn weg.
Seltsam … oder Gottwald hatte sich zu einem wirklich guten Schauspieler entwickelt.
Uschi beendete ihrerseits ein Telefonat. „Eine lückenlose Nachverfolgung von Ludwigs Dienstfahrzeug ist leider nicht möglich, sagt die Technik. Das GPS bricht immer wieder ab, die Ursache bleibt trotz zahlreicher Überprüfungen unerklärlich."
„Auch in jener Nacht, als er den Einsatz zu Guiluliani gefahren ist?"
„Ja, und es funktionierte erst wieder, als er am Baustoffhandel angekommen um Unterstützung bat."
„Wie lange brauchte er für die Strecke?"
„Wiegand sagt, keine zwei Minuten. Im Grunde wart ihr nur ein paar hundert Meter voneinander entfernt."
Die zwei Scheinwerfer im Rückspiegel.
Ludwig war in der Nähe von VS gewesen.
„Eine Sache ist ebenfalls merkwürdig", fuhr Uschi fort. „Ludwig hat doch behauptet, er sei erst nach Eingang der Einsatzmeldung zu Guiluliani gefahren, als sein Kollege Singer noch auf dem Topf saß."
„Ja, und?"
„Singer meint, das stimmt so nicht. Das Klofenster stand offen, in unmittelbarer Nähe das geparkte Auto mit heruntergelassenem Fenster, damit sie das Funkgerät hören konnten. Ludwig habe auf der Motorhaube gesessen und eine geraucht, als eine SMS-Benachrichtigung auf dessen Handy dudelte. Ludwig rief Singer zu, er müsse schnell was erledigen und fuhr auch gleich los."
„Also kein Funkspruch?"
„Nein, den hätte Singer sicher gehört."
„Hast du mit Wiegand darüber gesprochen?"
Sie bestätigte es, auch dessen Ratlosigkeit über das unerklärliche Aussetzen des GPS.
„Gibt es Schmauchspuren an Ludwigs Händen oder Ärmeln?"

„Nein, alles blitzblank."
Dann hatte er Handschuhe getragen.
„Aber es gibt auch eine gute Nachricht: Sie haben den Hofhund gefunden. Wiegand geht gerade mit ihm übers Gelände, vielleicht findet er ja was."
„Würde mich wundern", stöhnte Heinlein, bei all der Sorgfalt und den rätselhaften Vorkommnissen. So leicht wollte er es Ludwig aber nicht machen. „Ich will die Standortdaten seines Fahrzeugs und eine Auflistung aller Gespräche der letzten Wochen, die er von seinem Dienst- und Privathandy geführt hat."
„Dafür brauche ich eine richterliche Verfügung", wandte Uschi ein.
„Ruf den Schneider an, der lässt sich auch an einem Sonntag stören. Sag ihm, es geht um eine verdeckte Ermittlung wegen des Verdachts auf Unterstützung einer terroristischen Vereinigung, das sollte genügen."
„Wird erledigt."
„Und wenn du schon dabei bist, weite die Überprüfung auf die Kollegen Schäfer und Hoffmann aus. Ich will auch eine Genehmigung für die Sichtung des archivierten Materials der Überwachungskameras vom Abend des ICE-Anschlags, vor und im Hauptbahnhof … und setz dich mit dem Bayerischen Rundfunk in Verbindung. Ich will die Aufnahmen vom Faschingsempfang der VIPs sehen."
„Warum das denn?"
Weil Hoffmann nichts im Kreis von Personenschützern verloren hatte.
Vor allem aber, weil sich ein saublödes Gefühl einstellte.
„Gut, kann dauern." Uschi machte sich an die Arbeit.
Als Nächstes Fuhrmann vom LKA, der Fingerabdruck und die DNA-Spur von Farid Koubani.
Heinlein würde eine Tirade von Vorwürfen über sich ergehen lassen müssen, um Entschuldigung für sein völlig inakzeptables Verhalten bei der PK bitten …
Ein Anruf mit unbekannter Nummer.

„Hier ist Jo", hörte er Kilian sagen, „wie geht's dir?"
Schweigen.
Wie vom Donner gerührt. „Gut … und dir?"
„Hab viel um die Ohren, aber okay."
Schweigen.
„Wo steckst du?", fragte Heinlein.
„Irgendwo in der Pampa bei Mailand. Und du?"
„Zu Hause, mit einem Berg Arbeit", und bevor er ihm von dem mysteriösen Auftauchen Gallos berichten konnte, hörte er Kilian gegen den Lärm hupender Autos und eines vorbeifahrenden Fahrzeugs anschreien.
„Hör mal, ich bin da an einer Sache dran und bräuchte dringend deine Hilfe."
„Klar, worum geht's?"
„Ein paar Gesichter, die ich nicht identifizieren kann."
„Deutsche?"
„Zwei sicher, die dritte Person ungeklärt."
„Was ist der Grund der Identitätsfeststellung?" Heinlein biss sich im selben Moment auf die Zunge. „Quatsch, vergiss es."
„Verdacht auf Unterstützung einer terroristischen Vereinigung. Es ist wirklich wichtig, sonst würde ich dich nicht darum bitten."
„Kein Thema."
„Kann ich dir die Bilder mailen?"
„Ja … nein, warte kurz." Er eilte ins Haus, wo Tom mit Kacheln auf dem Monitor konferierte, auf denen nur Schemen zu erkennen waren. „Ein sicheres Postfach, schnell."
Tom kritzelte eine Mailadresse auf die Serviette. „Sind die Informationen so viel wert?", fragte er in Richtung Bildschirm.
„Oh Mann, du hast keine Vorstellung, was für eine Sauerei da gerade abläuft", lautete de Antwort.
Heinlein nahm den Zettel mit nach draußen und buchstabierte Kilian die Adresse.
„Island?", staunte der nicht schlecht. „Ist was passiert?"
„Eine lange Geschichte. Hör mal …"

„Die erzählst du mir, wenn wir uns sehen."
Ein Schwall aus Überraschung und Freude. „Wann, wo?"
„Da ist noch was", erwiderte Kilian. „Diese zwei Kerle haben sich in einer Bar in Turin über Halle ausgelassen …"
„Halle, die Stadt?"
„Nehme ich an. *Nie wieder Halle!* und irgendwas mit einem Treuesten der Treuen … Boule. Kannst du damit was anfangen?"
Aber hallo!

Verdeckt im Netz operierende rechte Netzwerke.
Ihr Ziel: Destabilisierung, Aufruhr und Umsturz.
Ankündigung des Anschlags in Hanau und die Rache an einem verräterischen V-Mann.
Mit all dem sollte dieser Boule in Verbindung stehen.
Was bedeutete, dass auch die beiden Deutschen von VS und Omni Vi darin verwickelt waren.
Und der rechtsnationale italienische Politiker Antonio Bellario.
Und die immer noch unbekannte Businessfrau.
Aber auch Luka Škaljar?
Montenegro war seit zehn Jahren EU-Beitrittskandidat, der smarte Konzernlenker würde sich ins eigene Fleisch schneiden, wenn das rechte Pack die EU auflösen, die Grenzen schließen und den freien Güter- und Reiseverkehr zum Erliegen bringen würde.
Und doch führten alle Spuren zu ihm, zu Gallo, der mit italienischen Mafiaclans und deutschen Terroristen kooperierte …
An der Absperrung vor Codogno tat sich was.
Ein Mann mit vollgepackten Einkaufstüten verlangte Zutritt, seine Eltern seien alt und könnten sich nicht selbst versorgen. Die Polizisten reagierten verständnisvoll, verlangten aber die Ausnahmegenehmigung. Genervte Autofahrer schimpften über die Herzlosigkeit, erste Handgreiflichkeiten flammten auf, andere Polizisten verließen ihre Positionen und versuchten, den Streit zu schlichten. Aus anderer Richtung näherte sich ein Sanitätswagen, die blinkenden Warnlichter versprachen freie Fahrt.
Die Gelegenheit war günstig.
Kilian startete die Maschine, wechselte auf die andere Straßenseite und wartete auf den richtigen Moment, um Vollgas zu geben und im Sichtschatten des Sanitätswagens die Absperrung zu umfahren.

Ein Lidl ohne Neonlicht, Sonderangebote und Kunden.
Ungenutzte Parkplätze, ineinander verkeilte Einkaufswagen.

Öde Häuserfassaden, kinderlose Spielplätze, geschlossene Bäckereien, Friseurgeschäfte, Restaurants, Cafés, Banken, und selbst Rathaus und Kirche schienen wie aufgegeben, nur das hallende Wummern seiner Maschine in der verwaisten Straße.
Gespenstisch und seelenlos.
Kilian parkte im Zentrum, am Treffpunkt der Gemeinde, einem öffentlichen Park, der eine erstarrte Statue, vermutlich ein Denkmal für die Gefallenen der Kriege, aber keine Spaziergänger beherbergte, auch keine Mütter mit Kinderwägen, keine keuchenden Jogger und selbstvergessenen Radfahrer, weder kläffende Hunde, zwitschernde Vögel noch umherstreifende Katzen.
Der erste von vielen weiteren Friedhöfen, die sich bald im ganzen Land auftun würden, hatte einer in der Autokolonne prophezeit.
L'Italia muore. Italien stirbt.
Auf einem Friedhof nach Ruggiero zu fragen, war eine Herausforderung, Kilian machte sich auf den Weg. Irgendwann würde er jemanden beim Überqueren der Straße oder am offenen Fenster antreffen, gelegentlich kam es ihm auch vor, als bewege sich eine Gardine, dass dahinter jemand stand und ihn, den Fremden, den ungebetenen Gast beobachtete.

Vor einem Hospiz.
Eine völlig andere Situation. Sanitäter schoben eine Trage in den Rettungswagen, es musste schnell gehen, Rufe, Anweisungen und blecherne Meldungen aus dem Funkgerät.
Türen zu, Abfahrt.
Zwei alte Männer beobachteten das Geschehen vom Zaun aus, wortlos, sorgenvoll, gebeugt.
„Kennen Sie einen Ruggiero?“, fragte Kilian.
Keine Antwort, kein sonst übliches Gespräch.
„Sein Vater soll in Codogno leben.“
Sie schauten sich an, Schulterzucken.
„Arbeitet mit Computern … hatte Ärger mit der Polizei, ist nach Montenegro abgehauen.“

Das Licht der Erinnerung.
„Via Cairo", sagte der eine. „Beim Bahnhof", der andere. „*Litta* steht an der Klingel."

Ganz am Ende der Via Cairo, vor einem brüchigen Wirtschaftsgebäude, parkte die Limousine mit dem montenegrinischen Diplomatenkennzeichen, die am Morgen schamlos an den wartenden Fahrzeugen vorbeigezogen war und nach Prüfung der Genehmigung in die Zona rossa hatte fahren dürfen.
Das kleine rostbraune Haus gegenüber schürte die Hoffnung, dass er nur Ruggiero und dessen Eltern antreffen würde, die Nachbarschaft zeugte von Ruheständlern, nirgends eine aufgemotzte Karre, kein Kindergeschrei oder verstreute Spielsachen in den Vorgärten.
Bevor er klingelte, wagte er einen Blick in die Limousine, ob sich Hinweise auf eine zweite oder gar dritte Person darin fanden.
Ein Kaffeebecher, ein überquellender Aschenbecher, Werbematerial der KI-Schmiede vom Messestand in Turin, sonst nichts auf den edlen Ledersitzen.
Eine Frauenstimme krächzte aus der Gegensprechanlage.
„Was wollen Sie?"
„Ruggiero sprechen, ich hörte er sei auf Besuch."
„Ist er. Wer sind Sie?"
„Ein Freund … aus alten Zeiten."
„Im Lager." Sie erschien am Fenster und deutete auf das Wirtschaftsgebäude, das einst eine Güterhalle in der Nähe des Bahnhofs gewesen sein mochte, jetzt wirkte es, wie so vieles, dem Zusammenbruch nahe.
Das verwitterte Tor stand einen Spalt breit offen, Kilian spähte vorsichtig hinein.
Leer und gefegt, durch die verschmutzten Fenster fiel immer noch etwas Licht auf den gerissenen Zementboden, an den hohen, quer verlaufenden Balken hingen rostige Ketten, die früher Flaschenzügen gedient hatten.
Ein Mann mit Pferdeschwanz saß mit dem Rücken zur Tür an einem Tisch inmitten der Halle, tippte etwas, murmelte etwas.

Kilians Schritte knirschten auf dem brüchigen Untergrund, er schaute sich um, hier war niemand außer ihnen beiden.

„Einen Moment noch, bin gleich bei dir“, sagte der Pferdeschwanz, „nur noch die besten Grüße und … ab damit.“

Dann drehte er sich mit dem Bürostuhl um und grinste, wie man einen Freund begrüßt, den man lange nicht gesehen hat.

„Allora, ich hatte schon befürchtet, dass du es nie durch die Absperrung schaffst.“

Auf dem Display des Notebooks eine Ortskarte von Codogno mit Straßen, Gebäuden und einem dicken, roten Punkt.

Koordinaten …

Kilian vergewisserte sich erneut, dass sie alleine waren.

„Bist du Ruggiero?“

„Hast du jemand anderen erwartet?“

„Wir haben ein paar Dinge zu klären.“

„Das trifft sich gut, auch ich habe mit dir zu sprechen. Aber, bitte, fang du an“, er verschränkte die Hände hinter dem Kopf.

„Was weißt du über Gallo? “

„Die weitaus wichtigere Frage ist: Was weißt *du* über Gallo?“

„So viel, dass er mich zu dir geführt hat, seiner rechten Hand.“

„Wer behauptet das?“

„Spielt keine Rolle. Ich höre.“

„Gegenvorschlag. Kürzen wir den langatmigen Teil unseres Kennenlernens ab“, er drückte eine Taste auf dem Notebook, ein Dokument öffnete sich, auf dem Kilian das Foto aus seiner Personalakte erkannte. „Johannes Kilian, Hauptkommissar der Kriminalpolizei in Würzburg, vom Dienst freigestellt …“

„Wo hast du das her?“

„Seit Andria bist du mit ein paar ärgerlichen Unterbrechungen auf unserem Radar.“

Das spöttische Grinsen eines pickligen Computer-Nerds, dazu ein hohes Surren, wie man es vom schnellen Abseilen beim Bergsteigen her kennt, etwas landete wuchtig auf dem Boden hinter ihm.

Kilian fuhr herum, und Dolph Lundgren knipste das Licht aus.

Kryptische Zeichen schoben sich von Zeile zu Zeile, als empfinge das Notebook eine Nachricht aus dem All.

„Ein Störsender", mutmaßte Tom bezüglich der nicht nachvollziehbaren Aussetzer des GPS in den Dienstfahrzeugen. „Kriegt man im Elektronikfachhandel. Klein, mobil, idiotensicher. Killt auch Handyfrequenzen, und schwups ist man vom Radar verschwunden."

„Ein Tarnmantel", sinnierte Heinlein.

Eine unangekündigte Körpervisite und eine Durchsuchung der Fahrzeuge könnten Gewissheit bringen.

„Apropos Radar", gähnte Tom, „da sind ein paar echt beunruhigende Dinge im Gange."

„Wem sagst du das. Ich weiß nicht mehr, wer Freund und wer Feind ist."

„Da verschwinden Alt- und Neunazis unter den Augen der Behörden, als ob sie verstorben wären oder auf wundersame Weise zur Verfassungstreue zurückgefunden hätten. In Chats und Foren aber tobt die Mobilmachung, sodass ich mich frage, ob unsere Dienste tatsächlich blind geworden sind. Sie haben das Knowhow und die Möglichkeiten den Sumpf trockenzulegen, doch sie tun es nicht … oder es tut sich was ganz anderes."

„Was da wäre?"

„Drei Szenarien", zählte Tom mit den Fingern. „Erstens, ein Honeypot, eine Honigfalle, die alle Wirrköpfe und Vollpfosten aus dem Verkehr zieht.

Zweitens, ein Netzwerk, das neue Mitarbeiter rekrutiert, um sie gegen Feinde und Angriffe von außen und innen einzusetzen. Gab's schon einige. Stichwort: Stay-behind-Verbände.

Und drittens, Polizei, Streitkräfte und Nachrichtendienste sind von Natur aus ein Sammelbecken von rechten Schwachmaten, die feste Strukturen, ein simples Weltbild, Befehl und Gehorsam brauchen, um ihre kümmerliche Existenz zu rechtfertigen …"

„Mal langsam. Ich bin Polizist geworden, damit wir in einer freien, demokratischen Gesellschaft sicher leben können."
„In Ordnung", bekräftigte Tom, „auch ich hatte meine Gründe, wieso ich zur Truppe gegangen bin, aber ich habe das nicht aus Schwäche, Angst oder Waffengeilheit getan, sondern weil ich an einen wehrhaften Staat glaube."
Heinlein nickte. „Es können trotzdem nur Einzelfälle sein."
„Überall Einzelfälle, ein ganzes Gespinst aus Einzelfällen. Weißt du, was mich seit Monaten umtreibt? Wart, ich zeig's dir." Er rief ein Bild auf, das um die Welt gegangen war und für tiefe Bestürzung gesorgt hatte.
Die Einschüsse in der Tür der Synagoge in Halle.
Darunter die Worte: Nie wieder!
„Die Faschos haben das Bild und den Spruch für ihre kranke Ideologie gekapert", fuhr Tom fort. „Nie wieder mit einer selbst gebauten Slam Gun scheitern! Nie wieder ein verdammter Anfänger sein! Und, trara, letzte Woche in Hanau wurde der Schwur eingelöst."
„Vermutlich mit einer ganz legal erworbenen Waffe."
„Wie können Sturmgewehre und militärischer Sprengstoff bei den Streitkräften verschwinden, ohne dass es jemanden gröber interessiert?"
„Gute Frage, sag du's mir."
Tom zuckte seufzend die Schultern. „Ist da nicht ne Studie angekündigt, die Behörden und Dienste auf rechte Netzwerke untersuchen soll?"
„Schwierig. Das dauert."
„Warum soll das schwierig sein und dauern? Will man vorher die Spuren verwischen?"
„Du übertreibst …"
Das Notebook meldete sich mit einem *Knock-Knock* zu Wort. Tom bedeutete Heinlein still zu sein und aus dem Sichtbereich der Kamera zu treten, er zog die Kapuze über den Kopf und das Halstuch bis zur Nasenspitze.
„Hey, Che. Hast du, worum ich dich gebeten habe?"

Auch Che zeigte sich derart getarnt im Gegenlicht, sodass nur ein Umriss zu erkennen und eine verzerrte Stimme zu hören war.
„Hab 'n paar Buddies angefunkt", erzählte Che, während er sich einen Joint anzündete, „und die ihre, also um acht Ecken."
„No prob, bro. Lass hören."
Ein tiefer Zug, es konnte losgehen. „Vor ein paar Monaten ist so 'n schräger Typ in der Szene aufgetaucht, tiefgläubig, mit Allahu akbar und so nem Scheiß. Wollte unbedingt was gegen die verfickten Kufr unternehmen, die auf seinen heiligen Koran gespuckt hätten ... so mit Kehle durchschneiden und mit nem geklauten Truck in Leute reinbrettern ..."
„Hab's kapiert", verkürzte Tom, „was ist mit ihm?"
„Irgendwie war er denen mit seinem Allah-Gedöns nicht ganz koscher ...", er lachte, „koscher, got it?"
„Yo, Alter, burner."
„Sie löchern ihn also über Family, Freunde, Nachbarn, wo er herkommt, das ganze Geblubber von *Kennst du den und den, Wer kennt dich, Wer bürgt für dich* und so weiter. Auf jeden Fall forderten sie nen Beweis, dass er wirklich halal war. So heißt das doch bei denen, oder?"
„Bingo. Was für nen Beweis?"
„Der Honk hatte seinen alten Namen abgelegt und nen neuen angelegt, irgendwas mit Mohamed, und auf den Koran geschworen, dass er nen Bullen wegbläst."
„Und, hat er's gemacht?"
„Ja, vielleicht oder auch nicht. Unklar." Das Gras, das er rauchte, verschaffte ihm ein wohliges Stöhnen.
„Was jetzt?"
„Da is tatsächlich 'n Bulle auf nem Parkplatz von ner Burger-Bude gekillt worden, aber nicht von dem Mohamed, glauben die Allahs, sondern von nem Crystal-Dealer, dem der Bulle seine ganze Ware einkassiert hat, um's dann selbst zu dealen."
„Keiner kauft was von nem Bullen."
„Die Balkanesen schon, für nich mal 100 Gramm gibt's ne brandneue Kalasch mit Munition."

„Was will ’n Bulle mit so ner Knarre?“
„Genau das habe ich mich auch gefragt. Warum kauft ’n Bulle auf’m Schwarzmarkt ein?“
Eine unglaubliche Geschichte … und dennoch kam sie Heinlein seltsam vertraut vor. Er flüsterte Tom zu, er solle Che nach dem wahren Namen dieses Mohameds fragen.
„Fa… Farid“, glaubte Che sich zu erinnern. „Kourani, wie der Fußballer. Oder war’s doch Korani? So wie die Bibel“, und lachte.
„Lass den Scheiß. Kou-rani oder Kou-bani?“
„Was auch immer.“ Che blies Rauch aus und verschwand hinter der Wolke.
„Na gut … Wie ging’s weiter mit Farid Koubani?“
„Die Allahs war’n ganz schön pissed, weil er sie so angeschissn hat. Sie also los, woll’n sich das Großmaul schnappen … und peng! taucht plötzlich seine Visage überall auf.“
„Wegen des ICEs …“
„Treffer und versenkt! Aber halt, das Geilste kommt noch. Bei ner Grenzkontrolle spuckt das System zu Farids Totenbild plötzlich ’n anderen Namen aus, weiß nicht welchen, egal. Der Grenzer latscht also zu seinem Boss, der schaut sich den Pass genauer an, telefoniert rum und nimmt die Sache selbst in die Hand. Was glaubst du, was passiert?“
„Sag’s mir.“
„Willkommen in der Schweiz!“, prustete Che, dass das Mikro aussetzte. „Mit Männchen und Gruß.“
„Hä? Wie das?“
„Der Mohamed Farid Kourani-Klon hat nen Harry-Potter-Tarnumhang aus fucking Germania! Issn V-Mann, der Wichser, schaukelt sich jetzt die Eier auf ner Alm zu ner Sangria-Pop-Brause und chillt, bis sich der Qualm verzogen hat … und er wieder einen auf Allahu akbar machen kann.“
„Also Farid lebt, er ist nicht tot. Sicher?“
„Whatever, einer unserer Leute kraxelt grad den Berg hoch, old school Paparazzi, will ’n Foto von der Ratte schießen. Brauchst du ne Copy?“

„Asap“, bat Tom, „Wer ist dann der Doppelgänger aus dem ICE?“
„'n Fake, irgendein armes Schwein aus Syrien oder Afghanistan. Die verkaufen für ne Aufenthaltsgenehmigung oder nen Familiennachzug Leber, Niere oder was halt auf der Shoppingliste von Papi Porsche steht. Mann, ich könnt kotzen …“
Heinlein auch.
Durchatmen, sammeln, nachdenken.
Tom verabschiedete sich. „Du hast was gut, Che. Thanx, over & out.“
„See ya!“
Ende der Verbindung und der Anfang eines langen Schweigens.
„Traust du ihm?“, fragte Heinlein nach einer Weile.
„Schwierig.“
„Das klingt alles nach …“
„James Bond?“
„Ja … aber ich weiß auch von verdeckten Geheimdienstaktionen, die, wenn du sie jemandem erzählst, völlig abstrus, nach Märchenstunde klingen. Und dennoch sind sie passiert.“
„Che wusste von Farids Wandlung zu Mohamed …“
„Muhammar“, korrigierte Heinlein, „so nannte er sich im abgehörten Telefonat, wo er genau diesen Anschlag ankündigte.“
„Guter Punkt. Was hat dein Gespräch mit Fuhrmann ergeben?“
„Wie erwartet: Alles sauber ermittelt und mit den Franzosen abgeglichen. Die Stimmenanalyse, der Fingerabdruck und der DNA-Vergleich, weit über 90 Prozent identisch mit den Daten, die zu Farid Koubani im System sind.“
„Das System“, Tom rieb sich das Kinn, dachte nach. „Könnten die Daten manipuliert, auf Farid angepasst worden sein?“
„Wie … nein, das geht nicht. Völlig unmöglich.“
„Nicht so schnell, kein System ist sicher, schon gar nicht ein von Menschen gemachtes und betreutes. Denk an das GPS.“
„Dennoch würden Spuren bleiben.“
„Nicht, wenn man weiß, wie man sie verwischt.“
„Der Fuhrmann mag ein selbstverliebter Arsch sein, aber korrupt ist er nicht. Glaube ich zumindest.“

„Fuhrmann hat bestimmt nicht alle Spuren selbst geprüft, er hat auf Basis der ihm vorgelegten Erkenntnisse entschieden. Die alte Leier von Vertrauen und Arbeitsteilung, schon vergessen?“

Schweigen.

„Ist es nicht verwunderlich“, fragte Tom, „dass das DNA-Ergebnis erst ganz am Schluss der Ermittlungen vorlag, obwohl das eigentlich nur eine Frage von Stunden ist?“

„Vielleicht lag ne Verschmutzung der Probe vor.“

„Oder man brauchte Zeit, um die neue DNA, die im Grunde ja reichlich vorhanden war, mit der alten auszutauschen. Abdullah aus Syrien wurde zu Farid Koubani, der aufgeflogene V-Mann kann damit nach seinem Erholungsurlaub mit neuer Identität durchstarten.“

„Das beantwortet noch lange nicht die Frage, warum sich ein sichtlich verstörter Mann mit einem Bombengürtel auf die Reise gemacht hat. Was hatte er vor? Was war das Ziel dieser völlig verkorksten Aktion?“

„Guter Einwand.“

Schweigen.

„Was aber“, kombinierte Tom, „wenn zeitgleich zwei Aktionen gelaufen sind? Die eine sollte Farid aus dem Schussfeld bringen, und die andere, mit welchem Ziel auch immer, stand kurz davor aufzufliegen und die Hintermänner zu enttarnen.“

„Welche Hintermänner?“

„Die kennen wir noch nicht, aber ich vermute, dass sie unter ein und demselben Dach arbeiten. Der eine links, der andere rechts.“

„Und man trifft sich in der Mitte zum Handshake.“

„Problem gelöst. Kollegialer Dank.“

Uschi kam herein und hielt Heinlein ihr Handy hin.

„Wiegand.“

„Herr Polizeipräsident“, keuchte der atemlos, „das glaubt man nicht … das glaubt man nicht, wenn man es nicht mit eigenen Augen gesehen hat.“

Hollywood!

MYTHOS MAFIA

In der Anfangsszene von *Der Pate* bittet ein unbescholtener und der Mafia fern stehender Mann (Buonasera) den Paten Don Corleone um einen Sühnemord an den drei Vergewaltigern seiner Tochter, die für die Tat keinen Tag ins Gefängnis mussten.

Corleone – wohlhabend, mächtig und in Smoking – hört geduldig zu, während er eine Katze streichelt und im Garten eine Hochzeit stattfindet, dann aber tadelt er Buonasera.

„Die Polizei ist da, um dich zu beschützen", sagt er, „außerdem gibt es Gerichte. Wozu noch einen Freund wie mich? Du nennst mich nicht einmal Pate. Stattdessen kommst du am Hochzeitstag meiner Tochter in mein Haus und bittest mich, einen Mord zu begehen."

„Wie viel soll ich für Gerechtigkeit bezahlen?", fragt Buonasera.

Corleone reagiert erneut verärgert. „Was habe ich nur getan, dass du mich so respektlos behandelst? Wärst du in Freundschaft zu mir gekommen, wäre die Tat längst gesühnt", die Feinde Buonaseras wären dann auch die seinen.

Endlich begreift Buonasera, was Don Corleone als Gegenleistung von ihm will – die Unterwerfung. „Wollen Sie mein Freund sein?" Doch Corleones reicht das nicht. „Mein Pate", legt Buonasera nach, verneigt sich und küsst ihm die Hand.

Corleone nimmt ihn in den Arm. „Gut. Irgendwann oder auch nie werde ich dich bitten, mir eine kleine Gefälligkeit zu erweisen. Solange ich das nicht tue, soll die Gerechtigkeit mein Geschenk an dich sein."

„Grazie, Pate."

Don Corleone, der Kopf einer kriminellen Vereinigung, wird im berühmten Hollywood-Epos zu einer sozialen Institution und Ordnungsmacht verfremdet, Realität und Fiktion gehen ineinander über und entwickeln eine Wechselwirkung, sodass sich später der berüchtigte Mafiaboss Luciano Leggio vor Gericht gebärdete wie Don Corleone im Film oder jugendliche Kriminelle heute die Namen von Figuren aus Mafiaserien annehmen.

Kein Mitglied der kriminellen Organisationen habe jemals den Begriff *Pate* (padrino) benutzt, meint der Mafia-Experte Roberto Saviano dazu, der Begriff zur Bezeichnung eines Familienoberhauptes sei immer nur *compare* (Gevatter) gewesen. Viele junge Italoamerikaner hätten dem Film nachgeeifert, trugen plötzlich Sonnenbrille und Nadelstreifenanzug und redeten feierlich geschwollen daher. Selbst der New Yorker Obermafioso John Gotti hätte so sein wollen wie Don Vito Corleone. Als Mafiaboss einer Hochzeit beizuwohnen, ist lebensgefährlich, die meiste Lebenszeit verbringt man im selbst gewählten Gefängnis eines Bunkers, um der Verfolgung von Konkurrenten und Polizei zu entkommen. Die Angehörigen führen überwiegend ein nach außen bescheidenes und zurückgezogenes Leben im Schutz heimischer Mauern und Gitter, sie bekommen das Familienoberhaupt nur selten zu sehen. Sollten sie des wenig glamourösen Mafia-Daseins überdrüssig werden und die Omertà brechen, droht ihnen der Kuss einer ganz realen .45er.

Vento di vendetta, otto botte in petto.
Wind der Rache, acht Schläge in die Brust.

Sparring | 40

Immer wieder die gleichen Fragen.
Was weißt du über Gallo?
Wer hat dir davon erzählt?
Mit wem hast du darüber gesprochen?
Immer wieder die gleiche Antwort.
Keine.
Und Dolph Lundgren benutzte Kilian als Sandsack.
Die Hände mit einer Kette gefesselt, die an einem Balken hoch über ihm festgemacht war.
Ruggiero vor ihm auf einem Stuhl.
Die alte Litanei von vorne, wie in einem Rosenkranzgebet.
„Was weißt du über Gallo?“

41 | Bunker

Unvorstellbar, aber wahr.

Der wie vom Erdboden verschluckte bosnische Mitarbeiter des Baustoffhandels Guiluliani saß mit Handschellen gefesselt im Auto und wurde von zwei Kollegen bewacht, kein Wort war aus ihm herauszubekommen.

Heinlein und Wiegand standen in der Lagerhalle vor einem der zahlreichen Hochregale.

„Es hat mich narrisch gemacht", ereiferte sich Wiegand, „wieso der Hund ausgerechnet hier angeschlagen hat. Da ist doch nichts, oder?"

Richtig, nur Zementsäcke und Dämmmaterial, an einem Holm eine Steuereinheit für eine Hebebühne, die das Material hinauf- und herunterschaffte. Sonst war da nichts.

„Wenn man aber genauer hinschaut", er lud Heinlein ein, mit ihm die unterste, mannshohe Regalfläche zu betreten und legte auf der Rückseite der Steuerung einen kleinen Schalter um, „dann Abrakadabra! Wir fahren ein."

Ein Ruck und zum Schnurren eines kräftigen Elektromotors löste sich die Regalfläche gleich einer Kabine aus dem Gestänge und es ging abwärts. Wiegand schüttelte den Kopf, grinste und nickte Heinlein vorausahnend zu, was der für Augen machen würde, wenn er das zu sahen bekam, was er gesehen hatte.

„Hollywood … unfassbar, und das bei uns. Fehlt nur noch, dass Marlon Brando um die Ecke kommt."

Eine Etage tiefer betraten sie einen Gang mit zahlreichen Türen, an der Decke Lampen, Kabel und Rohre, an den Wänden Pfeile zu beiden Seiten, die mit Küche und Lager beschriftet waren.

Wiegand entschied sich nach links zu gehen, Heinlein folgte ihm. Seltsam roch es hier unten, nach einer Mischung aus Diesel und … er schnüffelte: Knoblauch?

„Wie heißen die, die für den Weltuntergang vorsorgen?", fragte Wiegand und öffnete die erste Tür.

„Prepper", antwortete Heinlein, sie horteten Vorräte, Wasser, Kleidung und alles, was nötig war, um für den Fall einer Katastrophe gerüstet zu sein.
Die Energiezentrale. Ein Stromaggregat mit Zu- und Abluftrohr an der Decke, Hunderte Liter Diesel in Fässern.
Die Vorratskammer. Regale voll mit Dosen, Kisten, Flaschen und Wasserbehältern.
Danach Toilette, Waschgelegenheit und eine Art Wasseraufbereitungsanlage, Küche, Gefriertruhe und Kühlschrank.
Der Aufenthaltsraum. Ein großer Tisch, Stühle, Radio, TV, zerfledderte Zeitschriften.
Und schließlich drei Schlafräume mit Stockbetten, genug Platz für zwanzig Bewohner. Ein Bett war zerwühlt, davor eine Wasserflasche, Aschenbecher und ein Pornoheftchen mit kyrillischen Buchstaben. An den Wänden Hinweisschilder, auf denen Symbole, Uhrzeiten und Verhaltensregeln in mehreren Sprachen abgebildet waren.
Wiegand hatte nicht übertrieben: Hollywood auf dem Land.
„Kommen wir zur Krönung", prophezeite er. „Kommen Sie. Nur zu. Sie werden Augen machen."
Auf dem Weg zurück ein voll ausgestattetes Büro mit Computer, Drucker, Aktenordner in Regalen und einem Brett mit Schlüsseln an den Haken.
Wiegand schnappte sich einen. „Und jetzt aufgepasst", er schloss eine Stahltür auf, die mit LAGER überschrieben war und machte das Licht an.
Der Raum mochte sich über gut drei Viertel der darüber liegenden Hallenfläche erstrecken, er offenbarte, worum es sich neben einer geheimen Flüchtlingsunterkunft hier eigentlich handelte, was Ziel und Zweck des Bunkers war und wovon der überirdische Baustoffhandel nur ablenken sollte.
Regale reihten sich an Regale, darin lagerten allerlei Kisten mit russischen, chinesischen und englischen Beschriftungen darauf, und als Heinlein wahllos eine öffnete, funkelten ihm nagelneue, originalverpackte Handgranaten entgegen. In weiteren Kisten stieß er auf

Munition, Pistolen, Sturmgewehre, Nachtsicht- und Funkgeräte, Schutzwesten, Helme, Stiefel …

Nie wieder Halle!

Jetzt kapierte Heinlein, was damit gemeint war.

Nie wieder an einer Holztür scheitern!

„Sollte es mal so weit kommen", stöhnte Wiegand angesichts des riesigen Waffenarsenals und der sich daraus ergebenden Bedrohung, „gnade uns Gott vor diesen Rambos."

Von ein paar gestohlenen Waffen und selbst gebauten Sprengsätzen irgendwelcher Irren konnte nicht länger die Rede sein, das schaute aus wie beim Großhändler, und die Namen der Kunden hefteten an den Stirnseiten der Regale.

Stoßtrupp X. Div. Nordkreis. Chor Süd. VS. Omni Vi …

Heinlein machte Aufnahmen von den Namensschildern, den Waffen und dem ganzen Wahnsinn, denn das würde ihm ungesehen niemand glauben.

„Hat denn keiner was bemerkt?", fragte er. „Das muss doch aufgefallen sein, allein die Bauarbeiten."

„Ein abgelegener Gewerbehof", erwiderte Wiegand, „Baufahrzeuge, Material, Krach und Dreck … alles andere wäre auffällig. Soviel ich weiß, hat Guiluliani schon vor Jahren umfangreiche Baumaßnahmen durchführen lassen, die durch öffentliche Fördermittel finanziert wurden, eine Grundbedingung für seine Investition in ein strukturschwaches Gebiet, das außer Kaserne, Soldaten, Landwirtschaft und ein bisschen Tourismus keine großen Einnahmen erwirtschaftet."

Na, bravo! Staatlich geförderter Terrorismus.

Heinlein hatte genug gesehen und machte sich mit Wiegand auf den Weg nach oben, in den Aufzug. „Wie ist das ganze Zeug hierhergeliefert worden?"

„Immer wieder mal ein Lkw. Fliesen aus Holland, Eisen und Stahl vom Balkan ..."

Mit Drogen, Waffen, Munition und Ausrüstung unterfüttert, und wie zum Beweis auch mit Flüchtlingen.

Heinlein zeigte ihm das Bild vom Autohof, wo Schäfer und Hoffmann den Unfall vom VS-Mann Degenhardt aufgenommen hatten, im Hintergrund mehrere Lkw.
„Kotor Trans, schon mal gesehen?"
„Ja, die kenne ich. Wöchentlich rauschen die hier durch. Im Winter rutscht mal einer in den Graben oder schrammt an eine Hausecke."
„Begleitfahrzeuge?"
„Ein bis zwei, übernehmen dann die Unfallsicherung oder leiten die Bergung ein. Sehr freundlich und hilfsbereit, ersparen uns viel Arbeit."
Zurück im Tageslicht, auf dem Hof.
Der bosnische Gefangene im Auto, drei Wärter davor.
„War auch mal eine Frau darunter?", fragte Heinlein.
„Nicht, dass ich mich erinnere."
Heinleins Handy meldete den Eingang einer Nachricht. Tom hatte die Bilder, die Kilian von der Bar in Turin geschickt hatte, weitergeleitet. Unter den Männern befand sich eine Frau, die zwar eine andere Haarfarbe und schickere Garderobe trug als sonst, doch das Gesicht war ihm bestens vertraut: Vanja Berger.
„Auch nicht die?" Er hielt Wiegand das Handy hin.
Der erkannte als Erstes ein vertrautes Gesicht. „Das ist Degenhardt", der mit einem anderen das Glas hob, „und den da habe ich auch schon mal gesehen", den älteren mit dem zackigen Haarschnitt. „Der hat mal einen Mittelaltermarkt mit Schwertkämpfen, Bogen- und Armbrustschießen veranstaltet, echt seltsame Leute dort, und die Musik erst … Tagsüber Flötengedudel und Getrommel, abends Heavy Metal und Gegröle. Blut und Boden, so 'n Zeugs, Hetze gegen Antifa, Penner, Junkies, Schwule und Vergewaltiger … grausam. Um Mitternacht habe ich das Gelände räumen lassen."
„Und der Mann im Anzug?"
„Unbekannt. Aber die Frau …", er überlegte, „die könnte letztens bei mir gewesen sein, hat sich als Kollegin von der OK ausgewiesen."
„Was wollte sie?"

„Ob mir was bei den Lkw von Kotor Trans aufgefallen sei, wo sie hielten und wer mit ihnen zu tun habe."
„Und?"
„Ich hab sie zu Guilulianis Mann geschickt, dem Bosnier."
„Wann genau war das?"
Wiegand musste nicht lange überlegen. „An dem Abend, als auf Sie und Ihren Kollegen geschossen wurde. Hat sie Ihnen das nicht gesagt?"
Nein, natürlich nicht. Er war ja nur ihr Chef.
Mal sehen, wie der schweigsame Fisch auf die Berger reagierte. Heinlein vergrößerte die Aufnahme und hielt sie dem Bosnier hin. Die Reaktion hätte nicht eindeutiger ausfallen können. Eine abfällige Bemerkung, dann spuckte er auf das Weibsbild.
Also kannte er sie, also war die Berger der Grund für den Streit mit Degenhardt in jener Nacht bei VS gewesen, also war sie an jenem Abend zumindest in der Nähe des Betriebshofs gewesen.
Der Schütze mit dem Sturmgewehr.
„Leiten Sie alles Weitere in die Wege", bestimmte Heinlein, „und, Wiegand, sehr gute Arbeit!"
„Danke, Herr Polizeipräsident. Wenn's nur jeden Tag solche Fälle geben würde."
Heinlein startete den Wagen.
19 Uhr. Er schnaufte und überlegte. Was jetzt?
Er hatte lange nichts von seinem Kumpel gehört.

„Herr Deckert hat nach der Frühvisite das Krankenhaus auf eigene Verantwortung verlassen."

„Der Idiot ist nach Frankfurt gefahren", schimpfte Ina, „ein Kumpel steckt in Schwierigkeiten."

Deckert ging nicht ran, aber Uschi.
„Das Ministerium hat die Fahndung nach Vanja Berger gestoppt."
„Wer zum Teufel hat das angeordnet?!"

„Keine Auskunft."
Von wegen, nicht mit ihm. „Ich will eine Ortung der Handys von der Berger und von Deckert. Schnell."
„Deckert liegt doch im Krankenhaus."
„Tut er nicht."
Dann wählte er die unbekannte Nummer vom Morgen.
Kilian antwortete nicht.
Nach dem zehnten Versuch gab er es auf.

Raststätte um Raststätte entlang der Autobahn, keine hatte die Aufnahmen der Überwachungskameras länger aufbewahrt als nötig.
Dann eine doch. Wegen der Versicherung.

Zwischen dem Fahrer von Kotor Trans und einem anderen Fahrer war es um einen Parkplatz zu einem Wortgefecht gekommen, der Streit eskalierte im Restaurant. Dem einen Fahrer standen plötzlich drei von Kotor Trans gegenüber, die entweder an Bord gewesen oder aus dem Begleitfahrzeug gekommen waren. Tische und Stühle, Gläser und Teller gingen zu Bruch, erschrockene Gäste retteten sich nach draußen.
Bis auf eine Frau in der Ecke.
Vanja Berger.
Sie schritt nicht ein, wie es als Polizeibeamtin ihre Pflicht gewesen wäre, sondern verfolgte das Geschehen, machte Bilder, telefonierte. Erst als ein Mann die Szene betrat, einen Ausweis hochhielt und eine Waffe in Anschlag brachte, verließ Berger ihren Platz und bestieg ihr Auto, fuhr aber nicht davon.
Bevor die Sanitäter eintrafen und sich um den Unterlegenen kümmerten, schaffte der Mann die Kotor-Leute aus dem Restaurant. Sie suchten ihre Fahrzeuge und fuhren davon.
Eine Aufnahme zeigte den Mann, wie er mit dem Chef der Raststätte diskutierte und auf die Überwachungskameras deutete.
Verdammt!
Alexander Deckert.

„Er sagte, dass es sich um eine geheime Ermittlung gegen Schleuser handelt“, berichtete der Restaurantchef, „deswegen müsse ich ihm alle Aufnahmen aushändigen.“
„Und warum nicht diese?“, fragte Heinlein.
„Und wer ersetzt mir dann den Schaden?“
Heinlein ließ sich eine Kopie ziehen, danach machte er sich auf den Weg nach Hause.

Tom hatte angerufen.
Kilian nicht.

Boule.
Ein Handyklingeln.
Wieder Boule.
Und noch einmal.
Kilian erkannte nur die Umrisse dreier Gestalten, die sich besprachen. Blut und Sabber tropften ihm aus dem Mund, ein widerwärtiger Geschmack auf der Zunge, nach Metall. Er spuckte aus.
„Boule“, drängte Ruggiero auf Englisch, „für morgen Abend gibt es einiges vorzubereiten. Konditionen und Verträge, die Hochzeit mit den deutschen Kameraden …“
„Lass mich nachdenken.“
Dolph Lundgren schlug die Faust in die Handfläche. „Ich bin noch nicht fertig mit ihm.“
„Nein“, widersprach Boule, „so kommen wir nicht weiter. Ruggiero, verabschiede dich von deinen Eltern und gib Gallo Bescheid, dass wir auf dem Weg sind.“
Gallo … ein Energiestoß belebte Kilian.
„Bohrman und ich kommen gleich. Wo habt ihr uns eigentlich untergebracht?“
„Wir treffen uns im Hotel San Moisè … und was ist mit ihm?“, Kilian.
„Übernehmen wir.“
„Hinterlasst keine Spuren.“ Ruggiero verließ die Halle.
„Wie wär's mit nem Bier?“, fragte Boule Dolph, der jetzt Bohrman hieß, auf Deutsch.
„Im Anflug“, antwortete der und stapfte davon.
Handyklingeln.
Boule drückte es weg und schnappte sich den Stuhl, ein gepresstes Stöhnen, ein Griff an die Seite, dann nahm er in sicherem Abstand zu Kilian Platz.
„Lange nicht mehr gesehen. Immer noch der harte Hund, eh?“
Ein verschwommenes Gesicht, das sich allmählich schärfte.

„Deckert?“, stöhnte er, Hoffnung keimte. „Mach mich los.“
„Sorry, findet nicht statt.“
„Mach mich los!“ Kilian stieß zähe Blutfäden aus, rüttelte an den Ketten, dass der Balken knackte und Staub rieselte.
„Hier endet die Reise“, sagte Deckert und schlug mit schmerzverzerrtem Gesicht ein Bein über das andere. „Hast dich tapfer geschlagen. Ein Jammer, so einen wie dich hätten wir gut brauchen können.“
„Drauf geschissen.“
„Dachte ich mir, bist ja überzeugter Einzelgänger.“
„Wer ist Gallo?“
Ein Schmunzeln. „Gallo bin ich, Gallo ist Bohrman, Gallo ist jeder, der unserer Sache dienlich ist.“
„Eine deutsch-montenegrinische Cosa nostra?“, höhnte Kilian. „Hattet ihr’s nicht mal mit dem slawischen Untermenschen?“
„Ein alter Hut. Gallo ist Camouflage, die perfekte Tarnung in der Masse von Millionen Gesichtern und Namen, gefälschten Informationen und erfundenen Geschichten, ein Mythos, wenn du so willst, und wir machen ihn uns zunutze.“
„Luka Škaljar … ist er der Kopf von Gallo?“
„Den Namen kennst du auch schon? Respekt. Luka versteht sich als seriöser Geschäftsmann, der sein Geld in lohnenswerte Projekte steckt. Nachhaltiges Investment in Infrastruktur und Politik, Verdrängung von Konkurrenten, neue Märkte … so was in der Art, und da kommen wir ins Spiel.“
„Wer, wir?“
„Wir, die Vielen mit einem gemeinsamen Ziel.“
„Was für ein Ziel?“
„Das will ich doch von dir wissen“, lachte Deckert. „Der einzige Grund, wieso du noch lebst. Also, halt dich ran, bevor Bohrman zurückkommt.“
„Wieso sollte ich dir sagen, was du längst weißt?“
Deckert seufzte. „Wir wär’s damit: Ich geb dir was, du mir was, und wir beide sind zufrieden.“

Wenn er es unbedingt so haben wollte, Kilian hatte nichts dagegen einzuwenden.
„Ich weiß, dass ihr Politik, Wirtschaft, Behörden, Armee und Nachrichtendienste unterwandert habt … Keine Einzelfälle, sondern Netzwerke."
„Hast du Beweise?"
„Einer sitzt vor mir."
Ein Lächeln.
„Ja, nicht schlecht. Wir sind zu Meistern der Infiltration ausgebildet worden und den notwendigen Rest haben wir im Lauf der Jahre selbst entwickelt, Fahrstuhleffekt und Raupentechnik, Methoden aus dem militärischen und nachrichtendienstlichen Bereich in die Service-Clubs transferiert …"
„Was soll das sein?"
„Zivile Organisationen. Wir besetzen Schlüsselpositionen, an denen unsere Leute durchgewunken werden, sodass sie sich nicht erst jahrelang abrackern müssen, bevor sie für unsere Sache tätig werden können."
„Welche Schlüsselpositionen?"
„Nein, du bist dran."
Kilian überlegte. „War Helmbrecht in so einer Position?"
„Lenk nicht ab."
„Du hast ihn aus dem Weg geräumt, um seinen Platz einzunehmen."
„Nein, ein Geben und Nehmen. Also?"
Was konnte er ihm geben?
„Amer … er hat deine Brüder vom Heiligen Schwert um ihren Sold gebracht."
„Interessant, aber nicht mein Problem. Weiter."
Was noch?
„Bellario …"
Deckert richtete sich auf. „Was weißt du über ihn?"
„Das Verbindungsstück zwischen italienischen und deutschen Kameraden, der Mittelsmann von Luka Škaljar."
Die Anspannung wich, Deckert lehnte sich zurück.

„Du beginnst mich zu langweilen.“
Ein neues Ziel, auch wenn er es nicht klar benennen konnte.
„Die Frau an Bellarios Seite …“
„Davon gibt es viele.“
„Eine ganz bestimmte …“
Dolph … Bohrman kam mit den Bieren.
„Auf Boule!“ Den Treuesten der Treuen … ein kräftiger Schluck vom urdeutschen Bölkstoff, und der Hammel Bohrman schnaufte zufrieden.
„Hat er geplaudert?“
„Ist gerade dabei“, antwortete Deckert, alias Boule.
Boule … ein Spiel alter Männer im Park, die den Tod vor Augen hatten, und wenn Kilian die Ketten endlich losbekam, würde er die Wartezeit verkürzen.
„Was Konkretes?“
„Nur Halbgares.“ Deckert griff sich an die Seite, verzog das Gesicht.
„Wie geht's der Verletzung?“
„Okay, wenn das Antibiotikum nicht wäre.“
Ein Handy klingelte, wieder einmal.
„Geh endlich ran“, stöhnte Bohrman, „oder schalt's ab. Das ewige Gebimmel nervt.“
Deckert drückte den Anruf weg. „Ich muss erreichbar bleiben.“
„Kinder und eine besorgte Frau“, spottete Kilian, „wissen die eigentlich, was für ein Arsch ihr Alter ist?“
„Wenigstens leben meine noch.“
Die Ketten spannten sich, hielten aber Kilians Zorn stand.
„Was für eine Tragik“, bedauerte Deckert, während er sich die Müdigkeit aus dem Gesicht rieb. „Pia hat's echt gut gemeint, wollte den Schwachkopf Helmbrecht beruhigen. Geh weg, hab ich ihr gesagt, bringt nichts … aber nein, stur und unbelehrbar, alle beide. Tut mir echt leid um Pia, Ehrenwort. Es ging wirklich nur um Helmbrecht.“
„Du hast sie getötet?“ Die Kettenglieder bohrten sich in seine Handgelenke.

„Ein … Kollateralschaden, unendlich sinnlos. Glaub mir, ich hatte das so nicht geplant."
„Warum?!", schrie Kilian ihn an. „Warum hast du sie nicht verschont?"
„Wie denn?!", bellte Deckert zurück, griff sich an die Verletzung und stöhnte. „Hast du ne Vorstellung, wie schwierig es war, ne Gasflasche unbemerkt und dann auch noch ohne Spuren explodieren zu lassen, damit es nur den versoffenen Holzkopf erwischt? Pia wollte partout nicht auf mich hören, obwohl ich sie angefleht habe mitzukommen … ein ums andere Mal."
„Ich glaub dir kein Wort", schnaufte Kilian, pumpte sich auf, um die verdammten Ketten endlich zu sprengen.
„Im Grunde war es die Schuld von Helmbrecht. Hätte der Idiot kapiert, dass seine Zeit abgelaufen war, dass er seinen Posten längst hätte räumen müssen, hätte Gallo mir nicht die Pistole auf die Brust gesetzt, ihn zum Schweigen zu bringen."
„Jetzt auch noch Gallo", höhnte Kilian. „Hast du nicht die Eier, wenigstens für deine erbärmliche Hinterhältigkeit einzustehen?! Du hast Pia kaltblütig umgebracht! Du hast andere Unschuldige …"
„Ja, ich weiß!", ging Deckert dazwischen. „Es war nicht …"
Das Hallentor knarrte, Ruggiero eilte herbei.
„Draußen sind Polizisten. Ein Fremder hatte gestern Kontakt mit zwei Männern am Hospiz, die mit Corona infiziert sind."
„Was interessiert mich das? Schick sie weg", ordnete Deckert an.
„Nachbarn haben den Fremden hierher gehen sehen, sie müssen jeden überprüfen."
Notstandsgesetz.

43 | Notnagel

Wenigstens ging Ina ran.
„Hat sich Alex schon gemeldet?“, fragte Heinlein.
„Heute Morgen. Er ist bei seinem Kumpel angekommen.“
„Gottwald?“
„Einen Namen hat er nicht genannt. Sie fahren in ein Wochenendhaus, wo sie ungestört quatschen können.“
„Würdest du ihm beim nächsten Mal ausrichten, dass er sich bei mir melden soll? Ich würde gerne ein paar Worte mit ihm wechseln.“
„Kann ich machen … Noch was?“
Ja, einen nagenden Zweifel zerstreuen.
„Was genau hat dir Alex an dem Abend gesagt, als wir nach Hammelburg zu dieser Sicherheitsfirma aufgebrochen sind?“
„Nichts, er hat mich gar nicht angerufen.“
„Doch. Und er hat auf deine SMS geantwortet.“
„Wovon redest du? Ich habe ihm keine SMS geschrieben. Das Erste, was ich von euch gehört habe, war dein Anruf aus dem Krankenhaus … mitten in der Nacht.“

Tom hatte etwas in den Aufnahmen der Überwachungskameras vom Hauptbahnhof entdeckt, die Heinlein dem diensthabenden Bundespolizisten abgeschwatzt hatte. Allerdings hatte er nur das Material erhalten, das nicht beim LKA lag – die Stunden vor dem Anschlag auf den ICE.
„Der Typ verhält sich seltsam.“
Der Zeitstempel legte die Situation auf 18.40 Uhr fest, acht Minuten, nachdem der ICE aus Fulda planmäßig eingefahren und kurz darauf weitergefahren war.
Ein Polizist geht auf dem Bahnsteig auf und ab, schaut hinter Säulen und Aushänge.
Polizeimeister Schäfer.
In der Bahnhofshalle der gleiche Ablauf, zu den Toiletten, in die Geschäfte, zu den Schließfächern.

Auf dem Bahnhofsvorplatz lungern einige Gestalten herum, der Gesuchte ist nicht darunter.
Schäfer telefoniert, gestikuliert, als sei seine Suche erfolglos gewesen, er verschwindet im Dunkel der Bushaltestellen.
„Da hatte ihn die berühmte Spürnase wohl verlassen", kommentierte Heinlein den fragwürdigen Auftritt. „Wissen wir, wie lange sich Schäfer zuvor dort aufgehalten hat?"
„Muss ich suchen", sagte Tom.
„Und wen er angerufen hat."
Gestampfe vor der Tür.
Uschi trat sich die schmutzigen Schuhe ab, winkte mit einer Brötchentüte und legte Tom einen USB-Stick hin.
„Hab den Telefongesellschaften mit ner Überprüfung gedroht, damit es schneller geht. Frische Hörnchen und Kaffee?"
Zwei Finger zeigten auf.
„Hast du die Aufnahmen vom BR?", fragte Heinlein
„Die sind auch auf dem Stick." Sie schüttete den alten Kaffee weg und befüllte die Kaffeemaschine mit Wasser. „Deckerts Handyortung läuft, die von der Berger nicht. Absolute Blockade. Keine Chance."
„Warum nicht?"
Uschi zuckte die Schultern. „Vielleicht weiß Petersen mehr. Hab ihn nicht erreichen können."
„Warum nicht?"
„Herrgott, Schorsch, weil er wahrscheinlich denkt, dass er mir keine Rechenschaft schuldig ist."
„Das werden wir sofort klären", nahm er sich vor und griff zum Telefon. „Was glaubt der denn, wer du bist?"
„Gute Frage", aus der Küche.
Beim vierten Klingelzeichen hatte er ihn dran.
„Herr Polizeipräsident …"
„Sparen Sie sich die Floskeln, Petersen. In zehn Minuten bei mir zu Hause, und wehe, Sie sind nicht pünktlich."
Klick! Ein Schnaufen.

„Das war ja mal ne Ansage“, lobte Tom, stutze aber sogleich beim Durchforsten von Schäfers Anrufliste.
„Hätte ich schon viel früher machen sollen.“
Die Nummer, die Schäfer um 18.46 Uhr angerufen hatte, passte zu der eines Kollegen.
„Hoffmann“, staunte Heinlein, und Hoffmann hatte kurz darauf eine weitere bekannte Nummer angerufen.
„Deckert.“ Heinlein wurde flau im Magen.
„Als der Attentäter den Bahnhof in Fulda betritt“, kombinierte Tom, „da war er doch in Eile, als sei er zu spät dran …“
Heinlein nickte stumm.
„Orientierungslos sucht er das Gleis des einfahrenden Zugs, sieht aber nur noch, wie der davonfährt. Darauf scheitert er am Fahrplan, und statt jemanden um Hilfe zu bitten, versteckt er sich im toten Winkel der Kameras, wartet und wartet, bis der passende Zug einfährt und er zusteigt. Woher wusste er, dass dieser Zug der richtige ist?“
Heinlein brachte kein Wort heraus, die wildesten Gedanken schossen quer.
„Was, wenn es ihm jemand gesagt hatte, und Schäfer bis dahin auf der falschen Fährte am Bahnhof in Würzburg herumirrte?“
„Da liegt ne halbe Stunde dazwischen“, erwiderte Heinlein, „Schäfer hätte das längst mitbekommen und wär erst gar nicht am Bahnhof aufgetaucht.“
„Du mit deiner Theorie“, gab Uschi zu bedenken. „Wenn immer alles just in time klappen würde, könnte ich pünktlich zur Mittagspause nach Hause gehen.“
„Warum hat er dann die Notbremse gezogen, wenn er von Schäfer am Bahnhof abgeholt werden sollte?“
Schweigen.
„Weil er’s vermasselt hat“, stellte Uschi lapidar fest, „und zwar von Anfang an.“
„Richtig“, pflichtete Tom bei, „er war überfordert und konfus, das zeigen die Aufnahmen im ICE.“

„Und er hat mitten auf der Strecke einen Anruf erhalten", erinnerte sich Heinlein. „Planänderung, er sollte nicht mehr im Bahnhof aussteigen ... sondern davor."
„Vor dem Tunnel", konkretisierte Tom und rief eine Landkarte auf, die Entfernung zwischen den Gleisen und der Faschingshalle betrug wenige hundert Meter. „Es war zwar stockdunkel, aber die Lichter und der Krach hätten ihn geleitet. Sein Ziel war immer die Faschingsveranstaltung gewesen, das halbe Regierungskabinett saß auf engstem Raum zusammen."
„Aber wieder vermasselt er's", sagte Uschi, „der Zug kommt erst nach dem Tunnel zum Stehen."
„Er ist völlig lost im Niemandsland, jemand muss ihn raushauen. Und das kann nur ..."
You Gallo?
Heinlein beendete die Spekulationen. „Mit einem Sprengstoffgürtel am Leib wäre er nie durch die Personen- und Körperkontrolle gekommen ..."
Nicht ohne Hilfe.
„Die Aufnahmen vom BR", forderte er Tom auf, „vom Eingangsbereich."
Heran- und wegfahrende Limousinen, das Defilee der Minister und Celebrities, im Hintergrund finden sich die Personenschützer ein, stehen zusammen, rauchen und reden, während drinnen die große Sause beginnt.
Hoffmann kommt ins Bild, er gesellt sich zu der Gruppe der Personenschützer, spricht mit ihnen, bis er zwei Anrufe erhält und auf Abstand geht.
Einmal tätigt er selbst einen Anruf.
Woraufhin Schäfer eintrifft, das Gebäude betritt und Minuten später mit Heinlein herauskommt, mit ihm wegfährt.
Zu Deckert, der ihn bereits erwartete.
Weil die Situation am ICE hoffnungslos verfahren und unauflöslich geworden war und der unliebsame Zeuge rasch verschwinden musste, bevor er plauderte.

„Warum hat es dafür dich gebraucht“, fragte Uschi Heinlein, „warum hat Deckert den Job nicht selbst erledigt oder es dem SEK überlassen?“
Tom glaubte die Antwort zu kennen. „Du warst der Notnagel, Papa, der Spatz in der Hand, nachdem das Primärziel unerreichbar geworden war.“
So klein ließ sich Heinlein nicht machen.
„Wenn Deckerts Plan aufgegangen wäre, wäre die Position des Polizeipräsidenten neu besetzt worden …“
Womöglich mit einem einflussreichen und gut vernetzten Kollegen. Boule.

Der Stuhl, nur noch eine Fußspitze entfernt.
Kilian ging bis zum äußersten Schmerz, die Kettenglieder pressten auf die Gelenke.
Draußen versuchte Ruggiero die Polizisten davon abzuhalten, die Halle zu betreten, um nach dem Fremden zu suchen, Deckert und Bohrman verfolgten die Szene durch den Türspalt.
Es sah nicht gut für sie aus.
„Wir müssen hier weg, bevor wir alle in Quarantäne gesteckt werden", raunte Deckert.
„Und wie?", fragte Bohrman. „Was ist mit ihm?", Kilian.
„Der läuft uns nicht weg. Mach einfach, was ich dir sage."
Er ging vor die Tür. Worte wurden gewechselt, dann rief er nach Bohrman.
Der folgte dem Befehl, wie Soldaten nun mal gehorsam ins Unglück laufen.
Eine Auseinandersetzung. Deckert beruhigte Bohrman, sobald das Ergebnis des Tests vorläge, solle er nachkommen.
Nein, weder Ruggiero noch Deckert hatten engeren Kontakt zu Bohrman gehabt, sie hätten ihn soeben in der Halle angetroffen.
Trotzdem müssten auch sie sich einem Test unterziehen, Vorschrift.
Die Halle würde versiegelt, später desinfiziert.
Und so geschah es.
Die Tür wurde verschlossen, sie gingen weg.
Der Stuhl, auf den Kilian steigen konnte, um den Karabinerhaken zu öffnen, fiel um.
Ihm vor die Füße.

45 | Tarnkappe

Ein hochpolitischer Rosenmontagszug im Vorgarten.
„Ich musste eine Verschwiegenheitserklärung abgeben“, wehrte sich Petersen gegen die Vorwürfe Heinleins.
„Über meinen Kopf hinweg?!“
„Vanja ermittelt verdeckt im Auftrag des BKA gegen Ihren Kumpel und Duzfreund Deckert, er soll den Mafiamann Helmbrecht aus dem Weg geräumt haben. Das macht auch Sie verdächtig.“
„Blödsinn!“, schnaubte Heinlein, obwohl er es mittlerweile besser wusste. „Wie rutschte die Berger dann überhaupt in die Sicherheitsüberprüfung, wenn das BKA hinter ihr steht?“
„Gegen den Mann beim Verfassungsschutz wird ermittelt, er scheint einem rechten Netzwerk anzugehören, das seine Leute befördert und die Gegner diskreditiert. Die Ermittlungen erstrecken sich auch auf mehrere LKAs und Nachrichtendienste, bei der Bundeswehr geht es deswegen ohnehin schon drunter und drüber. Die Kameraden haben sich verbündet, und Außenstehende wissen nicht mehr, wer auf wessen Seite steht. Ist der Kollege Freund oder Feind? Hat er was gegen mich in der Hand, bist du ihm einen Gefallen schuldig, damit du wegsiehst und schweigst?“
„Genug“, beschied Heinlein. „Was genau hat die Berger nun in Hannover gemacht?“
„Soviel ich weiß, hat sie von dem Montenegriner den Namen eines italienischen Politikers erhalten, der von der Mafia geschmiert wird.“
Das musste der Fatzke im Anzug aus der Bar in Turin sein.
„Und wie passt Deckert da rein?“, fragte Heinlein.
„Seit einiger Zeit geistert ein Tarnname durch die Szene, der den Schulterschluss mit rechtsnationalen Gruppierungen im Ausland und mit Waffenhändlern sucht …“
„Lassen Sie mich raten“, kam Heinlein ihm zuvor. „Boule.“

In Italien sei die Zahl der Toten durch das Coronavirus auf sieben gestiegen, berichtete Uschi von den Nachrichten. Mehr als

220 Menschen seien infiziert. Zehn Orte in der Lombardei standen unter Quarantäne, das öffentliche Leben lag weitgehend lahm. Betriebe, Geschäfte, Museen und Schulen geschlossen, die betreffenden Orte abgeriegelt.

Die letzte Ortung von Deckerts Handy stammte aus einem dieser Orte, Codogno.

In der angrenzenden Region Venetien sah es nicht besser aus, Universitäten, Schulen und Kindergärten wurden geschlossen, alle öffentlichen Veranstaltungen untersagt. So auch der weltberühmte Karneval in Venedig.

„Laut Petersen ist die Berger genau dorthin unterwegs", sagte Heinlein.

Warum?

„Wegen eines Treffens irgendwelcher Mafiabosse."

„Wie weit ist dieses Codogno von Venedig entfernt?", fragte Uschi.

Tom bemühte den Routenplaner. „250 Kilometer, drei Stunden mit dem Auto. Aber ein Shutdown wie in China steht bevor."

Heinlein rieb sich das unrasierte Kinn. Dann musste es schnell gehen, kein Zaudern und kein Zögern mehr. Eine Dusche, frische Klamotten, am besten gleich eine neue Haut. Die alte stank nach Gutgläubigkeit und Vertrauen.

„Flüge gehen aber noch", wusste Uschi. „Die Steffi aus der Personalabteilung hat mit ihrer Tochter ne Woche Venedig gebucht, der Abflug morgen früh ist bestätigt."

„Warum sollte mich das interessieren?", entgegnete Heinlein gereizt.

„Jetzt will die Tochter aber wegen Corona nicht mehr mit, und die Steffi heult sich die Seele aus dem Leib."

Frauen konnte Heinlein noch nie weinen sehen.

„Ruf sie an."

Er eilte nach oben ins Badezimmer.

Duschen, Koffer packen.

46 | San Moisè

Die junge Frau wahrte erstaunlicherweise die Fassung.
„Nein, Signore Deckert hat noch nicht eingecheckt“, gab sie Kilian zur Auskunft, der mit blutig verschmutzten Klamotten und aufgeschlagenem Gesicht vor ihr stand. „Eigentlich haben wir ihn gestern erwartet.“
Vermutlich würde Deckert auch nicht mehr kommen, denn seit seiner Flucht aus der Quarantäne in Codogno, war er bei der Gesundheitsbehörde registriert, er befand sich damit auf der Fahndungsliste, er würde woanders einen Unterschlupf finden müssen.
„Ist Signore Ruggiero Litta eingetroffen?“
Nein, auch nicht. Aber Kollegen von ihm.
Soll ich sie benachrichtigen?
„Nicht nötig. Ich warte hier auf sie.“
Er bestellte einen doppelten Espresso und einen doppelten Eisbeutel und setze sich auf einen der leeren Stühle in der Gasse vor dem Hotel nahe dem Markusplatz.
Deckert und Ruggiero hatten es in der Nacht geschafft, die Polizeisperren zu durchbrechen, an mehreren Stellen hatte es Zwischenfälle gegeben, und auch Kilian hatte eine unübersichtliche Situation genutzt, um sich querfeldein davonzustehlen.
Nun versteckten die beiden sich an einem unbekannten Ort irgendwo zwischen Codogno und Venedig … oder sie waren bereits hier. In der wunderbaren, nahezu menschenleeren Lagunenstadt, wo kein Ozeanriese mehr die Sicht aufs Meer verstellte und Touristenmassen ausspuckte, kein Gedränge mehr die Straßen und Plätze verstopfte und keine Rollkoffer die Ruhe der Venezianer mehr störten.
Kilian hörte Möwengeschrei, das Plätschern des Wassers an den Kaimauern, die Glocken der entferntesten Kirchen, er roch frische Meeresluft, sah das Schaukeln der vertäuten Boote, spürte den Wind auf der Haut und schmeckte die Sehnsucht, dass dies noch lange so bleiben möge.
Die andere Seite der Medaille.

Das Wort Quarantäne entstammt dem italienischen Quaranta, in Seuchenzeiten mussten Seeleute vierzig Tage auf ihren Schiffen ausharren, bevor sie an Land gehen durften.
Nun hielt die Quaranta nicht nur sie von der Stadt fern, sondern auch den Gesang der Gondoliere, die Reiseführer, Souvenirverkäufer, Wirte, Kellner, Köche, Pagen, Zimmermädchen und viele mehr – das pumpende Herz Venedigs lag auf Intensivstation, gerade erst erholt von der verheerenden Flut im Winter.
Die Polizei achtete auf die Einhaltung der Notstandsverordnungen, ein flüchtiges Ciao auf der Straße und schon verschwand man hinter der nächsten Tür.
Die nackte Angst. Fraß Herz und Seele auf.
Der Kellner brachte Eisbeutel und Espresso. Die Frage, ob er es aufs Zimmer buchen sollte, verkniff er sich beim Anblick des Gastes, klemmte den Bon unter den Aschenbecher und tappte ins Hotel zurück.
Hatte sich Heinlein inzwischen gemeldet?
Kilian griff in die Jackentasche, ertastete aber nichts. Ruggiero hatte sich an seinem Handy versucht, es war in der desinfizierten Halle in Codogno zurückgeblieben.
Nach der Pleite mit dem Tracking war es ohnehin besser, eine Zeitlang darauf zu verzichten, jetzt, da er den wahren Mörder von Pia gefunden hatte.
Deckert.
All die Jahre war er dem Phantom Gallo hinterhergejagt. Hatte denn Heinlein nie etwas an seinem alten SEK-Kumpel bemerkt? Die beiden waren unzertrennlich …
Ein Motor hustete, eine Nussschale mit Außenborder trudelte in das kleine Hafenbecken ein. Zwei Männer traten auf den Kai, wechselten Worte, trennten sich. Der eine ging in die Stadt, der andere geradewegs auf Kilian zu.
Wenn man sich im Dunstkreis von Verbrechern aufhielt, musste man sich nicht wundern, wenn sie einem ständig über den Weg liefen.
Valon.

47 | San Clemente

Die Maschine hatte sachte am Flughafen Marco Polo in Tessera aufgesetzt, der Applaus der deutschen Passagiere blieb mangels Masse aus.
Benvenuti a Venezia vom Kapitän und den Stewardessen.
Heinlein und seine Reisegefährtin Steffi bestiegen ein nur spärlich besetztes Vaporetto, der Wasserbus würde sie nach einer beschaulichen Fahrt über den nördlichen Teil der Lagune direkt vor dem Hotel absetzen.
Heinlein trug Sonnenbrille zum sandfarbenen Sommeranzug, etwas gewagt für die aktuelle Wetterlage, Steffi die Sonne im Herzen und ein Strahlen im Gesicht, als wären sie auf Hochzeitsreise.
Seit an Seit saßen sie in vorderster Reihe.
Die Wellen waren ihnen gnädig gesinnt, das Schwanken des Boots ein wohliges Wiegen, und wenn Heinlein die körperliche Nähe Steffis richtig deutete, konnte es kritisch werden.
Amor, in Gestalt des Kapitäns, feuerte den ersten Pfeil über die dröhnenden Lautsprecher ab.
Salva l'amore cara, salva l'amore.
Le notte d'estate la luna l'estelle lassu …
Das Gestade von Cannaregio.
Am vierten Kanal links ab.
Entlang morbider Palazzi mit abenteuerlichen Balkonen, weder SUV noch Cabrio davor in Stellung gebracht, sondern Schunkel-Barken.
Unter Brücken hindurch. Tore zu einer verwunschenen Welt.
Pfeil um Pfeil.
Und Steffi lehnte sich getroffen an Heinleins Schulter.
Er ließ sich nichts anmerken, rückte die Sonnenbrille zurecht.
Am rettenden Ufer Passanten in Eile und ein paar wenige Touristen an vielen leeren Tischen, sie verfolgten desinteressiert die vorbeituckernde Loveparade.
Im Hafen eines mittelalterlichen Traumtempels.

Pagen sprangen an Bord und schafften das Gepäck ins Hotel, das der Abreisenden ins Boot, und Heinlein reichte der benebelten Steffi die Hand, um sie sicher zu geleiten.
In der Lobby herrschte Katerstimmung unter den Gästen, die vor gepackten Koffer und einer verwaisten Bar saßen. Im Vergleich zum vorherigen Programm wurde an der Rezeption eine eher bescheidene Version von Benvenuti inszeniert.
Stichworte. Bemüht freundlich heruntergerattert.
Frühstück zwischen sieben und neun Uhr im Restaurant, Abendessen ab 19 Uhr, bei der Speisekarte müssen Sie zu unserem Bedauern mit Einschränkungen rechnen. Der Willkommensdrink wird sogleich auf dem Zimmer serviert. Ich wünsche Ihnen einen unvergesslichen Aufenthalt in unserer wunderbaren Stadt.
Das in barocker Pracht herausgeputzte Zimmer befand sich auf der zweiten Etage, das Fenster protzte mit einem von einer Brücke überspannten Kanalblick, auf dem Doppelbett zwei burgunderrote Schokoladenherzchen, frische Blumen in der Vase und ein verunsicherter Heinlein im goldgerahmten Spiegel.
Steffi ließ sich rücklings aufs Bett fallen, als fiele sie auf Wolken.
„Was stellen wir beide jetzt bloß an?"
Gute Frage. Vor allem: Wo sollte er schlafen?
„Ich muss telefonieren", bat er um Aufschub, öffnete die hohen Fenstertüren und betrat den winzigen Balkon, der eine beunruhigende Neigung kanalwärts aufwies.
Noch immer hatte Kilian nicht zurückgerufen.
Von Tom eine Nachricht mit den Koordinaten von Deckerts letzter Handyortung, Heinlein ging online und betätigte den Link.
San Clemente, eine der Lagunenstadt vorgelagerte Insel mit weitläufiger Hotelanlage, Park, Pool und Tennisplatz.
Dann eine Nachricht von … Vanja Berger?
Petersen musste sie in Kenntnis gesetzt haben. Die Mitteilung beschränkte sich auf das Nötigste:
San Clemente. 20 Uhr. In Kostüm! Ich, als Königin der Nacht.
Klopfen an der Tür, Steffi beantwortete es in bester Manier.

„Prego!“
Der Kellner servierte etwas Rosafarbenes in Cocktailgläsern, das verdächtig nach Kopfschmerzen aussah.
„Zum Wohl“, wünschte er auf Deutsch. „Kann ich noch etwas für Sie tun?“
„Was ist da heute Abend auf … San Clemente los?“
Unangenehme Frage. „Ein Maskenball.“
„Echt jetzt?“, schöpfte Steffi Hoffnung, dass alles noch so eintreten würde, wie sie es seit Monaten erträumte.
„Eine Ausnahmegenehmigung“, der Kellner, als müsse er beichten, „für die weit draußen liegende Insel.“
Bevor der letzte Vorhang auch für die Reichen und Schönen fiel.
„Wer ist der Gastgeber?“
„Kotor Enterprises.“
Damit war Steffis Frage von zuvor beantwortet.
„Ein Wassertaxi für 20 Uhr, pünktlich, bitte.“
„Sehr wohl“, mit einem Nicken und auf dem Weg zur Tür.
„Wo ist der nächste Kostümverleih?“
„Ein paar Straßen weiter. Ach ja, das Ticket für den Ball kostet tausend Euro.“
Sein Grinsen war so breit, wie Heinleins Augen groß.

Das Konto bis zum Anschlag leergeräumt.
Smoking, bequeme Schuhe, Karnevalsmaske und Eintrittskarte.
Die Nachtfahrt im offenen Wassertaxi gestaltete sich zugig, Wind peitschte das Wasser auf und kroch Kilian unter die Haut, sodass er fröstelte. Sein Chauffeur machte ihn auf eine Decke aufmerksam, er schlug sie aus.
Wärmender als jede Decke war der Gedanke an Deckert, der sich, laut Valon, auf der Insel San Clemente aufhielt.
Die er nicht mehr lebend verlassen würde.
Aus dem Dunkel tauchten Lichter von Booten und Jachten auf, ein Hubschrauber setzte zur Landung an, sie alle folgten der Einladung von Kotor Enterprises zum Maskenball.
Nach Valons Beschreibung würde es bei der Anlandung keine Probleme geben, der Park, die Außenbereiche mit Pool und Bars und die Hotellobby waren für jedermann zugänglich. Erst an der Treppe zum oberen Stockwerk musste man eine elektronische ID vorweisen, um die Räume betreten zu dürfen.
Wo Luka Škaljar Hof hielt, wo die Deals gemacht wurden.
Valon verabredete sich mit Kilian an der Treppe, bis dahin wollte er eine ID für ihn beschafft haben.
Warum tust du das für mich, Valon?
Weil du mir geholfen hast.
Wir haben nur was zusammen getrunken.
Als ich auf der Straße saß, keiner von mir etwas wissen wollte.
Und wenn sie dich erwischen?
Ich bin unbedeutend, unsichtbar. Ein Schatten in der Nacht.
Kilian hätte sich keinen besseren Bruder in Geist und Tat wünschen können.
Eine kleine, weiße Kirchenfassade mit himmelwärts geschwungenen Bögen und einem Turm lag im flackernden Schein von offenen Feuerstellen, ein wuchtiger Ausläufer des früheren Klosters, wo jetzt Hotelgäste logierten, schloss sich an und bildete so einen

Platz. Eine Bar, Sessel und Tische wirkten verlassen, die Anlegestelle gesperrt.
Ein ganz anderes Bild ein Stück weiter im überfüllten Hafenrund. Barock-venezianisch gewandete Karnevalsgäste traten an Land, manche stilsicher und originell, andere hatten sich mit der üblichen Stangenware vom Verleih begnügt. Hin und wieder ein Smoking mit Maske, Kilian würde also nicht auffallen.
Kostümierte Diener maßen die Temperatur der Gäste, bevor ihnen der Zutritt gestattet wurde. Atemschutzmasken fanden keine Abnehmer, man trug bereits eine Maske, so der amüsierte Tenor.
Auf 36,5 pendelte sich Kilians abgekühlte Stirn ein. Erleichternd, nach dem Kontakt mit Lisha und den Männern am Hospiz in Codogno.
Bunte Lichterketten und das Spiel eines wegelagernden Streichquartetts geleiteten zum Hotel, wo Kilian keine zentrale Rezeption mit Lobby empfing, sondern auf gediegen getrimmte Klosterarchitektur aus dem zwölften Jahrhundert. An der Decke prangte ein vielarmiger Lüster inmitten mächtiger, quadratischer Säulen, zwischen denen lange Korridore abgingen, in denen sich der Blick wie auch die Gäste verloren.
Frontal führte eine mit rotem Teppich ausgelegte Treppe in die obere Etage. Zwei Füseliere wachten, sie trugen alte Flinten mit aufgepflanzten Bajonetten zur Schau, am Gürtel unter der Uniform halbautomatische Pistolen.
Von Valon war nichts zu sehen.
Auch im Innenhof nicht, der festlich illuminiert Gauklern eine Bühne bot und Zuschauern kurzweiliges Amüsement. So folgte Kilian den leeren Gläsern zu einer Bar, schummrig ausgeleuchtet, fast schon intim. Masken standen beisammen, tranken, plauderten und flirteten zu den Klängen eines fröhlichen Mozartstücks.
Kilian nahm am Tresen Platz und bestellte einen Mendoza. Neben ihm ein Chevalier, der um die Gunst einer Madame Dubarry warb, von der man hinter der glitzernden Maske nur Augen erkennen konnte, am schmalen Hals aber untrüglich eine mit Edelsteinen besetzte Halskette.

Seine eigene Maske schmerzte auf den noch leicht geschwollenen Wangenknochen, sodass er sie zum Brandy abstreifte und erleichtert trinken konnte.
Fremde Sprachen mischten sich mit reichlich Oberflächlichkeiten, Geschnatter und Verabredungen zu Golfen und Shopping.
War das die Klientel von Kotor Enterprises?
Wer seriöser Geschäftspartner, wer krummer Mafioso?
Oder stellte sich die Frage nicht.
Wer sich im Dunstkreis von Verbrechern aufhielt …
In einem pechschwarzen Abendkleid, das von kleinen Federn im Dekolletee gesäumt wurde, die sich in einem silbernen Diadem mit Saphir und Raubvogel in den hochgesteckten Haaren wiederholten, betrat eine Frau die Bar.
La Luna, weiß geschminkt, dunkle Lippen und Lidschatten, und unverkennbar angespannt.
„Einen Tequila, 1800er, Gold“, wie nach einem langen Arbeitstag.
Kilian setzte seine Maske wieder auf, sie konnte dem Karnevalstreiben hingegen wenig abgewinnen.
Zwei Schlucke Erleichterung.
Dann kramte sie in ihrer Krokotasche nach dem Handy, eine lange, rechteckige Hülle, checkte die Nachrichten und antwortete mit einem leisen Fluch.
Auf Deutsch.
„Versetzt worden?“
Ein fragender Blick, wer sich hinter Smoking und Maske verbergen mochte.
„Hätte nichts dagegen.“
„Ich auch nicht“, grinste er.
„Kein Interesse“, ein mitleidiges Lächeln.
Und während Kilian sie aus nächster Nähe studierte, schoben sich Bilder über dieses bleiche Gesicht.
Von Rijeka. Pozzuoli. Turin …
„Sollten Sie aber.“ Er streifte die Maske ab.
Erstaunen wandelte sich zu Missfallen.

„Das darf doch nicht wahr sein." Sie blickte sich um. „Hatte ich Ihnen nicht gesagt …"
„Wer sind Sie? Woher kennen wir uns?"
Sie rang mit sich, entschied sich schließlich für die Abkürzung und öffnete ihre Krokotasche, sodass er einen Blick hineinwerfen konnte. Ein Dienstausweis. Polizeipräsidium Unterfranken. Berger, Vanja. Kriminaloberkommissarin.
Die Dienstwaffe, eine HK SFP9.
„Ist nun alles geklärt, Herr *Kilian*?" Unleidlich, nein, bissig.
„Hat Heinlein Sie geschickt?"
„Nein, aber er sollte längst hier sein."
„Auf San Clemente?" Kaum vorstellbar.
„Ich habe überhaupt keinen Nerv für den Scheiß, aber wenn Sie schon mal da sind: Treffen Sie ihn, trinken sie zusammen ein paar Cocktails, haben sie Spaß und baggern sie ein paar einsame Herzen an, aber lassen Sie mich in Ruhe arbeiten."
Es konnte nur eine Arbeit geben, wegen der sich ihre Wege immer wieder kreuzten.
„Sie sind Gallo auf der Spur."
„Bravo, weiter so, damit alle Bescheid wissen."
Ihre freche Lippe war ja durchaus charmant, doch jetzt übertrieb sie es. Höchste Zeit, der Prinzessin das Krönchen zurechtzurücken.
„Hätten Sie sich früher zu erkennen gegeben, hätten wir unsere Kräfte bündeln und gemeinsam vorgehen können. Ihr Verhalten war unprofessionell, eigensinnig und der Herausforderung nicht gewachsen, einer Kriminaloberkommissarin unwürdig."
La Luna starrte ihn schweigend an.
„Wenn das jetzt geklärt ist", schnaufte Kilian, „was schlagen Sie vor?"
„Der Einsatz ist im Gange, ich kann nichts für Sie tun."
„Welcher Einsatz?"
Ihr Handy meldete den Eingang einer Nachricht, auch um sie herum bimmelte und piepste es.
Ein hastiger Blick. „Es geht los," Sie verließ mit den anderen die Bar. Kilian folgte ihr. „Treffen Sie Luka Škaljar im oberen Stockwerk?"

„Ja, wo Sie nicht hinkommen. Bleiben Sie auf Abstand. In einer Stunde ist alles vorbei."
„Was? Reden Sie endlich."
Sie tat es nicht.
Ein Füselier las den QR-Code von ihrem Handy ein, gewährte ihr Zutritt, nach dem nächsten Treppenabsatz war sie ganz verschwunden.
Die übrigen Gäste verteilten sich auf die Korridore und Innenhöfe, wo gejubelt, geklatscht, gefeiert und getanzt wurde.
Wo steckte Valon? Und Heinlein, sofern sie ihm keinen Bären aufgebunden hatte.
„Komm", raunte jemand an der Seite, ein Page in Livree, mit gelockter Perücke und gepudertem Gesicht – Valon. „Schnell, wir müssen uns beeilen."
Er führte Kilian den Korridor entlang ums Eck, ein paar Stufen hinab zu einer Tür, die er mit einer Karte öffnete. Ein schummriges Treppenhaus, ein Flucht- oder Versorgungsweg mit Hinweisschildern und Notlichtern, dort ging es wieder aufwärts.
„Ruggiero kontrolliert alles, bin nicht an die IDs gekommen", entschuldigte sich Valon.
Ruggiero interessierte Kilian nicht länger. „Wo ist Boule?"
„Irgendwo auf der Insel, überall Kameras", er deutete an die Decke, wo ein unscheinbares Ding in der Ecke klebte.
„Dann sehen sie uns?"
„Nicht im Moment. Ruggiero hat alle versammelt, gibt Anweisungen."
„Welche, an wen?"
„Er hat in die QR-Codes eine Backdoor eingebaut. Damit kann er jeden aufspüren und mithören, was sie sagen."
„Was will er wissen?"
„Geheimnisse."
Die Tür zum oberen Stockwerk ließ sich ohne Karte öffnen, der Zug der Gäste verteilte sich auf die Zimmer.
Und da kam auch schon Vanja Berger.

„Viel Glück“, wünschte Valon und entfernte sich ungesehen übers Treppenhaus.
Kilian wartete, bis sie zu ihm aufgeschlossen hatte.
„Was ist in einer Stunde vorbei?“
Sie fiel in ihr altes Muster zurück, zischte giftig. „Sie sind schlimmer als die Pest.“
„Je früher Sie verstehen, dass Sie mich nicht loswerden …“
„Schon gut, hab's kapiert.“
Der Korridor machte einen Knick, vor ihnen ein niedriger, mittelalterlicher Durchgang, dessen Tür offenstand. Berger schaute auf ihr Handy, darauf eine Wegbeschreibung mit einem roten Punkt als aktueller Standort …
Ruggieros trojanisches Pferd.
Kilian nahm ihr das Handy weg und schaltete es aus.
„Was erlauben Sie sich?“
„In der Einladung ist ein Peilsender versteckt, und sie können mithören.“
„Woher …“
„Vertrauen Sie mir.“
Sie beugten sich unter dem Türstock hindurch, verließen damit den Hoteltrakt, es wurde merklich kühler und das Licht gedämpfter, ein schmaler Verbindungsgang in der weitläufigen Klosteranlage.
„Wir sind Kotor Enterprises seit Jahren auf der Spur“, berichtete sie unaufgefordert, „Luka Škaljar und seinem Netzwerk …“
„Wer, wir?“
„Europol, das BKA und Behörden aus anderen Ländern.“
„Zu wem gehören Sie?“
„BKA, verdeckte Ermittlungen. Hab mich als Finanzspezialistin eines Beratungsunternehmens getarnt, um das Interesse von Škaljar zu gewinnen. Er will Milliarden in sichere Häfen verschieben, und ich weiß, wie und wohin.“
„Was suchen Sie dann bei der Kripo?“
„Eine lange Geschichte, die mit Helmbrecht begann …“
„Und Deckert“, ergänzte Kilian.

„Über das Transportnetz von Kotor Enterprises laufen Drogen, Waffen und Flüchtlinge vom Nahen Osten über Europa bis nach Übersee und zurück. Ein gigantisches Spinnengeflecht, das immer weiter wuchert."

Auf abgewetzten Stufen ging es abwärts, zurück ins Erdgeschoss, auf einen mittelalterlichen Vorhof mit zugemauerten Fenstern und durch eine Tür zu einem dahinter liegenden Raum.

Entferntes Stimmengemurmel.

„Luka Škaljar versammelt heute Abend Partner und Investoren, neue Absatzmärkte sollen erschlossen und Partnerschaften geknüpft werden", sagte Berger auf dem Weg dorthin, „und ich werde ihn dabei überführen."

Der Raum entpuppte sich als überraschend großer Gewölbesaal, der von mächtigen Säulen getragen und durch hohe Fenster beleuchtet wurde, einst ein Oratorium oder Skriptorium, jetzt diente er Luka Škaljar als Bühne für seine Expansionspläne.

Im schillernden Kostüm eines barocken Fürsten mit gepuderter Perücke und Gesicht sprach er zu den versammelten Gästen vor einer großen LED-Leinwand, die eine Weltkarte präsentierte, darauf blinkende Häfen und Hauptstädte als Knotenpunkte von Schiffs-, Land- und Flugrouten. Alles unter dem Dach von Kotor Enterprises, eines international tätigen Unternehmens, das sich anschickte, noch größer und mächtiger zu werden.

Potenzial. Wachstum. Investment. Gewinne …

„Verdammt", knurrte Vanja Berger mit Blick auf die Schatzkarte, die sie offenbar nur allzu gerne fotografiert hätte, wie sie ihr Handy drehte und wendete.

„Lassen Sie es."

Er schaute sich um.

Unter Masken.

Hinter welcher versteckte sich Deckert?

Commedia dell'arte hier, Schwertschlucker, Feuerzauber und Akrobatik dort.
Dazwischen flanierende Figaros, Casanovas und Comtessas, aber keine Königin der Nacht, die tagsüber Vanja Berger hieß.
Sie ging nicht ans Telefon, Kilian auch nicht.
Von beiden kein Rückruf auf die hinterlassenen Nachrichten.
Heinlein schob den Finger unter die schwere Perücke und kratzte sich. Das verlauste Ding juckte, seitdem er es aufgesetzt hatte, außerdem muffelten der gold-schwarze Frack und die Kniebundhose eines venezianischen Edelmanns nach Mottenpulver, die Schnallenschuhe ausgebeult und platt getreten, schlechtere Flossen.
Ein venezianischer Doge, der anderntags den bürgerlichen Namen Wuttke trug und in Duisburg eine Schiffswerft betrieb, klärte ihn bei einem Cocktail mit Schirmchen auf.
„Hömma, der Kasten hat 190 Zimmer, mehr als 60 Suiten, drei Restaurants und drei Bars, 'n paar Höfe, Golf- und 'n Tennisplatz … hab mein' Benjamin auf dem Gelände schon 'n ganzen Tach gesucht und nich gefunden. Mach dir kein' Kopp. Findet sich allet wieder ein. Prostata!"
Und Steffi taumelte als trauernde Julia Capulet von Buffets zu Bars, von Hummer und Shrimps zu Champagner und Wein. Tausend Euro für eine unvergessliche Nacht in der Lagune von Venedig wollten vertrunken, verspeist und vertanzt werden.
„Ich glaub, mir ist ein bisschen schwindelig", sie suchte Halt an Heinleins Schulter, wieder einmal, „und schlecht ist mir auch."
„Kein Wunder bei deinem Konsum."
„Sei nicht so ne … tschuldigung, Herr Präsident, Spaßbremse!" Sie stieß auf. „Was machen wir jetzt?"
Laut Gebäude- und Wegeplan endete für ihn der Zutritt zu den oberen Stockwerken wie für alle anderen Gäste an der Treppe im Eingangsbereich, ein roter Punkt zeigte seine Position auf dem Gelände an, die nächste Attraktion.

Don Giovanni meets Casanova.
„Ach“, hickste Steffi, „dein Kumpel Deckert …“
„Was ist mit ihm?“ Heinlein war ins Handy vertieft.
„Macht auf Kapitän der Meere.“
„Wie kommst du darauf?“
„Na, guck halt hin …“

50 | Brüder

Der Konzernlenker Luka Škaljar präsentierte Chart um Chart auf dem LED-Display, eintönig und ermüdend.
Kilian fragte sich, ob er auf der richtigen Veranstaltung war.
Vanja Berger stellte sich dieselbe Frage.
Branchen, Märkte, Zahlen, Prozente, Margen … kein Wort von Drogen- und Waffendeals auf geheimen Routen, von lukrativen Flüchtlingstransporten in präparierten Lkw und auf Schiffen, vor allem nichts dazu, wie Škaljar gedachte, das Multi-Milliardengeschäft unter seinen Partnern aufzuteilen.
Die schauten auch nicht nach einschlägigen Kriminellen aus, sondern eher nach Geschäftslangweilern in albernen Gewändern.
Und keine Spur von Deckert.
„Die Info ist hundertprozentig", versicherte Berger. „Heute Abend auf San Clemente, ein Treffen der Mafiabosse. Unmissverständlich und eindeutig. Hier und jetzt."
„Wer ist die Quelle?"
„Ein V-Mann."
Wie Valon für Kilian einer war. Ein Techniker, der im Hintergrund operierte. Einer von den vielen aus Ruggieros Team, das sich noch vor einer halben Stunde um ihn versammelt hatte.
Wo waren die alle geblieben?
Wenn leere Gläser in eine Bar führten, dann führten Kabel zu Geräten, die von Technikern bedient wurden.
Und wo sich Ruggiero aufhielt, konnte Deckert nicht weit sein.
Zur Hochzeit mit den deutschen Kameraden.
„Verschwinden wir", sagte Kilian.
„Noch nicht."
„Mehr als lausigen Businesstalk werden Sie Škaljar nicht ankreiden können."
Sie nickte enttäuscht und folgte Kilian, der den Kabelsträngen von der Bühne hinaus in den Vorhof folgte, in eine Ecke, zu einem Gang, in dem ein schmaler Lichtstreifen den Weg erhellte.

Er endete unweit einer Tür, dahinter ein lautstarker Vorwurf.
„Du Idiot!"
„Tut mir leid", sagte … Valon?
„Geben Sie mir Ihre Waffe", flüsterte Kilian.
„Bestimmt nicht."
„Dann gehe ich ohne rein."
Ein Seufzen, dann spürte er das kalte Metall in seiner Hand.
Die Tür ging knarrend auf, ein Mann mit tropfendem Kaffeebecher und nasser Hose stand Valon gegenüber.
Bevor er die Pistole am Gürtel erreichte, erwischte ihn Kilian mit seiner, er stürzte bewusstlos zu Boden.
„Wo kommst du jetzt plötzlich her?", fragte Kilian.
„Bin der nichtsnutzige Kabeljunge und Kaffeeholer", schnaufte Valon erleichtert, einer Tracht Prügel entkommen zu sein.
„Wer ist das?", fragte Vanja Berger.
„Ein Helfer in der Not und treuer Freund."
Der Raum erwies sich als Steuerzentrale, die mit Monitoren, Computern, Lautsprechern und einem Schaltpult ausgestattet war, durch die hochliegenden, vergitterten Fenster fielen entfernte Musik und Applaus herein.
„Wo steckt Ruggiero?", fragte Kilian mit Blick auf die Monitore, die Bilder der angrenzenden Präsentation von Luka Škaljar, den Bars und Veranstaltungsorten zeigten.
Valon fand ihn auf dem Platz vor der weißen Kirche, der zuvor leer gewesen war, jetzt hatten sich zahlreiche Gäste eingefunden, an der Anlegestelle schaukelten ihre Boote im Wasser.
Sie standen zusammen, tranken, plauderten und lachten, als wär's eine Betriebsfeier, in ihrem Kreis ein stiller Mann.
„Nikola Škaljar", sagte Valon, „der Bruder von Luka."
„Warum ist er nicht bei der Präsentation", fragte Vanja Berger, „neben seinem Bruder auf der Bühne?"
„Das würde Nikola niemals tun, er hasst Aufmerksamkeit und Scheinwerferlicht, er bleibt immer zurück, versteckt sich hinter dem Rücken von Luka."

„Haben Sie ihn in Turin nicht kennengelernt?“
„Nein, er ging jedem Kontakt aus dem Weg, erschien auch nicht zum gemeinsamen Essen im Restaurant, wollte von den Geschäften Lukas nichts wissen.“
„Haben Sie ihn überprüft?“
„Sicher. Ein Einzelgänger und Lebemann ohne erkennbare Funktion im Konzern, segelt, reist um die Welt, besucht Museen und Ausstellungen …“
Da gesellte sich ein weiterer Gast dazu, Kilian erkannte ihn an der gebrochenen Nase und der bandagierten Hand.
Bellario.
Und noch einer hielt sein Gesicht in die Kamera, der ewig telefonierende Geschäftsmann Amer.
Damit war die Hochzeitsgesellschaft nahezu komplett, es fehlte nur noch der Bräutigam aus Deutschland.
Deckert, als Kapitän.

„Go back!"
Auch wenn der Wachmann eine antiquierte Uniform trug, die Maschinenpistole in seinen Händen war eine Erfindung der unmittelbaren Neuzeit.
„A friend … over there", bemühte sich Heinlein um Verständnis.
Deckert befand sich jenseits des Gitters auf dem Vorplatz einer Kirche, gerade mal dreißig Meter entfernt, und hörte Heinleins Rufe nicht. So wie der Wachmann weder Einsehen noch Erbarmen kannte.
„No ID, no entry."
Steffi keuchte an Heinleins Seite wegen der vielen schnellen Schritte, die sie gemacht hatten, um Deckert in der Menge nicht zu verlieren, sie kämpfte aber auch mit den Folgen maßloser Völlerei.
„Schorsch …"
„Nicht jetzt."
„Ich glaub …"
„Steffi, bitte!"
„Ich muss …"
Ein Schwall, der den Wachmann nicht verschonte.
Angewidert und in einer fremden Sprache fluchend, räumte er seinen Posten, rief nach einem Kameraden, der ihn auf die Entfernung zwar hören, aber nicht verstehen konnte, und begab sich an die Kaimauer, um das Malheur zu beseitigen.
„Tut mir leid", entschuldigte sich Steffi.
„Alles gut", sogar bestens, der Weg war frei.
Deckert sah ihn nicht kommen, er stand im Kreis mit anderen, prostete, trank und lachte, Steffi ließ sich in einen Sessel fallen und zupfte sich das eng geschnürte Kleid auf.
Böller krachten, Köpfe reckten sich, das Laternenlicht leuchtete nicht ganz so orange wie auf den Gleisen am Bahnhof, aber es genügte, um Erinnerungen wachzurufen
Habibi. Freund.

Blutsbrüder, blindes Vertrauen.
Durch dick und dünn, mehr als einmal am Tod vorbeigeschrammt.
Ina und die Kinder, wie die eigene Familie.
Gemeinsame Ferien, Weihnachten, Geburtstage …
Als hätte es das nie gegeben.
Als hätte er sich das nur eingebildet.
So wie Deckert, der seinen Augen nicht trauen wollte.
„Schorsch?“
Der erste Schlag ließ ihn wanken, der zweite und dritte zwangen ihn auf die Knie. Blut floss aus seiner Seite, er stöhnte schwer, kämpfte gegen den Schmerz.
„Steh auf!“, brüllte Heinlein mit geballten Fäusten, „steh auf!“
Da packte ihn jemand von hinten, ein anderer zog ihm eine über, hielt ihm die Pistole an den Kopf und spannte den Hahn.
„Prack!“, rief Deckert ihn zurück, „Waffe weg.“
„Aber, Boss …“
„In die Technik.“
Ein kräftiger Stoß, und Heinlein stolperte unter den Blicken der Umstehenden auf die Kirche zu, von dort in einen abgetrennten Raum, wo Kerle auf Monitore glotzten, Sprechproben durchführten und eine Verbindung zu fernen Orten aufbauten, wo soeben die Sonne schien und Palmwedel im Wind schwangen.
Prack drückte Heinlein auf einen Stuhl. Deckert ächzte vor Schmerz und hielt sich die Schusswunde, die ihm nicht die Berger, sondern sein eigener Mafiakollege beigebracht hatte – friendly fire.
„Wärst du mal besser mit Ludwig auf den Schießstand gegangen“, höhnte Heinlein. „Ohne Nachtzielgerät rumballern? Keine gute Idee für nen Anfänger.“
„Machen wir's kurz, ich werde erwartet“, stöhnte Deckert und zog die Kapitänsjacke aus, schob das blutgetränkte Hemd hoch und begutachtete die aufgeplatzte Naht.
„Nutz die Zeit und ruf nach nem Beichtvater.“
„Was weißt du über mich? Wer weiß noch davon?“ Deckert riss das Hemd in Streifen und wickelte diese zu einer Kompresse auf.

„Über wen von euch zwei? Boule, das Nazi-Arschloch, oder Deckert, das Verräter-Schwein?“
Pracks Schlag traf ihn hart. Er spuckte Blut, ein Backenzahn wackelte.
„Letzte Warnung“, drohte Deckert. „Was weißt du?“
„Warum sollte ich dir das verraten?“
„Ein Anruf, und Tom stirbt noch heute Nacht. Ein weiterer Anruf und Vera und die Kleinen …“
„Schon gut“, lenkte Heinlein ein, „zuvor will ich aber was von dir wissen.“
„Sag schnell.“ Der Verband war leidlich fest und stoppte die Blutung. Vorerst.
„Warum wolltest du mich töten?“
„Nichts Persönliches, es ging nur um deinen Posten.“
„Ich war dein Freund, ich wär für dich durchs Feuer gegangen.“
Deckert seufzte. „Die Sache ist größer als wir.“
„Eure Revolution?“
„Ja, und auch deine, wenn du noch einen Funken Anstand in dir hast.“
„So wie du?“
Sie schauten sich schweigen in die Augen, bis Deckert sich erklärte.
„Sag mir“, begann er, „was ist ein Leben ohne Sicherheit wert?“
„Es gibt keine Lebensversicherung, das solltest du und jeder andere in unserem Job wissen.“
„Das ist nicht mehr das Land, auf das ich einen Eid geschworen habe, für dessen Verteidigung ich mein Leben gegeben hätte. Sie haben uns zu Trotteln und Lakaien gemacht, auf die man straflos pissen, spucken und die man treten darf. Sie haben uns um alles gebracht, was uns wichtig war. Werte, Sinn und ein anständiges Auskommen.“
„Wer ist *sie*?“
„Nenn mir einen, der noch Respekt vor uns hat? Der uns dankt, dass wir ihr Leben, ihre Freiheit und ihr Eigentum schützen, dass wir das Land vor dem Chaos bewahren, dass wir eine lebenswerte Zukunft sichern, ihre und die ihrer Kinder, unser aller Zukunft?“

„Es sind viele, du kannst sie bloß nicht mehr sehen, weil du dich in deinen Wahn verstiegen hast."

Deckert lachte bitter. „Ein Wahnsinn ist es, was aus diesem Land und seinen Menschen geworden ist. Wer das nicht erkennt, ist blind und taub, hat Herz und Verstand verloren, Ehre sowieso."

„Kommt jetzt auch noch Vaterland?"

Wieder ein Schlag auf dieselbe Stelle.

„Verdammt!" Heinlein spuckte den Zahn aus. „Wer war der Mann im ICE?"

„Ein namenloser Kameltreiber aus einem arabischen Drecksloch, der Wahnvorstellungen von Europa hatte, dem Land von Sicherheit, Recht und Freiheit." Er grinste abfällig. „Erkennst du die Ironie? Gallo hat ihm Pässe für Frau und Kinder versprochen, eine Zukunft …"

„Haben sie sie gekriegt?"

„Die Hure geht auf den Strich und die Plagen klauen, was das Zeug hält. Jeder nach seiner Veranlagung."

Jemand tauchte in der Tür auf. „Boule, es geht los."

„Sofort."

„Was soll ich mit ihm machen?", fragte Prack.

„Stell ihn ruhig."

Dann schlug es abermals ein.

Von der einen Seite der Insel auf die andere, im Schutz der Dunkelheit am Ufer entlang, zwei bewaffnete Männer diskutierten auf dem Platz mit einer Frau, ein Mix aus Deutsch, Englisch und sonst noch was.
„Wo habt ihr ihn hingebracht?!", keifte sie die Kerle an.
Valon führte Kilian und Vanja Berger in einen offenen Gang zwischen Kirche und Kaimauer, zu einer Tür, von einem finsteren Raum zum nächsten. Bevor er die letzte Tür öffnete, legte er den Finger an die Lippen.
Ein enges, verschachteltes Kabuff, dunkel und muffig, Holzfraß und Verwesung. Durch ein vergittertes Fenster fiel Licht herein, dahinter der Kirchenraum. Gut dreißig Kostümierte hatten sich eingefunden und hörten die Worte eines Mannes, ihres Priesters. Nikola.
Er trug ein schlichtes Kostüm ohne Verzierungen, Glanz und Schimmer, sackgrau, einfach geschnitten und aus grobem Stoff. Eine rote Feder schmückte seine Kappe, kupferfarbene Locken fielen auf die Schultern.
„Ganz so lichtscheu ist er wohl nicht", sinnierte Vanja Berger.
„Ein echter Entertainer", stichelte Kilian. „Haben Sie bei Ihrer Überprüfung etwas übersehen, Frau Kriminaloberkommissarin?"
„Als hätten Sie immer richtig gelegen."
„Still", mahnte Valon.
„Wenn Luka Škaljar den Saubermann mimt", war sich Kilian sicher, „dann bleibt nur Nikola als Gallo übrig. Alles weist darauf hin, die Tarnung, die Zurückhaltung, das umsichtige Handeln. Ich würde auf ihn wetten."
Er hätte gut Chancen gehabt, die Wette zu gewinnen, denn Nikola Škaljar begann einen Vertrag über Routen, Märkte, Lagerorte und Garantien zu präsentieren. Jeder Knotenpunkt im Netzwerk stellte den anderen seine Ressourcen zur Verfügung und profitierte aus dem Handel mit Drogen, Menschen, Organen, Waffen … alles, was horrende Gewinne versprach.

Berger holte ihr Handy aus der Handtasche.
„Das würde ich nicht tun", warnte Valon.
„Nur eine Minute. Ich brauche einen Beweis, der vor Gericht Bestand hat."
Also filmte sie, was Nikola Škaljar im Gegenzug von seinen zukünftigen Geschäftspartnern forderte.
Kontrollen von Kotor-Transporten sollten an Grenzen, Küsten, Bahn- und Flughäfen zeitweise ausgesetzt, Investitionen in Banken und Unternehmen möglich gemacht und vertraulich behandelt, Posten in Aufsichtsbehörden zugänglich gemacht werden.
Dafür winkten geheime Bankkonten, Grund und Besitz, diplomatische Immunität und unbegrenzte Reisefreiheit.
Neu im Programm: Dossiers über Konkurrenten und Widersacher, Manipulation und Löschung von Verfehlungen und Einträgen in Datenbanken.
„Da ist Bellario", frohlockte Berger, „und Maartensdijk, Heidal, Černi … die neu-rechte Szene halb Europas, daneben die altbekannten Verdächtigen", aus Wirtschaft, Verwaltung und Politik, sie alle fanden Gefallen an Škaljars Werben.
Aber wo steckte Deckert?
„Keine Flüchtlinge mehr in meinem Land", verschaffte sich jemand Aufmerksamkeit, der aus den hinteren Reihen nach vorne trat. Da war er, ramponiert und mit blutgetränktem Verband. „Genug ist genug."
„Keine Flüchtlinge", stimmte ein anderer mit ein, ein dritter und vierter. „Keine weiteren Drogen."
„Dann werdet ihr bleiben, was ihr seid", drohte Nikola alias Gallo. „Einzelne, versprengte Freiheitskämpfer ohne Geld, Waffen und Zukunft. Nur, wenn wir Kompromisse eingehen …"
Widerspruch und Enttäuschung. „Keine Kompromisse!"
Was auch immer sich diese Idioten einbildeten, es interessierte Kilian nicht, er machte sich auf den Weg.
Vanja Berger hielt ihn zurück. „Wo wollen Sie hin?"
„Deckert."

„Warten Sie!“, dabei wählte sie eine Nummer.
Doch Kilian ließ sich nicht aufhalten. „Ich warte seit Jahren auf diesen Moment“, und schob sie zur Seite.
„Zugriff!“, hörte er sie noch ins Telefon bellen. „Die Kirche! Nicht das Hotel! Ich wiederhole …“

„Aufwachen!“
Jemand rüttelte an ihm, Heinlein schlug die Augen auf.
„Steffi?“
„Komm, weg hier!“ Sie fasste ihn bei der Hand.
Getrampel und Rufe hallten auf dem Gang, ein Wummern erhob sich und brachte die Fenster zum Zittern.
Draußen tobte ein Sturm, der Stühle, Tische und Schirme über den Platz fegte, zum ohrenbetäubenden Lärm des Nachthimmels tanzten Scheinwerfer, und Mündungsfeuer blitzte von allen Seiten auf. Aus der Kirche eilten die Gäste geduckt zur Anlegestelle, starteten die Boote und verschwanden in der Dunkelheit, andere flüchteten durch das Gittertor in den Park.
Windumtost brüllte Steffi etwas, aber Heinlein verstand ihre Worte nicht. Er zeigte zur Kirche, dort sollte sie sich in Sicherheit bringen … aus der Deckert mit bluttriefendem Verband soeben kam, gestützt von Prack, dem Schläger, der auf vermummte Einsatzkräfte feuerte, die sich aus dem Hubschrauber abseilten und das Feuer erwiderten.
Deckert zu folgen, kam im Kugelgewitter einem Selbstmord gleich, und dennoch konnte Heinlein nicht anders, er …
… sah Kilian.
Nur Schritte entfernt. Neben ihm eine Frau, die ein Leibchen mit dem Aufdruck POLICE trug. Sie hielten Ausschau nach jemandem, vermutlich nach …
Deckert, der ein Boot bestieg, während Prack getroffen ins Wasser stürzte.
Heinlein lief los. Kurz bevor er Kilian erreichte, richtete die Frau die Waffe auf ihn. Er hob die Hände und brüllte gegen den Sturm an,

Kilian und die Berger glotzten ihn nur zweifelnd an. Dabei gab es keine Zeit zu verlieren, Heinlein zeigte hinüber zur Anlegestelle, wo … Deckert soeben das Boot wendete, und, Gott sei es gedankt, Kilian kapierte, was hinter seinem Rücken vor sich ging.
Und schließlich auch ihn erkannte.
Heinlein zog ihn mit, die Berger folgte ihnen zur Anlegestelle. Motorengeheul und aufgewirbeltes Kielwasser verloren sich im Nachtmeer, von Deckerts Boot sahen sie nur noch das Heck, eine Reihe weiter aber einen Mann im grauen Kostüm und mit schulterlangen roten Haaren, wie er in ein Boot sprang, es startete und in eine andere Richtung davonfuhr.
„Gallo!", rief Kilian mit ausgestrecktem Arm, und ob es Vanja Berger tatsächlich gehört hatte, spielte keine Rolle, sie war dem Flüchtenden bereits auf den Fersen.
Kilian und Heinlein hatten nicht so viel Glück mit der Wahl ihres Fahrzeugs. Der Motor lief zwar bereits, aber Haube und Innenraum verzeichneten Treffer, ein Mann saß tot auf dem Sitz.
Heinlein schaffte ihn zur Seite, Kilian steckte die Waffe des Toten ein und übernahm Steuer und Gashebel.
Das Boot hüpfte röchelnd über die Wellen, Kilian hielt geradewegs auf die Lichter Venedigs zu und Heinlein schaute zurück. Polizeiboote landeten an und spuckten Polizisten aus, der Hubschrauber drehte ab, sein Scheinwerfer suchte das Wasser nach Geflüchteten ab. Ein zur Insel querstehender Kahn tauchte im Lichtkegel auf, an Deck rätselhafte Vorrichtungen und ein Mann, der die Arme schwenkte, als wolle er den Hubschrauber vertreiben.
Es stank nach Rauch und unverbranntem Treibstoff, der Motor stotterte, spuckte, sie verloren an Geschwindigkeit. Kilian hielt den Gashebel bis zum Anschlag gedrückt, ein letztes Aufbäumen, der Infarkt … sie trudelten aus.

Gestrandet, mitten auf der Strecke zwischen Venedig und San Clemente. Ringsum Dunkelheit, entfernte, kaum zu deutende Geräusche, nur das Klatschen des Seegangs gegen die Bordwand.

Kilian brüllte seinen Unmut in die Nacht, während er versuchte, den Motor zu starten.
„Lass gut sein“, beruhigte Heinlein, „das Ding ist hinüber.“
„Nein! Ich bin so nah dran!“
„Er kommt nicht weit.“
„Woher willst du das wissen?!“
„Ich sah ihn straucheln, vermutlich ist er ein weiteres Mal angeschossen worden.“
Kilian drosch mit dem Knauf der Waffe auf den Außenborder ein. „Spring an!“ Immer wieder.
Letztlich umsonst, das Boot war tödlich getroffen, er sah's endlich ein.
Ein enttäuschtes Seufzen im schwankenden Boot.
Nasse Füße, irgendwo drang Wasser ein.
Kilian setzte sich auf die eine Bordwand, Heinlein auf die andere.
Schweigen. Bleischwer und befremdlich, als würden sie sich kennen, als hätten sie sich nach all den Jahren nichts zu sagen.
Kilian suchte nach den Zigarillos in der feuchten Jackentasche. „Was machst du eigentlich hier?“
„Das Gleiche wie du: Deckert zur Strecke bringen.“
„Macht man das jetzt so unter Kumpels?“
Das Zippo schnappte auf, der Funke zündete eine Flamme, der Glimmstengel setzte sich in Brand. Ein tiefer, verärgerter Zug.
„Spar dir dein Gift. Du hattest ihn ja auch nicht auf dem Schirm.“
„Oh doch, gleich nach dem Treffen mit dem Informanten in Leipzig. Helmbrecht hätte direkt zu Deckert geführt.“
„Ein namenloser Unbekannter, der haltlose Anschuldigungen gegen einen verdienten Kollegen erhoben hat. Nichts konkret Nachprüfbares, genauso wenig wie Gallo.“
„Hättest du dir mehr Mühe gegeben …“
„Schieb nicht mir die Schuld in die Schuhe. Helmbrecht und Deckert waren bei fast jeder Sicherheitsüberprüfung mit dabei.“
„Das meine ich nicht.“
„Sondern?“
Kilian ließ sich Zeit. „Vertrauen … davon spreche ich.“

„Was soll das jetzt? Ich hab dir immer vertraut."
„Nein, nicht immer, und schon gar nicht, als es dir damals schlecht ging. Du wolltest nichts mehr von mir wissen."
„Ich wollte von niemandem etwas wissen. Ich war krank, am Ende mit allem und jedem. Erst der Wechsel nach Nürnberg hat mein verkorkstes Hirn wieder auf Vordermann gebracht."
„Gevatter Hein", grinste Kilian spöttisch, „man erzählt wahre Heldentaten von dir."
„Du hast keine Ahnung!", schnauzte Heinlein ihn an. „Ich bin durch die Hölle gegangen … war kurz davor Schluss zu machen, hab keine Gelegenheit ausgelassen, um endlich Frieden zu finden." Wegen Fellner, dem jungen Kollegen, der unter Heinleins erstem Kommandoeinsatz getötet worden war. Sein Puls schoss in die Höhe, er atmete schwer und seine Hände wurden feucht.
„Was hat dich davon abgehalten?"
Die Szene auf dem Weg zum Klassenraum war Heinlein immer noch so präsent, als hätte sie sich erst gestern ereignet. Blut auf den Stufen, durch die leeren Gänge hallten Hilferufe, Weinen und flüchtende Schritte.
„Da war ein Junge", begann er, „keine Ahnung wie alt, am Beginn seines Lebens, und doch schon am Ende. Verletzt, gedemütigt, zornig … So viel Hass in ihm und eine unbegreifliche Gier nach Rache."
„Der Junge mit dem Bombengürtel, der seine Klassenlehrerin töten wollte?"
„Ein Schlüsselkind ohne Ansprache und Beistand. Ich habe bis heute niemandem davon erzählt, was zwischen ihm und mir in diesen Minuten vorgefallen ist … Ich habe ihm Bilder von der Frau und den Kindern eines jungen Kollegen beim SEK gezeigt, wie glücklich sie mal waren, wie sie zusammen gelacht und gefeiert haben … und als plötzlich alles vorbei war, als sie sich in Trauer und Streit verloren, nur weil ich eine falsche Entscheidung getroffen hatte."
„Wieso du und welche Entscheidung?"
„Egal, ich habe seinen Tod zu verantworten."

Kilian seufzte. „Tut mir leid. Und das hat den Jungen überzeugt?"
„Nicht gleich, erst, als ich ihm versprach, mich um ihn zu kümmern, hat er das Heulen angefangen. Ich musste dann nur noch zupacken."
„Was ist aus ihm geworden?"
„Ich besuche ihn monatlich in der JVA. Wir quatschen, nichts Weltbewegendes, einfach, was so passiert ist, was uns umtreibt."
Kilian nickte zustimmend und schnippte das Zigarillo ins Wasser. „Respekt, hätte ich dir gar nicht zugetraut."
„Warum ist der Kontakt zwischen uns abgebrochen?"
„Jetzt fang nicht davon an."
„Doch, warum?"
„Der Alltag, Schatz", stöhnte er erschöpft. „Ein echter Beziehungskiller."
„Arschloch."
„Immer gerne."
Sie schwiegen.
„Es hat nichts mit dir zu tun", fing Kilian wieder an, „ich, du, Pia … hatte alles seine Zeit, ist nicht mehr zurückzuholen. Erspar dir die Enttäuschung von Aufgewärmtem. Ich bin nicht mehr der von damals, und du auch nicht."
„Wir könnten es noch mal probieren, zurück auf Start."
Kilian wollte immer noch nichts davon wissen. „Es gibt keine Neuanfänge, immer nur ein Weiter."
„Dann eben so."
„Besser, du hältst dich fern von mir, Herr Polizeipräsident. Du könntest Dinge erfahren, die dir nicht …"
Entfernt knallten Schüsse, aber nah beieinander blitzte das Mündungsfeuer zweier Waffen auf.
„Wer ist das?" Kilian versuchte in der Finsternis etwas zu erkennen.
„Eine Verfolgung", schätzte Heinlein.
„Deine Kollegin?"
„Vanja Berger. Zutrauen würde ich es ihr."
„Jagt Gallo", spottete Kilian. „Das kann sie sich sparen."

„Hat sie ihn identifiziert?“
„Kann schon sein.“
Der Hubschrauber kehrte im weiten Bogen zurück, wühlte die See auf, ihr kleines Boot geriet ins Schaukeln und das Wasser schwappte an die Waden.
Sie hielten sich an der Bordwand fest, warteten, bis er endlich vorüberzog … als der Scheinwerfer ein Boot erfasste.
Keine hundert Meter entfernt.
„Kannst du was erkennen?“, rief Kilian.
Heinlein schüttelte den Kopf. „Abgetrieben, wahrscheinlich verlassen.“
„Und falls nicht?“
„Was meinst du?“
Der Hubschrauber drehte ab.
„Wenn es Deckert ist?“
Es gab nur einen Weg es herauszufinden, Kilian zog die Klamotten aus.
„Was hast du vor?“, fragte Heinlein.
„Nach was sieht's denn aus?“
„Das Wasser ist eiskalt, nach drei Minuten säufst du ab.“
„So lange brauch ich nicht“, er sprang.
Der Schock zauberte ihm bunte Sterne vor Augen.
Nicht eiskalt, aber nahe dran. Das Herz pumpte und hämmerte wie ein Klöppel gegen die Glocke.
Nicht denken, nicht fühlen.
Gleichmäßige Züge, nicht die Richtung verlieren, ruhig atmen …
Bis die Hand gegen die Bordwand schlug.
Eine letzte Kraftanstrengung, er zog sich aus dem Wasser.
Der Bootsmotor schnurrte im Leerlauf, das Armaturenlicht fiel auf einen Körper, der vorne über auf dem Lenkrad lag.
Kilian zog ihn auf die Lehne zurück, eine Waffe glitt zu Boden, er hob sie auf und richtete sie auf …
Deckert.
Blutüberströmt, mehr tot als lebendig.
Flache Atmung, die Lider halb geöffnet, dahinter Augen, die zu erkennen versuchten.

„Kilian …“
„Deckert … oder ist dir Boule lieber?“, ein Zittern in der Stimme und am Körper, dass er die Pistole nicht ruhig halten konnte.
„Erwischt“, flüsterte Deckert, „hast verdammt lang gebraucht.“
„Aber jetzt bin ich ja da.“ Er setzte ihm den Lauf auf die Stirn und spannte den Hahn. „Kannst du's genauso wenig erwarten wie ich?“
Ein Keuchen im Wasser, Schwimmbewegungen, etwas schlug gegen die Bordwand.
„Kilian“, stöhnte Heinlein.
„Verschwinde!“
„Hilf mir … raus.“
„Hau ab!“
„Ich …“, die Wellen schlugen über ihm zusammen, die Hand glitt ab und verschwand im Wasser.
Kilian griff ins Leere. „Verdammter Sturkopf.“
Er legte die Waffe beiseite, atmete tief für einen Tauchgang … als sich eine zweite Chance bot.
Und dieses Mal fasste er nicht daneben.
Heinlein plumpste ins Boot, schnappte nach Luft, hustete und erbrach Meerwasser.
„Hast du den Verstand verloren?!“, fuhr Kilian ihn an.
„Wegen … dir … Blödmann.“
Kilian klaubte die Waffe auf und wandte sich wieder Deckert zu. Mit zurückgeworfenem Kopf starrte der in die Finsternis über ihm.
„Hey“, holte er ihn zurück, „wir sind noch nicht fertig.“
Ein Röcheln, Deckerts müde Augen. „Pia … tut mir …“
„Einen Scheiß tut es.“ Wieder rastete der Hahn ein.
Heinlein mühte sich auf die Beine, keuchte noch immer.
„Tu es nicht. Du kommst dafür in den Knast …“
„Bin ich schon längst, lebenslänglich.“
„Was wird aus Raffi, wenn du nicht mehr da bist?“
„Er ist versorgt.“
„Er braucht dich … seinen Vater.“
„Gib's auf. Damit kriegst du mich nicht.“

„Und … Pia? Sie hätte das nicht gewollt."
„Sie hätte es von mir erwartet!"
„Nein, nicht Pia … nicht so."
Kilian atmete schwer, er zitterte am ganzen Leib vor Kälte, die Hand, die Pistole … er nahm die zweite Hand zu Hilfe.
„Ich seh sie immer noch … wie sie barfuß an ihrem Strand … im Sand", er schluckte, „und ich rufe sie … sie hört nicht, sie geht einfach weiter, ich ihr nach …" Er wischte sich die Brühe aus den Augen, damit er klar sehen und denken konnte, „bis sie … Verdammt!"
„Was?"
„Bis sie sich in meinen Händen auflöst … mir wie Sand durch die Finger rinnt."
Mehrere dumpfe Explosionen, schnell hintereinander, vom Kahn mit den rätselhaften Vorrichtungen an Deck.
Raketen stiegen auf und entfalteten ihre Pracht am Nachthimmel.
Glitzernder Sternenstaub rieselte herab.
Funkelnde Sandkörner.

Und Deckerts Augenlicht erlosch.

DIE LEGENDE VON GALLO ROSSO

Drei junge Männer lebten einst mit Vater und Mutter in einer kleinen Hütte in den Bergen oberhalb der Hafenstadt Kotor.

Der Älteste hieß Matteo, er war stark und mutig wie ein Stier, der Stolz der Eltern. Der Zweitgeborene hörte auf den Namen Luka, er liebte sein Spiegelbild und drückte sich um die schwere Arbeit. Der Spätgeborene Nikola war ein gebrechliches Kind mit feuerrotem Schopf und bleicher Haut, der für nichts zu gebrauchen war und den Eltern nur Sorgen bereitete, aber Nikola besaß einen untrüglichen Sinn für die Natur, die Menschen und die Zusammenhänge.

Als statt Matteo der ungeliebte Luka aus dem Krieg zurückkehrte, starben Vater und Mutter aus Trauer um ihn. So beschloss Nikola, mit seinem Bruder das entbehrungsreiche Bergleben aufzugeben und nach Kotor zu ihrem Cousin Amer zu gehen, dort wollten sie ihr Glück suchen.

Amer war wie Nikola fleißig und klug, zusammen kauften sie das erste Boot, während sich Luka mit Kartenspiel und Frauen vergnügte.

Da kam es, dass Luka im Spiel das Geschäft eines Schiffers gewann, der nicht nur legale Erzeugnisse von Küste zu Küste beförderte, sondern auch verbotene. Amer und Nikola beschlossen, das Geschäft des verbrecherischen Schiffers weiterzuführen, denn es brachte viel Geld ein. Doch das wollten zwei mächtige Familien nicht dulden, sie hintertrieben die Arbeit der Cousins, legten Feuer und stahlen die Fracht.

Nikola ersann einen Plan, wie man sich die Konkurrenten vom Hals schaffen konnte. Er bestimmte Luka als reichen Geschäftsmann, der unter der Flagge eines roten Hahns, des Gallo rosso, die Meere bereiste. Man sah das Zeichen heute hier und morgen dort, und wo immer es auftauchte, berichtete man von dem großen Geschick des Geschäftsmanns.

Das machte die beiden Familien auf den Gallo rosso aufmerksam, auch sie wollten an seinem Reichtum teilhaben und machten Geschäfte mit ihm. Doch anders als erwartet, ging eins nach dem anderen in die Brüche, sodass man sich fragte, wie das möglich war.

Am Geschick des Gallo rosso konnte es nicht liegen, denn er wurde trotz der Verluste reicher und reicher, so sagte es jeder in Stadt und Land.

Also witterten sie Neid und Hinterlist beim anderen, sie begannen sich zu streiten und zu bekriegen. Sie waren so sehr mit sich beschäftigt, dass sie den Betrug des Gallo rosso nicht bemerkten. Er hatte sie mit seinem sagenhaften Ruf geblendet, die Geschäfte, die er eingefädelt hatte, waren von Anfang an zum Scheitern verurteilt gewesen.

Noch heute erzählt man sich die Geschichte von einem unscheinbaren Jungen mit roten Haaren aus den Bergen, der als Gallo rosso von Küste zu Küste berühmt geworden ist.

Mercoledì delle Ceneri | 53

Aschermittwoch in Venedig, wie ihn noch nie jemand erlebt hatte. Selbst in den schlimmsten Zeiten nicht. Und von denen hatte es einige in der glorreichen, über zweitausendjährigen Geschichte der Stadt gegeben.
Verwaiste Boote und Gondeln schaukelten trostlos in den leeren Kanälen, wo das Wasser zusehends sauberer und die Fische zahlreicher wurden. Kaum jemand ging auf die Straße, und wenn doch, nur um sich mit Lebensmitteln einzudecken, mehr als man tragen und verzehren konnte.
Die Angst trieb sie hinaus, die Angst trieb sie hinein. Fenster und Türen wurden geschlossen, selbst die Kirchen, die letzte Zuflucht in Notzeiten.
Bars, Hotels und Restaurants waren wie leergefegt. Die verbliebenen Gäste retteten sich vor der anrückenden Seuche in die Vaporetti oder eilten gleich zu Fuß zum Bahnhof.
Im Gegenzug fielen Scharen von Tauben ein, weit mehr als sonst geduldet. Enten überwanden die Kaimauern und watschelten ungestört über Land.
Das Möwengeschrei von gestern war heute noch klarer und allgegenwärtiger, man konnte meinen, die Zeit der Segelschiffe sei wieder angebrochen und die Fischer kämen mit vollen Netzen in die Lagune zurück.
Kein Dieselgestank, keine beißenden Rauchschwaden in Nase und Augen, aber auch der Modergeruch in Gassen und Kanälen verflüchtigte sich, der Duft Venedigs.

Steffi promenierte mit dem Handy an der Kaimauer auf und ab. Was sie alles gesehen, was sie in den wenigen Stunden seit ihrer Ankunft alles erlebt hatte …
Was für eine Nacht!
Eine Nussschale mit Valon am Steuer tuckerte heran, er würde Steffi und Heinlein zum Flughafen bringen.

Kilians Maschine parkte vor dem Hotel. Noch ein letzter gemeinsamer Espresso, dann würde auch er Venedig den Rücken kehren.
„Wohin geht's?", fragte Heinlein.
Kilian zögerte, er hatte noch keine Entscheidung getroffen.
„In ein Krankenhaus, nen Test machen lassen?"
Heinlein stimmte zu. „Auf jeden Fall, gleich nach der Rückkehr."
Sie schlürften am Espresso.
„Gibt es schon ein Lebenszeichen von Vanja Berger?", fragte Kilian.
„Nein, auch von Gallo nicht."
Ein herrenloses Boot mit Patronenhülsen war am Morgen in der Marina di Lio Grando gefunden worden, von dem zweiten Boot, das in das Feuergefecht auf dem Wasser verwickelt gewesen war, fehlte aber jede Spur.
„Vielleicht sollte jemand nach ihr suchen", schlug Kilian vor.
„Vielleicht solltest du mal nach Hause kommen und dich um Raffi kümmern."
Nach Hause …
Aber zu Raffi, er hatte ihn viel zu lange nicht mehr gesehen.
„Ja, guter Plan."
„Dann sehen wir uns bald?"
Druck war das Letzte, das er jetzt gebrauchen konnte.
„Schon möglich … ja, bestimmt."
„Du kannst jederzeit wieder bei uns anfangen. Dein alter Schreibtisch …"
„Stop", würgte Kilian ihn ab, „davon war nicht die Rede."
„Okay, lass dir Zeit. Aber nicht ewig. Ein zweites Mal flieg ich nicht um die halbe Welt, um dich rauszuhauen. Verstanden?"
„Verstanden."
Valon rief seine Fahrgäste zur Abreise.
„Nun denn." Kilian stand auf, unschlüssig, wie er sich verabschieden sollte.
Heinlein fällte die Entscheidung, er umarmte und drückte ihn.
Kilian spürte etwas, unklar, was es genau war und was es zu bedeuten hatte.

„War schön dich zu sehen", sagte Heinlein. „Vielleicht auf bald?"
„Ja ... wieso nicht."
Dann hockte er sich auf seinen Bock, startete ihn und kurvte im Schritttempo durch die Straßen von Venedig.
Richtung Bahnhof.
Auf die Brücke zum Festland.

Auf der Via della Libertà.

UNITER-Mann bei der Kriminalpolizei

(DER SPIEGEL online, 06.03.2020, sinngemäß gekürzt)

Einer der Gründer des umstrittenen Vereins UNITER, Ringo M., arbeitet seit Kurzem für die baden-württembergische Kriminalpolizei.

Von 2015 bis 2019 war M. für das Landesamt für Verfassungsschutz tätig, außerdem war er Vorsitzender von UNITER, einem Zusammenschluss von Soldaten und Polizisten mit Verbindungen zur rechten Szene.

Das Bundesamt für Verfassungsschutz erklärte UNITER jüngst zum Prüffall. Zu den Gründungsmitgliedern zählte auch André S., der unter dem Decknamen Hannibal ein hochkonspiratives rechtes Netzwerk aufgebaut haben soll. Dessen Angehörige sollen sich auf einen „Tag X" vorbereitet und dafür Waffen gehortet haben.

Ringo M. ist eigenen Angaben zufolge seit Anfang 2017 nicht mehr Mitglied bei UNITER, der Beamte wurde im vergangenen Frühjahr in eine andere Behörde versetzt.

Das Stuttgarter Innenministerium teilte mit, bei Sicherheitsüberprüfungen habe es „keine Hinweise auf eine extremistische Gesinnung des Mitarbeiters gegeben".